Refugium – Insel der Verlorenen

ANNE LEVIN

Refugium – Insel der Verlorenen

Bibliografische Information der Deutschen Nationalbibliothek:
Die Deutsche Nationalbibliothek verzeichnet diese Publikation
in der Deutschen Nationalbibliografie; detaillierte bibliografische
Daten sind im Internet über http://dnb.dnb.de abrufbar.

© 2019 Anne Levin
Covergrafik: FOTOGRIN/ Lonely/ NadzeyaShanchuk/ Shutterstock.com
Satz, Umschlaggestaltung, Herstellung und Verlag:
BoD – Books on Demand, Norderstedt

ISBN: 978-3-7481-2771-0

Inhalt

Für Ezra und Finnian

1 Wettlauf mit der Zeit

Wattenmeer, vor etwa 90 Jahren

Es war dunkel. In der Ferne hörte Elaf das Meer, er hörte es kommen und fühlte, dass ihm nur begrenzt Zeit blieb. Er folgte dem Priel zu seiner Linken und hoffte inständig, dass *sie* nicht alles wusste, dass sie nicht alles gelesen hatte in der Nacht, als sein Großvater gestorben war. Sein Großvater, wenn er bei ihm wäre, dann würden sie es schaffen. Elaf hatte Angst vor *ihr* ohne ihn, er hatte Angst, dass er seinen Großvater enttäuschen würde und das Geheimnis verloren wäre.

Der Sand unter seinen Füßen wurde schlickig. Mühsam bahnte er sich seinen Weg. Immer wieder sah er sich um, aber es war nur undurchdringliche Dunkelheit um ihn. Der Wind hatte in der letzten halben Stunde abgenommen, stattdessen hatte sich nun Dunst gebildet, der sich zunehmend zu Nebel verdichtete.

***

In der Nacht, als sein Großvater gestorben war, hatte er lange bei ihm gesessen. Elaf hatte gespürt, dass sein Großvater sterben musste. Aber er hatte noch so viele Fragen an ihn, er war noch nicht bereit für diese Aufgabe.

Sein Großvater hatte ihn in den letzten Monaten immer wieder mitgenommen, er hatte gewusst, dass sein Ende nah war, aber Elaf hatte es nicht glauben wollen. Wie ein junger Hund war er mit seinen zwölf Jahren neben seinem Großvater hergesprungen, mit einer Leichtigkeit, die er sich jetzt sehnsüchtig zurückwünschte, von der er geglaubt hatte, dass er sie nie verlieren würde.

Aber in der Nacht war *sie,* Trine Deichgraf, plötzlich gekommen, als hätte sie den Geruch des Todes wahrgenommen. Sie hatte instinktiv gewusst, dass er in dieser Stunde schwach sein würde, dass sie leichtes Spiel mit ihm hatte. Sie, die genügend Erfahrung darin hatte, sich das Unglück anderer Menschen zu Nutze zu machen. Elaf hatte sie überrascht, als er aus der Kammer seines Großvaters kam.

Trine Deichgraf stand über den kleinen hölzernen Tisch am Fenster gebeugt. Ihr scharfkantiges Gesicht war vom Licht der Petroleumlampe beleuchtet und ihre Züge wirkten auf ihn noch härter als sonst.

Er konnte das Funkeln in ihren Augen sehen, als sie begierig in dem kleinen, in Leder gebundenen Buch seines Großvaters blätterte. Elaf gefror bei ihrem Anblick das Herz. Er wusste, dass er ihr sofort, bevor es zu spät war, das Buch entreißen musste.

Als sich seine Hand um das Buch schloss, lächelte sie ihn spöttisch an, ihr strähniges dunkles Haar klebte auf ihrer Stirn und an ihren Wangen. Zu seinem Erstaunen ließ sie ihm das Buch und wandte sich zum Gehen.

»Es ist vorbei, Elaf. Dein Großvater hat es nie glauben wollen, dass er mit so einem kleinen Nichtsnutz wie dir verloren ist. Er hätte es ahnen müssen. Aber …«, sie zuckte mit den Schultern, »so ist es mit törichten Menschen. Am Ende verlieren sie alles, weil sie nicht zur rechten Zeit die Gelegenheit wahrnehmen, sich an Stärkere zu wenden.«

Als sie gegangen war, spürte er den Schmerz über den Tod seines Großvaters jäh über sich hereinbrechen. Gelähmt von Trauer und unfähig, einen klaren Gedanken zu fassen, saß er viele Stunden an dem kleinen Holztisch und blickte in die dunkle Nacht hinaus.

In den Morgenstunden kam mit der Müdigkeit und Erschöpfung auch die Sorge und beunruhigt fragte er sich immer wieder, was Trine Deichgraf in dem Buch gelesen hatte. Diese Sorge trieb ihn auch in den folgenden Tagen vermehrt um und so hatte er endlich an diesem Abend beschlossen, hinauszugehen und sich der Angst zu stellen.

***

Elaf hatte das Gefühl, als sei er schon Stunden unterwegs. Er hatte Angst, dass er womöglich den falschen Weg eingeschlagen hatte, sich nicht mehr richtig erinnerte. Zweifel stiegen in ihm mit der Erinnerung an ihre Worte empor.

Was, wenn die Deichgraf Recht hatte, wenn er versagte und alles verloren war? Angst legte sich auf seine Seele wie der Nebel, der sich um ihn schloss und ihn scheinbar erdrückte. Elaf wusste, dass es nicht klug war, ein Licht zu entzünden, aber er hatte keine Wahl, wenn er sich des Weges sicher sein wollte.

So suchte er kurz darauf fieberhaft nach den bekannten Zeichen im Licht seiner Petroleumlampe, gleichzeitig auf jeden unbekannten Laut achtend, aber es schien ihm, als ob die Nacht den Atem anhielt, und außer dem fernen Gemurmel der Wellen war es still.

Endlich fand er, wonach er gesucht hatte, erleichtert, dass er weitergekommen war als befürchtet. Jetzt musste er nur noch die Furt überqueren und dann, dann, so hoffte er, würden er und all die anderen sicher sein. In der Ferne konnte er die Erhebung erahnen und wusste, dass er die Insel erreicht hatte. Gerade als er die Furt durchschreiten wollte, hörte er plötzlich ein Zischen hinter sich. Erschrocken drehte er sich um, konnte aber im dichten Nebel kaum etwas erkennen. Ein Anflug von Panik überflutete ihn. Er rannte los, durch die Furt, zum Saum der Insel, als vor ihm die Silhouette einer Frau dunkel und hager sichtbar wurde. Trine Deichgraf stand zwischen ihm und der Pforte, die ihm den Zutritt zur Insel ermöglichte. Er konnte das dunkle Holz des niedrigen Tores sehen, das den Weg, der zwischen den hohen Dünen hinaufführte, verschloss. Er musste an ihr vorbei, aber sie hatte ihn bereits gesehen und auch ihr war bewusst, dass er keine Chance hatte, wenn sie den Weg blockierte.

»Was habe ich gesagt, Elaf. – Du bist ein Versager. Du hättest niemals kommen dürfen. Jetzt hast du sie verraten. Ich wusste, dass du mich zu ihnen führen würdest.«

Sie lachte heiser. Er sah, wie sich ihre Hand in den schwarzen Umhang schob. Als sie die Hand aus dem Umhang nahm, hielt sie etwas darin. Sie streckte den Arm zu ihm aus.

Elaf taumelte, als er das schimmernde Glas in ihrer Hand sah. Instinktiv griff er in seine Tasche. Und bereits während seine Finger die glatte runde Fläche ertasteten, erkannte er, dass sie ihn betrogen hatte. Sie hatte die Glaskugeln in der Nacht vertauscht, als sein Großvater gestorben war. Und er hatte es in seinem Kummer nicht bemerkt.

»Komm nur, Elaf, lass es uns hinter uns bringen.« Und während sie beide Hände schützend über die dunkle Kugel legte, flüsterte sie die Worte, die sie in dem kleinen schwarzen Buch gelesen hatte. Es war, als würden kleine Lichtpunkte empor-schweben, gleichzeitig hörte Elaf ein Seufzen in der Luft und fühlte einen leichten Windhauch, der sein Gesicht streifte. Das dunkle, hölzerne Tor schwang wie von selbst auf und gab den Blick auf den Weg frei. Trine Deichgraf schritt zwischen den abgewetzten schwarz schimmernden Pfosten hindurch und betrat so die Insel, um dann den schmalen, steinernen Weg zwischen den hohen, buschartig wachsenden Eiben hinauf zu gehen. Elaf folgte ihr. Seine Gedanken rasten in seinem Kopf, er überlegte fieberhaft, wie er an die gläserne Kugel kommen konnte. Er durfte nicht riskieren, dass sie zersprang, also ver-suchte er, sich ihr möglichst unauffällig zu nähern. Er sah das Glas jetzt schwach in ihren Händen schimmern. Er musste warten, bis sie das Haus erreichten, das das Herz der Insel bildete und zu dem der Weg sie führte.

Der Pfad war uneben und stieg in Kurven langsam an. Nebel waberte zwischen den hohen Eiben, die den engen Weg säumten und sich an ihn zu drängen schienen. Er fragte sich kurz, ob er die Kinder warnen konnte, aber da es auf der Insel keinen anderen Zufluchtsort als das Haus selbst gab, fürchtete er, dass sich während der Nacht alle dort aufhalten würden.

Schließlich, nachdem sie etwa eine halbe Stunde gelaufen waren, tauchte hinter einer letzten Biegung fast unvermittelt ein rotes Fachwerkhaus auf. Das Dach war reetgedeckt und nur Teile waren im Nebel zu erkennen. Aus den wenigen Fenstern leuchtete schwach gelbliches Licht und Elaf sah, dass die rote hölzerne Eingangstür angelehnt war.

Trine Deichgraf hielt einen Moment inne, als ob sie den Moment des Triumphes einatmen wollte. Elaf hatte sich ihr vorsichtig genähert und konnte das Glitzern in ihren Augen und ein ihn unangenehm berührendes Lächeln um ihren Mund sehen. Ohne weiter nachzudenken, warf er sich auf ihre Hände und entriss ihr die Kugel. Sie hatte den Angriff nicht erwartet. Er rollte sich zur Seite weg und blieb dabei mit seinem Hemd an einer Wurzel hängen. Er versuchte aufzustehen, stolperte aber. Elaf taumelte und spürte im nächsten Moment einen schmerzhaften Stich im Arm. Er lockerte unwillkürlich seinen Griff und sah über sich ihren schwarzen Umhang, aus dem ihm eine knochige Hand mit einem Messer bedrohlich entgegenfuhr. Sie nahm die Kugel zischend an sich und schritt auf das Haus zu. Das ohnehin nur schwache Licht in dem großen Raum verdunkelte sich, als sie den Raum betrat.

Elaf stürzte hinter ihr durch die Tür. Er konnte zunächst nur schattenhaft die Gestalten, die sich in der hinteren Ecke des Raumes zusammendrängten, erkennen.

Sieben Kinder standen dort, sie waren im Alter zwischen sechs und elf Jahren. Ihre Kleidung war alt und verblichen, die Kinder selbst sahen mager und bleich aus. Ihre vor Entsetzen geweiteten Augen blickten sie stumm an. Elaf erkannte das Mädchen, das sich vor die Kleineren gestellt hatte, wieder. Es war Alma, mit der er früher oft am Strand gespielt hatte, bevor »das knochige Grauen«, wie Trine Deichgraf von den Kindern genannt wurde, die Führung im Dorf übernommen hatte.

Auch Alma hatte ihn wiedererkannt und er hörte ihr Flüstern: »Wo ist dein Großvater, Elaf?«

Die zweite Frage spürte er, er musste sie nicht hören: »Warum ist *sie* gekommen?«

Elaf ertrug den Blick der Kinder nicht und sah zu Boden. Was sollte er erwidern? Wäre er heute nicht gekommen, hätte er sie nicht hergeführt. Hätte er ihren Betrug rechtzeitig bemerkt, dann hätte er vielleicht noch eine Chance gehabt, sie alle zu retten.

»Geh zu ihnen, Elaf.« Trine Deichgraf machte mit dem Messer in der Hand eine Bewegung zu den anderen. Elaf fühlte den dumpfen Schmerz in seinem Arm, alle Hoffnung schien in ihm zu schwinden. Wie betäubt ging er zu den Kindern. Er spürte Almas Blick auf sich, als er sich neben sie stellte. »Es tut mir leid, Alma.« Mehr brachte er nicht hervor.

Die Deichgraf behielt die Kinder im Auge und trat in die Mitte des Raumes. Dort setzte sie das schwere, dunkle Glas auf den Dielenboden und betrachtete es prüfend. Über die Oberfläche der Kugel zogen jetzt seltsame Bilder, die Elaf noch nie gesehen hatte und er fragte sich, was das zu bedeuten hatte. Für einen winzigen Augenblick nahm er etwas wie ein düsteres Gemäuer wahr, dann ein fremdes, finster blickendes Gesicht, das urplötzlich von einem blaugrünen Schleier verdeckt wurde. Eines der kleineren Kinder begann zu weinen.

»Wir gehen jetzt. – Vorwärts.« Die Deichgraf trieb die Kinder vor sich her aus dem Haus. Als Elaf denselben Weg einschlagen wollte, den sie gekommen waren, rief sie:»Oh nein, Elaf, denkst du, dass ich so dumm bin? – Hier lang!«

Sie scheuchte die Kinder zur gegenüberliegenden Seite des Wegs, wo sich ein zweiter Pfad zwischen den Dünen zum Meer schlängelte. Hier säumten Koniferen den steinernen Pfad. Die Deichgraf hielt Elaf am Kragen, er spürte ihr Messer an seinem Rücken und so stolperte er den schmalen Pfad voran. Elaf wusste, dass es unmöglich für ihn war, unter diesen Umständen an die Kugel zu gelangen. Die einzige Chance, die er noch hatte, lag darin, dass sie den Weg zurück ohne ihn nicht finden konnte.

Dicht vor ihm lief Alma. Er erinnerte sich an ein Spiel, das sie früher in den Dünen gespielt hatten, an die Zeichen, die sie sich ausgedacht und mit den Fingern auf den Rücken gemalt hatten und die nur sie selbst deuten konnten. Er musste die Deichgraf weg von Alma und den Kleinen bringen. Unauffällig berührte Elaf Almas Arm. Sie reagierte, indem sie näher an ihn heranrückte und ihren Unterarm zu seiner Hand drehte. Elaf schrieb die ersten Zeichen auf ihren Arm. Sie nickte kaum merklich, entfernte sich wieder etwas von ihm und flüsterte den anderen Kindern etwas zu.

»Ruhe da vorne! Und hübsch beieinanderbleiben!«, herrschte Trine Deichgraf sie an.

Elaf wartete, bis der Weg einen Bogen beschrieb, er war sich sicher, dass nach der nächsten Biegung die zweite Pforte kommen musste, die die andere Seite der Insel verschloss.

Angestrengt versuchte er sich zu erinnern, wo entlang die Priele um die Insel verliefen. Als er schwach die ersten Dünengräser erblickte, formten seine Finger einen Kreis mit zwei kreuzenden Linien und im gleichen Moment rannte Alma mit den Kleinen an der Deichgraf vorbei, um die Biegung zurück Richtung Haus.

Hinter sich hörte er einen schrillen Schrei und für einen Moment lockerte die Deichgraf ihren Griff. Elaf riss sich los und rannte auf die zweite Pforte zu, deren helle, verblichene Holzpfosten sich schwach schimmernd vor ihm aus dem Sand erhoben. Das kleine aus Latten bestehende Tor war weit offen. Trine Deichgraf warf ihr Messer nach ihm, aber es verfehlte ihn knapp und fiel vor ihm klappernd auf die Steine. Elaf ergriff das Messer im Lauf und rannte in die Dunkelheit. Er wusste, dass sie ihn genügend hasste, um ihm zu folgen, und schließlich brauchte sie ihn noch für ihre Rückkehr. Er wollte sie durch den Priel auf die Sandbank locken, dann hatte er vielleicht noch die Möglichkeit, die Kugel wieder an sich zu bringen.

Er wagte keinen Blick zurück, sondern rannte weiter auf die Sandbank zu. Die schmale Furt vor ihm war noch nicht tief, aber die Strömung bereits stark, er schaffte es mit Mühe, sie zu durchqueren. Hinter sich hörte er ein Keuchen und er drehte sich mit dem Messer in der Hand um. Sie stand nur wenige Meter hinter ihm. Ihr langer Rock klebte schwer vom Salzwasser an ihren Beinen. Für einen Moment fühlte er seinen Triumph, als er die Wut in ihren Augen erblickte. Elaf spürte, dass sie inzwischen den Augenblick der Unbedachtheit, als sie das Messer weggeworfen hatte, bereute. Alma und die Kinder waren nicht mehr zu sehen. Jetzt gab es nur noch sie und ihn. Sie fixierten sich gegenseitig, den anderen belauernd. Elaf ging mit dem Messer in der Hand um sie herum, um ihr den Weg zurück zu versperren.

»Gib mir die Kugel, dann zeige ich dir den Weg zurück ans Land.«

»Nein, Elaf, so einfach ist dieses Spiel nicht. Du musst dir schon holen, was du willst.«

Alma war zunächst ein Stück zurückgelaufen. Aber dann hatte sie innegehalten. War es klug, auf der Insel zu bleiben? Hatte Elaf überhaupt eine Chance gegen *sie*? Wenn nicht, war es dann nicht besser, jetzt zurückzukehren und nicht zu riskieren, auf der Insel eingeschlossen zu werden?

Schließlich war sie mit den anderen vorsichtig zur Pforte zurückgeschlichen. Als sie niemanden in der Dunkelheit ausmachen konnte, lauschte sie, aber nur das Rauschen des Meeres drang an ihr Ohr. Die Kleinen hinter ihr waren unruhig. Sie musste eine Entscheidung fällen. Wo immer er war, sie konnte ihm nicht mehr helfen. Eines der Kinder begann zu weinen. Sie sah ihre ängstlichen Gesichter. »Kommt, ich bringe euch heim.« Und so ergriff Alma die mageren Hände der Kinder und durchschritt mit ihnen die geöffnete Pforte.

***

Das Wasser stieg. Elaf stand noch immer regungslos. Erst hatte er gedacht, dass sie Angst bekäme, wenn das Wasser begann, die Sandbank zu überspülen, aber sie schien offenbar unbeeindruckt von der wiederkehrenden Flut.

Er hatte darauf gesetzt, dass sie in Anbetracht der Gefahr für ihr eigenes Leben mit ihm verhandeln würde, aber genau das hatte sie offenbar nicht vor. Sie fixierte ihn. Elaf war klar, dass sie keine Skrupel haben würde, ihn ertrinken zu lassen. Er kannte sie gut, kannte ihre Grausamkeit. Aber war er bereit zu sterben? War er andererseits mutig genug, sich auf sie zu stürzen, um so an die Kugel zu kommen? Er sah in ihren Augen die gleichen Fragen, die er sich selbst stellte.

»Was wirst du tun, kleiner feiger Elaf?« Sie verzog den Mund zu einem höhnischen Grinsen. »Glaubst du, dass ich Angst vor dir oder dem Tod habe? Nein, *du* hast Angst, Elaf. Bis unter die Haarwurzel bist du feige und weinerlich. Schon als kleines

Kind bist du vor mir geflohen wie ein räudiger, getretener Köter, so wie du auch diesmal fliehen wirst.«

Sie blickte auf ihre Füße, die vom Wasser umspült wurden. Inzwischen war es zu spät, um durch die Furt zurückkehren zu können.

Vielleicht war es ein Fehler gewesen, sie hierherzulocken, aber er hatte versprochen, die Kinder zu beschützen, und es war seine letzte Chance gewesen, sie aufzuhalten. Jetzt konnte er nicht mehr umkehren.

Langsam hob sie den Blick und ging auf Elaf zu. Elaf wich zurück.

»Ja, vielleicht bin ich, was du sagst, aber …«, keuchte er und spürte die Angst in sich aufsteigen, »auch wenn ich mit dir sterben muss, sind dafür die anderen in Sicherheit und für dich nicht mehr erreichbar.«

»Nach mir werden andere kommen, Elaf, und du wirst nicht da sein, um sie zu retten. Hast du daran gedacht? Hast du daran gedacht, dass du ihr Geheimnis verraten hast und es keine Zuflucht mehr geben wird?«

Sie kam näher und Elaf spürte, dass er ihre Nähe nicht ertragen konnte. Auch wenn es keinen Sinn ergab, so drehte er sich dennoch in diesem Moment um und rannte auf das Wasser zu, auf die überflutete Furt, die inzwischen breit und tief war. Es war besser, allein zu ertrinken, als mit ihr zusammen die letzten Atemzüge zu teilen. Hinter sich hörte er ihr hohes Lachen, vermischt mit dem Gurgeln des Wassers, das sich nun um ihn schloss und gegen das er verzweifelt ankämpfte. Elaf ruderte mit den Armen und versuchte sich gegen die Strömung zu stemmen, aber er wurde weggerissen. Es gab kein Oben und kein Unten mehr, er verlor die Orientierung in dem Wasser und der Dunkelheit. Doch in dem Moment, als er dachte, es wäre vorbei und er würde nie mehr Atem schöpfen können, spürte er einen Ruck an seinem Arm und wurde auf harten Sand geschleudert. Keuchend versuchte er sich zu erheben, schaffte es aber nur auf alle viere. Als er aufblickte, sah er wenige Meter vor sich schwach den Weg zwischen den Dünen und meinte dort eine Frauengestalt zu erblicken. Wie konnte die Deichgraf auf die Insel zurückgelangt sein? Er kam mühsam auf die Füße und taumelte auf den Pfad zu, doch als er den Weg erreichte, war niemand zu sehen.

Er wandte den Blick zum Meer zurück. In der Ferne erkannte er schemenhaft einen schwarzen Schatten. Nein, sie stand noch immer auf der Sandbank. Das Wasser musste inzwischen bereits ihre Knie umspülen, aber sie bewegte sich nicht. Er wusste nicht, warum er es tat, aber er wandte sich ab und lief den Weg hinauf zum Haus, am Haus vorbei, als wäre es seine Bestimmung. Er nahm den Weg durch die Eiben zurück zum Meer, in sich die verzweifelte Hoffnung, dass der Rückweg nach Hause durchs Watt auf der anderen Inselseite noch frei war.

***

Auf der Sandbank stand wie versteinert eine knochige Gestalt. Eine gläserne Kugel in den Händen flüsterte sie unverständliche Worte und Nebel füllte das Glas, während das Wasser ihren Körper umspülte. Befriedigt von ihrem Tun, verbarg sie die Kugel in den Tiefen ihrer Taschen.

»Nun habe ich dich doch, kleiner Elaf, am Ende bist du wieder mein …« Mit diesen Worten brach aus ihr ein unbändiges Gelächter hervor. Sie riss die Arme in den Himmel, als das Wasser über ihr zusammenschlug und ihr Lachen mit sich in die Tiefe riss.

2 Das Haus im Nebel

Elaf erwachte. Er wusste zunächst nicht, wo er war. Langsam versuchte er sich zu bewegen und merkte, dass er keine Schmerzen verspürte, sondern sich im Gegenteil eher leicht fühlte. Der Boden unter ihm war warm, er tastete ihn mit seinen Händen ab und fühlte das glatte Holz von Dielenbrettern. Er sah sich um. Fahles Licht fiel durch ein kleines Fenster. Er versuchte sich daran zu erinnern, was passiert war, und als es ihm endlich gelang, sprang er vor Schreck auf und stürzte auf die einzige Tür im Raum zu. Er riss sie auf und trat auf steinernen Boden. Als er sich umblickte, erkannte er in der Nähe des Hauses den vertrauten, mit Eiben gesäumten Pfad.

Elaf fühlte, wie ihn Schwindel überkam, und ließ sich am Rahmen der Tür zu Boden gleiten. Mit unvermittelter Härte erinnerte er sich an die schreckliche Nacht und wie er die Deichgraf zuletzt auf der halb überfluteten Sandbank gesehen hatte. Ja, er war auf die andere Seite der Insel gelaufen, weil er gehofft hatte, noch rechtzeitig den Weg zurückzufinden.

Langsam kehrte die Erinnerung zurück, er besann sich, wie er im Dunkeln immer weiter gestolpert war, verzweifelnd hoffen, dass der Weg endlich ein Ende nahm, aber er konnte sich an nichts mehr *danach* erinnern. Er versuchte sich zu beruhigen, die Panik zu unterdrücken, aber gleichzeitig stieg in ihm die Erkenntnis empor: »Ich erinnere mich nicht, weil ich, der ich jetzt bin, zurückgeblieben bin auf der Insel.« Er begann zu zittern, als sich der nächste Gedanke in seinem Kopf breitmachte: »Sie hat die Kugel verschlossen, als ich durch die dunkle Pforte getreten bin. Sie hat meinen Körper ins Watt laufen lassen und meine Seele ist gefangen, für alle Zeiten auf der Insel gefangen …«

Während er sich des ganzen Ausmaßes dieser Tatsache bewusst wurde, schloss sich der Nebel langsam wie eine dichte weiße Wand um ihn und schien ihn zu verschlucken. »So wie mich der Nebel verschluckt, so wird auch die Welt da draußen mich vergessen«, dachte Elaf und Tränen liefen über sein Gesicht.

***

An einem grauen Morgen Anfang Oktober wurde ein totes Kind von einem ausfahrenden Fischer auf einer der Sandbänke gefunden.

Der Fischer erkannte den Jungen sofort, es war der Enkel vom alten Grabstatt, dem Glasmacher, der selbst vor kurzem gestorben war. Den Fischer dauerte das Schicksal des Jungen und er dachte bei sich, dass es vielleicht nach all den Schicksalsschlägen, die der kleine Elaf durchgemacht hatte, eine Erlösung für ihn wäre, nun endlich seinen Eltern und seinen Großeltern ins Himmelreich zu folgen. Der Fischer war ein sehr gläubiger Mann und konnte sich nur diese eine Möglichkeit vorstellen. Er fand seinen bescheidenen Trost in der Vorstellung, dass es Elaf nun vielleicht besser ginge als zuvor.

Als der Fischer den Jungen in sein Boot hob und zurück in den kleinen Hafen von Dunkelsreed fuhr, dachte er über Elaf und seinen Großvater nach und fragte sich, warum die beiden so sehr von Elafs Tante, Trine Deichgraf, gequält worden waren. Vielleicht lag es in ihrer üblen Natur, die sich, nachdem sie durch die Hochzeit mit dem jungen Deichgraf zu Einfluss gekommen war, besonders ungünstig entwickeln konnte. Mit diesen Gedanken steuerte er sein kleines Fischerboot vorbei an den Sandbänken und zielsicher auf den kleinen Hafen zu.

Jetzt war nur noch der vierjährige Fjörn übrig, der kleine

Bruder von Elaf, der nach dem Tod der Eltern bei seinem Patenonkel im Dorf untergebracht worden war.

Der Fischer machte sein Boot fest und dachte daran, wie traurig das alles sei und wer jetzt wohl um Elaf trauern würde. Er hatte ihn in ein altes Segeltuch gehüllt und trug ihn nun behutsam den Steg hinauf.

Er überlegte gerade, ob die Deichgraf wenigstens den Anstand besaß, für seine Beerdigung zu sorgen, als er plötzlich in einiger Entfernung am Strand, der hinter dem Hafen begann, eine Menschenmenge sah, die in einem Kreis um etwas auf dem Boden Liegendes herumstand. Er konnte entfernt erregte Stimmen hören, dann sah er, wie jemand eilig den Strand hinauf Richtung Dorf lief.

**

Die Beerdigung von Trine Deichgraf fand an einem dunklen Nachmittag im Oktober statt. Am Himmel sah man Sturmwolken aufziehen, die sich bereits lila-grau zu dichten Gebirgen aufgetürmt hatten und sich rasch dem Friedhof näherten.

Die wenigen, die gekommen waren und nun um das Grab standen, hofften, dass der Pfarrer sich kurzfassen und die gesamte Prozedur schnell an ihnen vorübergehen würde.

Tatsächlich trauerte Trine Deichgraf kaum einer im Dorf nach und nicht wenige hofften, dass es nun insgesamt besser werden würde. Selbst einige der Beerdigungsgäste raunten sich zu, dass es einer Erlösung gleichkäme, dass sie nun tot sei. Schließlich war von ihrem schwächlichen Mann, dem Deichgrafen, wenig zu befürchten, und ihre Tochter, die sie zurückließ, erschien mit ihren knapp zwei Jahren keine Gefahr für den Dorffrieden. Die Schulkinder, die sonst nur verängstigt und bleich zur Schule geschlichen waren, liefen in diesen Tagen nach langer

Zeit wieder fröhlich lachend durch das Dorf. Es war, als wäre eine drückende Last von den Dorfbewohnern genommen worden, und selbst der Deichgraf schien wenig erschüttert vom unerwarteten Ende seiner Frau.

***

Die kleine Alma stand am Strand und blickte über das Meer in die Richtung, wo sie die Insel vermutete. In ihrer Hand hielt sie einen kleinen Strauß mit den letzten Kräutern und Blumen des Herbstes, die sie noch blühend hatte finden können.

Ihre blonden Haarsträhnen peitschten ihr ins Gesicht, doch sie stand still und dachte an Elaf, an die furchtbare Nacht und wie mutig er gewesen war. Er hatte sein Leben geopfert, um sie und die anderen vor *ihr* zu retten.

»Ich werde dich nie vergessen, Elaf«, flüsterte Alma und warf die Blumen in die Flut.

Sie fröstelte, als der Oktoberwind ihr schneidend unter ihr Umschlagtuch fuhr. Nach einem letzten Blick wandte sie sich ab und ging zurück ins Dorf. Sie würde für Elafs Bruder, den kleinen Fjörn, sorgen wie eine Schwester. Wenigstens das konnte sie jetzt noch für Elaf tun.

3   Ein neuer Anfang

Viele Jahre später in einem Dorf in Norddeutschland

Der zwölfjährige Tom saß auf dem harten Stuhl und betrachtete die merkwürdige Andenkensammlung, die auf dem Regal hinter dem Schreibtisch der Direktorin Philonia Grabstatt stand, welche gerade endlose Vorträge über die Qualität ihrer Schule hielt. Sie war von knochiger Statur. Ihr scharfkantiges Gesicht mit den unangenehm stechenden Augen, in die dunkle, strähnige Haare fielen, ließ sie unnachgiebig wirken. Das schwarze Kostüm, das sie trug, verstärkte diesen Eindruck noch.

Tom hatte bereits nach ihren ersten Sätzen abgeschaltet, sein Blick war durch den Raum geschweift und an ihrer skurrilen Sammlung hängen geblieben. Auf dem Regalbrett standen fast ein Dutzend identisch aussehender Glaskugeln auf braunen Holzständern, die unterschiedliche Jahreszahlen zeigten. Auf den ersten Blick erinnerten sie Tom an Schneekugeln, die man mit stimmungsvollen Szenerien in Andenkenläden erstehen konnte. Diese jedoch zeigten alle das gleiche rote Fachwerkhaus, das mit seinem schiefen, reetgedeckten Dach in einer verlassen wirkenden Dünenlandschaft stand und zu dem zwei, mit düsteren Miniaturbäumen gezierte Steinwege führten.

Die plötzliche einsetzende Stille riss ihn aus seinen Gedanken. Philonia Grabstatt schaute ihn, wie er fand, mit etwas zu intensiv blickenden dunklen Augen erwartungsvoll an, als wäre er eine Antwort schuldig geblieben. Offensichtlich hatte er eine Frage in der eintönig dahinplätschernden Rede verpasst und blickte nun hilfesuchend seine Mutter an, die neben ihm saß

und jetzt auf die Frage von Frau Grabstatt antwortete: »Ja …
Ja, natürlich … Und wann wird diese Fahrt stattfinden?«

Fahrt? Was für eine Fahrt? Er musste doch besser zuhören. »Im
Laufe des ersten Schuljahres, genauer gesagt: direkt nach den
Osterferien. Es liegt uns aus pädagogischen Gründen sehr am
Herzen, dass die Schüler bereits im ersten Jahrgang frühzeitig
lernen, sich in die Gemeinschaft einzufügen und die Verantwortung für das Wohl aller und insbesondere der Schule, deren
Repräsentanten sie sind, zu übernehmen.« Frau Grabstatt beugte
sich über die Schreibtischplatte und setzte, wie Tom fand, mit
einem etwas bissigen Lächeln hinzu: »Hochglanzprospekte über
pädagogische Konzepte finden sie anderswo, wir nutzen unsere
Arbeitszeit lieber für die intensive Arbeit am Kind.«
Hier blickte sie Tom mit leicht zusammengekniffenen Augen
an und er fragte sich, wie diese Arbeit an ihm wohl aussehen
würde. Gleichzeitig sah er mit Besorgnis, dass sich die Falte in
der Stirnmitte seiner Mutter bedrohlich zusammenzog, was
immer ein Zeichen dafür war, dass in Kürze Widerspruch von
ihrer Seite zu erwarten war.

»Eine Fahrt, wie schön! Wo geht es denn hin?« Er versuchte,
Frau Grabstatt möglichst freundlich anzulächeln. Während er
sie ansah, dachte er darüber nach, ob sie ihre dunklen Haare
mit Gel an ihrer Stirn befestigte oder ob sie einfach, weil sie
fettig waren, an ihrer Haut festklebten. Vielleicht, überlegte er,
wollte sie damit von ihren buschigen Augenbrauen ablenken,
die den Blick ihrer stechenden Augen unterstrichen, die ihn
zwischen den Strähnen hindurch fixierten.
»Wir fahren nach Dunkelsreed ans Meer, wie ich gerade
sagte. Du kannst die Herberge dort oben sehen. In jedem Jahr
nehme ich zur Erinnerung eine dieser hübschen Andenken-
kugeln mit.«

Tom konnte aus den Augenwinkeln sehen, dass seine Mutter bereits bedenklich die Augenbrauen hob. Es war höchste Zeit zu gehen. Das dachte wohl auch Frau Grabstatt, die sich erhob, ihr gouvernantenhaftes Kostüm glatt strich und seiner Mutter eine knochige Hand entgegenstreckte. »Nun, Frau Denda, dann haben wir ja alles Notwendige besprochen. Die Anmeldeformulare haben Sie. Denken Sie daran, dass eine Anmeldung spätestens drei Wochen vor Ferienende erfolgen muss!«

Seine Mutter versuchte ein höfliches Lächeln, stand auf und reichte Frau Grabstatt die Hand.

***

»Vielleicht sollten wir doch lieber nach einer anderen Schule suchen«, meinte Toms Mutter, als sie das Direktorinnenzimmer verlassen hatten. Inzwischen hatte sich die Falte in ihrer Stirn zu einer tiefen Furche gesteigert.

»Ach was, die sind am Ende alle gleich. Und so schlimm ist es auch nicht, solange du dich nicht mit den Lehrern anlegst«, versuchte Tom seine Mutter zu beruhigen.

Sie gingen durch einen langen trostlosen Flur und Tom hatte Mühe, überzeugend zu klingen, weil er wusste, dass eine andere Schule zu suchen auch hieß, einen weiten Weg auf sich zu nehmen.

Nach ihrem Umzug in den ländlichen Norden war klar, dass seine Mutter nicht mehr anspruchsvoll sein konnte hinsichtlich der Schulauswahl. Die *Schule an der kargen Hütte* war die einzige weit und breit für seine Altersklasse, darüber hinaus genoss sie weithin einen Ruf, wie auch Frau Grabstatt betont hatte, als »Anstalt, die Generationen von vernünftigen und leistungsorientierten Schülern hervorgebracht hatte«.

Auch das war einer dieser Sätze, bei denen seine Mutter zusammengezuckt war. Seine Mutter, die ihn jetzt besorgt ansah, die sich immer Sorgen machte, ob er nicht unter den, wie sie es nannte, »ambitionierten pädagogischen Exzessen« litt.

Sie liefen noch immer durch die Gänge und Tom fragte sich, als sie um die Ecke in den nächsten Flur einbogen, wo man wohl diese Wandfarbe bestellen konnte, die sämtliche Wände in ein gleichmäßiges gräuliches Beige tauchte, das den Eindruck erweckte, als würde man sich in einer Sepiafotografie bewegen.
Die Monotonie der Flure wurde nur von dunkelgrauen abgeschabten Türen unterbrochen, neben denen sich die endlosen Hakenreihen ins scheinbar Unendliche verloren. Da zurzeit noch Sommerferien waren, wurde dieser Eindruck durch die Leere des Gebäudes noch verstärkt.

»Auf einem Hochglanzprospekt würde dieser Laden auch nicht besser aussehen«, schnaubte seine Mutter neben ihm. »Aber«, sie lächelte ihn an, »bestimmt lernst du neue Freunde kennen und die Zeit hier geht ja auch vorbei«, fügte sie etwas halbherzig hinzu.
Tom nickte nur und nahm ihre Hand, um sie zu trösten, als sie auf den Hof hinaustraten. Ein heftiger Wind fuhr in seine braunen Haare, er konnte die Bäume am Rande des alten Schulhofs ächzen hören. Er fröstelte.

***

Die Ferien nutzte Tom, um sein neues Zuhause zu erkunden. Jenseits der *Schule an der kargen Hütte* begann für ihn die Freiheit. Dort lagen weite Wiesen, die von Hecken und Bäumen gesäumt und immer wieder von Entwässerungsgräben durchzogen wurden. Manchmal schlängelten sich kleinere Flussarme durch die Landschaft, die Tom nach der großen Stadt wild und aufregend erschien.

Außerdem hatte er den Eindruck, dass der Wind hier frischer und kräftiger blies als in der Großstadt. Er spürte deutlicher die unterschiedlichen Wetterlagen und genoss selbst heftige Regenschauer.

Und so kam es, dass er, als er an seinem ersten Schultag im September durch dichten Nebel zur Schule ging, so etwas wie eine erwartungsfreudige Spannung auf das, was kommen würde, verspürte. Es war nicht die Schule selbst, über die er sich kaum Illusionen machte, die ihn mit Vorfreude erfüllte. Irgendetwas in ihm sagte ihm, dass es hier Geheimnisse zu ergründen und neue Freunde zu finden gab.

4 Freunde und keine Freunde

Ein halbes Jahr später

Frau Pröhlberg hasste Jungen, Schüler an sich waren ihr einigermaßen zuwider, aber Jungen insbesondere konnte sie nicht ausstehen. Sie fühlte sich von der Lautstärke ihrer Stimmen unangenehm berührt, die ungelenken Bewegungen stießen sie ab, aber am unerträglichsten waren ihre vorlauten Kommentare, ihr steter Versuch, an allem etwas Witziges zu finden, die andauernde Störung ihres wohlgeordneten Unterrichts – kurz, das Chaos, das von ihnen unweigerlich ausging.

Jetzt fixierte sie zwei besonders abstoßende Exemplare, die ihre Köpfe zusammensteckten und sich definitiv mit etwas anderem als den von ihr vorgegebenen Konjugationen auf ihrem Arbeitsblatt beschäftigten. Frau Pröhlbergs Lippen pressten sich aufeinander, ihre Augen verengten sich, sie fühlte, wie sich der Zorn in ihrer Muskulatur verfestigte. Der Hass bündelte sich in ihr zu einer gefährliche Spitzen züngelnden Nessel. Sie spürte die Röte in ihr Gesicht steigen und wusste, dass sie sich, wenn sich ihr Zorn erst entladen hätte, gut fühlen würde.

Frau Pröhlberg dachte kurz mit Genugtuung an die Angst in den Augen der Schüler und an das Gefühl der Macht in ihrem Körper, das sich entfesselte, wenn sie sich ihrem Zorn hingab.

Sie konnte hier bestimmen, *sie* führte, *sie* herrschte und in diesem Moment explodierte in ihr die kleine gehässige Nessel. Sie schrie: »Sofort auseinander, ihr zwei!«

***

Tom blickte den trostlosen Flur entlang. Er war nun schon ein halbes Jahr auf der neuen Schule. Auch wenn sich die meisten seiner Mitschüler schon seit der Grundschulzeit kannten, hatten doch alle mit Tom im ersten Jahrgang in der kargen Hütte neu begonnen und mussten sich an das harsche Regiment von Direktorin Grabstatt und ihrer Lieblingslehrkraft Anita Pröhlberg gewöhnen. Während einige sich scheinbar mühelos einfügten, hatten Tom und andere Mitschüler Schwierigkeiten den Ansprüchen der Direktorin zu genügen. Und so hatte Anita Pröhlberg, die seine Klassenlehrerin war, ihn mal wieder aus ihrem Unterricht entfernt, weil er, wie sie meinte, das Fortkommen seiner Mitschüler durch »krankhafte Einwürfe« behinderte.

Tom betrachtete die Reihe der Jacken und Schuhe und fragte sich zum wiederholten Mal, ob die Jacken und Schuhe der höheren Klassen nach einer ihnen vorgegebenen Ordnung strebten. Es war, als würden sie die von den Besitzern ausgehende Blässe und Gesichtslosigkeit in sich aufnehmen und sich in eine vorgegebene Form der Anpassung und der Selbstaufgabe fügen.

Traurig hingen die Ärmel gerade und gleichförmig herab, Schnürsenkel lagen gehorsam parallel neben den Schuhen. Tom fand, dass von dieser Ordnung fast mehr Trostlosigkeit ausging als von der gräulich-beigen Wandfarbe, die ihn umgab.

Er dachte darüber nach, ob er und seine Klassenkameraden nach einem Jahr in der *Kargen Hütte* auch so enden würden. Noch leisteten die Jacken und Schuhe der untersten Klassenstufe Widerstand und weigerten sich trotz massiver Drohungen von der Pröhlberg in angemessener Ordnung zu ruhen. Aber wie würde die Zeit sie verändern?

Durch die Tür des Klassenraums hörte er lautes Geschrei. Frau Grabstatt unterrichtete gerade Mathematik.

Wahrscheinlich hatten Omid und Viktor, die sich beide durch ihre fantasievollen Einfälle während des öden Schulalltags auszeichneten, wieder Ärger mit ihr. Er hörte den dumpfen Klang von Tischen, die über den Boden geschoben wurden, und ahnte, dass Frau Grabstatt zu ihrer Lieblingsdisziplinarstrafe griff. Die Bestraften mussten dazu hinter einem vor ihnen aufgerichteten Tisch in einer Ecke des Raumes die Arbeit an den Arbeitsblättern auf Knien verrichten. Da war es dann doch besser, im Flur zu sitzen.

Demut und Gehorsam wurden in der *Schule an der kargen Hütte* großgeschrieben. Doch fast schlimmer als die fantasievollen Disziplinarmaßnahmen fand Tom die unglaubliche Langeweile, die sich in endlos scheinenden Unterrichtsstunden ausbreitete. Er hockte auf dem Boden und überlegte, wann wohl die jetzige Schulstunde zu Ende sei.

Sie hatten gleich große Pause, daher wusste er, dass zunächst Holger Brobank auftreten musste. Der Lehrer Holger Brobank war dick und sein Temperament war von einer gewissen Launenhaftigkeit geprägt, die ihn entweder fröhlich feixend oder leicht ungeduldig erscheinen ließ, die aber durch die zuverlässige Gabe von drei bis vier belegten Brötchen pro Pause stabilisiert werden konnte. Toms Uhr zeigte noch sieben Minuten bis zur Pause, er zählte die Sekunden. Fast pünktlich bei Sekunde 127 hörte er Herrn Brobank nahen, zielstrebig auf dem Weg zum Hausmeister, um seinen Proviant zu sichern.

Brobank beendete die Stunden vor der großen Pause grundsätzlich mit Stillarbeit, um die tägliche logistische Herausforderung zu meistern, die darin bestand, vor der stellvertretenden Direktorin das Ziel zu erreichen.

Die stellvertretende Direktorin Frau Ohnegleichen war nämlich sowohl in Schüler- als auch in Lehrerkreisen dafür bekannt, dass sie umständlich, etwas desorganisiert, aber vor allem beseelt von gesunder Ernährung und gesundem Verhalten war und gerne Vorträge über selbiges zum Besten gab.

Auch sie holte jeden Morgen zur Pausenzeit ihr vorbestelltes Brötchen beim Hausmeister ab, nicht ohne zu kontrollieren, ob Salatbeilage und Gemüsescheibchen in ausreichender Menge das dünne, vertrocknete Scheibchen Käse begleiteten. Diese Inspektion brachte Brobank fast um den Verstand, der selbst jegliches Unkraut, wie er es nannte, energisch von seinen Brötchen rupfte, um in den vollen Genuss von Frikadellen und anderen Schweinereien zu gelangen.

Siegessicher, heute der Erste zu sein, schritt Brobank gut gelaunt an Tom vorbei. »Na, Denda, wieder nur Blödsinn im Kopf, was?«, kommentierte er augenzwinkernd, während sich die Vorfreude auf den kulinarischen Genuss bereits in einem gewissen Federn seines energischen Schrittes zeigte.

»Gott sei Dank, endlich Pause«, dachte Tom erleichtert, und kurz darauf ertönte die blecherne Pausenklingel und die ersten Schüler strömten auf den Flur. Die höheren Klassen in geordnetem Verdruss, die untersten Klassen in von Langeweile befreitem Chaos.

Stella Guntzel, Liebling aller Lehrerinnen in den siebten Klassen, schlenderte, einen riesigen Apfel kauend, an ihm vorbei und versäumte es nicht, ihm noch einen Tritt ans Schienbein zu versetzen, wobei sie ihm »elende Niete« zuraunte.

»Pah, sei froh, dass dir das erspart geblieben ist.« Sara kam mit entnervtem Gesicht aus der Klasse. »Die Guntzel durfte Sätze in unterschiedlichen Zeitformen konjugieren: *Ich war schon immer die Schlaueste von allen, ich bin die Schlaueste von allen, ich werde immer die Schlaueste von allen sein*«, äffte Sara ihren Ton nach. »Und die Pröhlberg hat ihr natürlich ein *außerordentliches sehr gut* gegeben. – Das ist doch total ätzend.« Sara zog eine Grimasse.

Inzwischen waren Tom und Sara die letzten Schüler auf dem Flur. Es war verboten, sich während der großen Pause im

Schulgebäude aufzuhalten, und Tom wollte keinen weiteren Verweis riskieren.

»Komm, lass uns lieber rausgehen, bevor die Ohnegleichen von ihrem Einkauf zurückkommt.« Tom zog Sara an der Jacke Richtung Ausgang.

Zu spät, Frau Ohnegleichen legte bereits ihre Hände auf Toms Schultern. »Nun aber husch, husch, Kinder! Wir wollen doch alle etwas Sauerstoff in unsere Lungen pusten, nicht wahr?« Sie schob die beiden zur Schulhoftür raus. »Immer dran denken: einatmen …«, sie sog die Luft mit einem hörbaren Grunzen ein und warf dabei die Arme in die Luft, »und ausatmen.« Frau Ohnegleichen drückte die Handflächen zum Boden, als müsse sie die Luft aus ihrem dürren Körper pressen. Dabei waren ihre Augen weit aufgerissen und sie schwankte bedenklich vor und zuruck. Tom befürchtete kurz, dass sie ohnmächtig vornüberkippen würde, aber gerade, als er fragen wollte, ob alles in Ordnung sei, drehte sie sich um und verschwand im Lehrerzimmer.

»Komm, wir gehen zu den Schaukeln rüber«, entschied Tom nach einem ersten Blick über den gepflasterten Schulhof. Sie gingen in die hinterste Ecke des Schulhofes, wo ihr Freund Linus bereits wartete, und setzten sich nebeneinander auf die alten Schaukelbretter, die knarzend an einem rostigen Gestänge hin und her schwangen. Von den Schaukeln hatte man einen guten Blick auf den Schulhof und sie beobachteten Stella, die mit ihrer besten Freundin Nina gerade dem dicken Bente Scheunendierks nachging, der wie üblich einen seiner Mitschüler drangsalierte. Die beiden sahen sich gerne in der Rolle der Aufpasserinnen und protokollierten alle möglichen angeblichen Vergehen gegen die Schulordnung in einem kleinen Heft, das sie regelmäßig der Grabstatt oder der Pröhlberg vorlegten.

Jetzt hatte Stella Linus erblickt und änderte ihren Kurs. Auf ihrem Weg zu ihnen stieß sie absichtlich in die etwas pummelige Klara, der daraufhin ihr turmhohes Bananen-Marmeladen-Kokos-Sandwich aus der Hand fiel und die nun zu weinen anfing. Zwei der älteren Schüler drehten sich daraufhin um und wiesen sie streng an, den Schulhof zu säubern.

»Is' ja fies«, hörte Tom Sara sagen, die das Gleiche beobachtet hatte. »Andererseits isses vielleicht besser, wenn sie das Zeug nicht isst.«

»Na, flirtet Biene Maja mal wieder mit dem dicken Willi?« Die Guntzel stieß Nina kichernd in die Seite, während sie hämisch auf Sara und Tom blickte. Tom, der schlaksig war und wusste, dass die Guntzel ihn und Sara nur provozieren wollte, zuckte nur mit den Schultern. »Ach, halt den Rand.«
Stella ignorierte ihn und drehte jetzt ihren Schwanenhals zu Linus herum, während sie mit zuckersüßer Stimme gurrte: »Hi, Linus.«
Sara verdrehte genervt die Augen. Linus nickte nur kurz.
Sara wusste, dass Stella hinter Linus her war, wobei sie sich nicht erklären konnte, warum das so war, denn Linus war zwar gut in der Schule, bildete sich aber anders als Stella nichts darauf ein. Zudem war er in keiner Weise an ihr interessiert.
Stella lehnte sich an die Stange des Schaukelgerüsts und raunte ihm zu: »Heute Nachmittag bringt mein Vater den Adlerkopf in meinem Zimmer an, den ich geschossen habe.« Sie lächelte und seufzte gekünstelt: »Ich weiß nur noch nicht, ob der überhaupt Platz hat, weil die Siegerurkunde vom Schießwettkampf so groß ist …«

»Ach, is' doch egal, Stella«, winkte Linus ab, bevor er aufstand und damit begann, einen Tennisball über den Schulhof zu kicken. Die Guntzel zog ein Gesicht und mit einem Rucken ihres Kopfes bedeutete sie Nina, ihr zu folgen. Sara nahm es befriedigt zur Kenntnis.

»Wann fahren wir eigentlich auf diese Fahrt?«, wandte sich Tom an Sara.

»In genau vier Wochen.«

Sara wusste so etwas immer exakt, außerdem war sie, anders als Tom, geradezu euphorisch, was die Aussicht auf die nahende Klassenfahrt anging.

»Nächste Woche machen wir die Zimmerverteilung. Ich hoffe, dass ich nicht mit der Guntzel und Nina in ein Zimmer muss. Dann lieber Klara, da hat man wenigstens Spaß.«

»Ich versteh gar nicht, wie du dich darauf freuen kannst.«

Tom war sich nicht sicher, ob er die Klassenfahrt des unteren Jahrgangs nicht eher fürchten sollte. Immerhin fuhren Pröhlberg und Grabstatt als Klassenlehrerinnen mit, was dem ganzen Unternehmen etwas Unerfreuliches verlieh. Gott sei Dank kamen auch der Brobank und die Lübke mit, Toms Biologielehrerin. Da Frau Lübke, wie Tom fand, von geradezu begnadeter Blödheit war, erhöhte ihre Teilnahme an der Fahrt wenigstens die Wahrscheinlichkeit unfreiwillig komischer Situationen, was man von Pröhlberg und Grabstatt leider nicht sagen konnte.

Es klingelte. Die älteren Schüler reagierten wie auf Knopfdruck und traten ohne jedes Zögern den Weg in die Klassenräume an. Tom kamen sie manchmal vor wie Aufziehpuppen. Seufzend machten Sara und er sich trödelnd auf den Weg. Zwei weitere Schulstunden mit der Lübke lagen vor ihnen, Tom sehnte sich nach dem Ende dieses Schultages.

***

Frau Lübke war verwirrt. Sie blickte verärgert auf den Computer, der sich weigerte, ihren, wie sie fand, durchaus klaren Befehlen nachzukommen. Obwohl sie inzwischen alle Tasten auf der Tastatur durchprobiert hatte, blieb der Bildschirm bei seinem Startbild und zeigte das ewig gleich wehende Banner mit dem Schulmotto: »Lerne in Demut von denen, die klüger sind als du!« Langsam entstand Unruhe in der Klasse. Hoffentlich kam nicht gleich wieder einer dieser nervtötenden Besserwisser mit einem Schlaumeier-Vorschlag.

»Die hat bestimmt den USB-Stick von der Tastatur nicht eingesteckt«, flüsterte Tom Linus zu, der neben ihm saß. »Ja, glaube ich auch, aber behalt das lieber für dich, sonst müssen wir ihre bescheuerten Fragen abarbeiten.«

»Zu spät, Denda …« Mit einem breiten unnatürlichen Lächeln, das eher einem Zähnefletschen glich, hatte sich die Guntzel zu ihnen umgedreht, die natürlich, Tom hätte es sich denken können, alles gehört hatte. Ihr Arm schnellte bereits in die Höhe. Frau Lübke versuchte ihn zu ignorieren, aber die Guntzel schnipste jetzt auch mit den Fingern, sodass die Lübke schließlich entnervt aufgab und sie drannahm.

»Ja, Stella, was ist denn?«

»Ich glaube, irgendjemand«, hier blickte sie sich zu den Jungen, die hinter ihr saßen um, »hat absichtlich den USB-Stecker von der Tastatur hinten rausgezogen.«

Gloria Lübke schaute sie verwirrt an, was war nun wieder ein USB-Stecker? Sie hasste es, wenn die Schüler in einem Kauderwelsch sprachen, den sowieso kein normaler Mensch verstehen konnte. Sie blickte wieder auf den trostlosen Bildschirm, wo immer noch das Banner wehte, und zwang sich zu einem Lächeln: »Nun, wenn das so ist, wird es ja wohl am besten sein, wenn die Missetäter das auch wieder bereinigen. Los, Linus, kümmere dich drum.« Linus schlurfte, die Hände in den Taschen, in aufreizender Langsamkeit nach vorne.

»Geht's mal 'n bisschen schneller!« Die Lübke fuhr sich mit der Hand durch ihre wallenden Locken. Endlich kam Linus an. Er beugte sich runter und nahm fast in Zeitlupe das Kabel hoch.

»Ist es dieses, Frau Lübke?«

»Woher soll ich das denn wissen? Jetzt mach einfach.«

In den hinteren Reihen erhob sich bereits amüsiertes Getuschel. Frau Lübkes Augen verengten sich leicht und sie wies die Schüler an: »Aufgepasst! Wenn ihr heute nicht fertig werdet, nehmt ihr das alles als Hausaufgabe mit nach Hause! – Ich werde euer Wissen in Dunkelsreed abprüfen, verlasst euch drauf. Und da gibt es keine Computer, die euch helfen könnten.«

Linus hatte sich inzwischen unter den Schreibtisch gequetscht und stöhnte kunstvoll auf. »Da sind so viele Eingänge am Computer, Frau Lübke. Welchen soll ich denn nehmen?«

Gott waren diese Schüler dämlich.

»Tja, dann musst du wohl getreu dem Motto unserer Schule von den Klügeren lernen. – Stella, hilf dem Trottel mal.«

»Das mach ich doch gerne, Frau Lübke.« Die Guntzel tänzelte nach vorne und Frau Lübke bedauerte für einen Moment, Stella aufgefordert zu haben, von der sie immer den Verdacht hatte, dass sie sich im Geheimen für überlegen hielt.

»Frau Lübke, darf ich Ihnen zur nächsten Stunde meine Versteinerung mitbringen, die ich gefunden habe, als ich mit meinem Vater auf Asienexpedition war?«, fragte sie prompt, bevor sie sich die Mühe machte, ihr zu helfen. »Ja, wenn es sein muss«, antwortete sie ausweichend. »Jetzt aber mal schnell.« Sie musste jetzt endlich wieder etwas Zug in diese Stunde bekommen.

Stella Guntzel, die Linus das Desinteresse an ihren Auszeichnungen noch übel nahm, riss ihm das Kabel mit einem »Gib her, du Loser« aus der Hand, stieß ihn zur Seite und steckte es ein. Ein kleines Licht begann auf der Tastatur zu leuchten und Frau Lübke kehrte in ihren Grundzustand der unbeschwerten Heiterkeit zurück.

»So, jetzt aber alle auf euren Platz! – Immer zu zweit. Es müssen alle Aufgaben hier gelöst werden und denkt daran, Recherchen sind erlaubt, aber nur bei *Mutti-ich-weiß-was.de*. Wer andere Seiten nutzt, bekommt eine Strafarbeit.«

Den Rest der Stunde verbrachten Tom und seine Klassenkameraden damit, langweilige Fragen wie *Warum soll man Dünen nicht betreten? Welches Brutverhalten zeigt die gemeine Raubmöwe?* zu beantworten.

5   Die Insel der Verlorenen

Insel, viele Jahre zuvor

Viele Tage und Nächte beobachtete Elaf das Kommen und Gehen der Wellen. Er hatte Zeit. Er sah den Möwen bei ihren akrobatischen Flügen zu, erlebte, wie auf den nahen Sandbänken junge Robben heranwuchsen. Die Jahreszeiten kamen und gingen und die Zeit an sich verdichtete sich zu einem endlosen Ganzen.

Am Anfang war er verzweifelt gewesen, doch mit der Zeit war es, als ob der Lauf der Sterne ihn auf einer langen Reise begleitete, deren Ende er noch nicht kannte, die aber eine große Ausdauer von ihm verlangte.

Er verlor jegliches Zeitgefühl, erst für die Tage, dann für die Wochen, später für die Monate und am Ende wusste er nicht, wie viele Jahre er bereits auf der Insel verbracht hatte.

Zu Beginn hatte Elaf sich häufig im Haus aufgehalten. Die Insel, die bei Sonnenschein auf ihn friedlich, fast beruhigend wirkte, veränderte sich deutlich, wenn Nebel oder Sturm aufzog. Bedrohlich ragten dann die Eiben und Koniferen am Weg wie unheimliche Wächter auf, die Elaf zu beobachten schienen. Die Einsamkeit erdrückte ihn an solchen Tagen fast und Elaf flüchtete in die kleine Kate. Das Haus selbst war zwar nur mit wenigen Dingen eingerichtet, die er an sich nicht benötigte, die ihm aber immerhin ein Gefühl von Zuhause vermittelten. Es gab ein Himmelbett und ein kleines Sofa, einen Tisch und zwei Stühle. Tagsüber wirkte das Haus etwas düster, doch in der Nacht verströmte es ein warmes, sanft leuchtendes Licht, das Elaf als tröstend empfand, während sein Geist, der keinen Schlaf mehr kannte, sich in Gedanken und Erinnerungen verlor.

Da Elaf Zeit im Überfluss hatte, begann er, die Insel zu erkunden, die größer war, als es für ihn zu Beginn den Anschein gehabt hatte. Der Weg, der an der einen Pforte begann, durchlief die Insel von einem Ende zum anderen und endete an der zweiten Pforte. Es war der einzige Weg überhaupt. Elaf hatte genau 3843 Schritte gebraucht, um von der einen zur anderen Pforte zu gelangen.

Er hatte sich, als er mit seinem Großvater auf der Insel gewesen war, nie weiter abseits des Weges und des Hauses bewegt und stellte nun fest, dass sich jenseits des Pfades zu beiden Seiten eine mit Strandgras und teilweise dornigen Büschen bewachsene Dünenlandschaft ausbreitete, die sich hügelartig zum Inselrand zog. Vögel nisteten in den weitläufigen, geschützten Dünentälern. Am Rand der Insel brachen die Dünen schließlich steil ab, um in einem schmalen Streifen Strand zu enden, der auch bei Flut meistens trocken blieb.

Elaf hatte schon in den ersten Tagen versucht, sich vom Inselufer zu entfernen, hatte aber feststellen müssen, dass er weder die Pforten passieren noch weiter als wenige Schritte Richtung Meer gehen konnte, da die Insel von einer Art unsichtbaren Mauer umgeben war, die er nicht zu durchdringen vermochte, weil sie sich wie eine starke Strömung gegen ihn stellte.

Manchmal stand Elaf am Dünenrand und blickte auf das Meer, um nach Fischerbooten Ausschau zu halten. Ein Boot, das er gut kannte und das dem alten Fischer, der ein guter Freund seines Großvaters gewesen war, gehörte, hatte er hin und wieder gesichtet und ihm zugewinkt. Das Seltsame war, dass, wenn er dies tat und schon fast glaubte, entdeckt worden zu sein, sich schlagartig dichter Nebel entwickelte und er innerhalb von Sekunden gar nichts mehr sehen konnte. Offenbar wollte die Insel nicht entdeckt werden und hatte einen eigenen

Willen, den er nicht beeinflussen konnte. Inzwischen winkte er nicht mehr, sondern saß nur still in der Düne, wenn Boote in der Nähe waren, und wunderte sich wie diese sich im Lauf der Jahre veränderten.

Anders als Menschen konnten Tiere die Insel besuchen und verlassen. Hin und wieder hockte Elaf sich neben die jungen Kegelrobben, die am Rand der Insel lagen. Er mochte es, ihnen über das Fell zu streichen. Sie kugelten sich dann manchmal auf den Rücken oder stupsten ihn mit ihrer feuchten Nase an. »Also«, dachte er, »bin ich doch noch da und vielleicht kein Geist.«

***

Es war an einem Frühlingsabend im April, nachdem Elaf schon viele, viele Jahre auf der Insel war, als er die unbekannte Gestalt, die ihn einst aus den Fluten gezogen hatte, ein zweites Mal sah. Er hatte in den Dünen gesessen und aufs Meer geschaut, als er zunächst entfernt eine Frauengestalt wahrnahm, die offensichtlich zwischen den durch die Ebbe freigelegten Sandbänken lief. Aufmerksam verfolgte er sie. Sie kam näher, blieb dann auf einer Sandbank stehen und blickte sich um. Ihre langen hellen Haare flatterten im Wind. Sie trug ein langes Kleid aus verblichenem blauen Stoff und um die Schultern wehte ein dunkles Tuch. Elaf wartete gespannt, er hoffte, dass sie sich zu ihm umdrehen würde, und wagte kaum zu atmen, als hätte er Sorge, dass ein unvorsichtiges Geräusch sie vertreiben könnte.

Endlich wandte sie sich um, und zu Elafs Erstaunen blickte sie ihn direkt an. Elaf war für einen Moment wie gelähmt, bevor er aufsprang und wild mit den Armen ruderte, was eigentlich nicht nötig war, denn schließlich hatte sie ihn ja bereits gesehen. Sie lächelte daraufhin und hob langsam die Hand zum Gruß. Erst jetzt wurde Elaf bewusst, dass es dunkler um ihn geworden war. Die Sonne ging unter und mit dem Anbruch der Nacht kam Dunst auf, der sich bereits um die Frau legte. Elaf wusste, dass er sie nicht erreichen konnte, aber er hatte Angst, dass sie in Kürze von der Dunkelheit verschluckt werden könnte. In seiner Sorge winkte er ihr zu, doch näher zu kommen. Er wollte gerade rufen, als er plötzlich eine Stimme vernahm, die aus seinem Inneren zu kommen schien, aber gleichzeitig ihre Stimme sein musste, denn er konnte schwach erkennen, wie sich ihre Lippen bewegten: »Die Zeiten werden sich ändern, Elaf, und es werden andere kommen, die deine Hilfe benötigen …«

Elaf wollte antworten, aber kein Laut kam über seine Lippen. Die Gestalt verschwand im Nebel und er blieb allein zurück.

Er lag auf dem großen Himmelbett und dachte über die Worte der fremden Frau nach. Wer war sie? Und warum kam sie ihm so vertraut vor? Er kramte in seinem Gedächtnis und versuchte sich zu erinnern, ob sein Großvater jemals etwas über sie gesagt hatte. Aber so sehr er sich auch bemühte, ihm fiel nichts ein.

Das Bett hatte ein hölzernes Gestell, an dem Bettvorhänge hingen, die Motive von Schiffen zeigten, die auf hohen Wellen schaukelten. Elaf setzte sich auf. Bislang hatte er sich nie gefragt, wer das Haus erbaut hatte und wer es mit den Möbeln ausgestattet hatte. Die Stühle, der kleine Tisch, das Sofa – sein Blick schweifte durch den Raum. All diese Möbel waren einfach und zeugten nicht unbedingt von Reichtum, aber sie waren liebevoll ausgesucht und in ihrer Schlichtheit schön. Das kleine Sofa hatte einen blauen Bezug, auf den jemand kleine weiße Möwen gemalt hatte. Wenn man dort saß, konnte man durch die Fenster hinaus auf die Bäume und ein Stück des Himmels sehen. Es gab auch ein großes Bild. Es hing über dem Sofa. Elaf hatte schon mehrmals davorgestanden. Jetzt betrachtete er es nochmals genauer in der Hoffnung, dass es ihm vielleicht irgendeinen tieferen Sinn offenbaren würde. Obwohl vieles im Haus, ganz zu schweigen von Haus und Insel selbst, einen Bezug zum Meer aufwies, war das Motiv des Bildes ein vollkommen anderes. Es zeigte eine Werkstatt, in der ein Glasbläser stand und arbeitete. Auch Elaf kam aus einer Familie von Glasbläsern und vielleicht hatte er deshalb das Bild nie besonders beachtet. Es war, wie er fand, etwas düster, einzig das Feuer erhellte die Szenerie und in dem schwachen Schein konnte man das konzentrierte Gesicht des Glasbläsers bei der Arbeit sehen. Er arbeitete an einer kleinen Figur, die wie eine kleine gläserne Frauengestalt aussah. Elaf betrachtete das Gesicht des Mannes genauer. Etwas, das Elaf wie Trauer oder Schmerz erschien, lag in seinem Ausdruck.

Er seufzte, vielleicht war es einfach nur ein Bild und mehr nicht und es lohnte sich nicht, sich den Kopf darüber zu zerbrechen. Er ließ sich auf das Sofa sinken und blickte hinaus. Es war recht böig draußen, er konnte die Zweige im Wind knarren hören. Es würde Sturm geben.

Nach einer Weile beschloss er, dass er wenigstens nichts unversucht sein lassen wollte und ging hinüber zum Tisch, um auch diesen eingehend zu untersuchen. Vielleicht fand er einen Hinweis auf den Tischler. Er krabbelte unter den Tisch und untersuchte die Verstrebungen. Zu seiner Überraschung entdeckte er eine Schublade, die er bislang übersehen hatte, weil sie tief unterhalb des Tisches eingelassen war. Er zog sie heraus und fand zwei dicke Bündel mit Briefen darin, die mit einer Schleife zusammengebunden waren. Seine Hände zitterten leicht vor Erregung, als er die Briefe herausnahm. Die Schleife war verblichen. Ihm fiel auf, dass die Blätter viele Knicke aufwiesen, als seien sie mehrfach gefaltet gewesen. Vorsichtig löste Elaf den Knoten der Schleife und öffnete den ersten Brief.

1869 im Juli

Liebste Milli,
*   du weißt, wie ich dich vermisse. Den Kindern geht es gut. Der Kleine ist ein wahrer Wildfang und sein großer Bruder hilft mir, wo er kann.*
*   Deine Malven sind in schönster Pracht erblüht, und wenn ich morgens aus dem Küchenfenster blicke, gilt mein erster Gedanke Dir, meiner liebsten Milli.*
*   Auch heute Abend werden wir für Dich am Strand ein Licht entzünden, damit Du weißt, dass wir an Dich denken.*
*   In Liebe*
*   Dein Johann*

Es war ein Liebesbrief, geschrieben von einem Mann an seine Frau, die offenbar in weiter Ferne war. Elaf öffnete den nächsten Brief, dann einen weiteren. Sie alle enthielten Ähnliches, Berichte von einem Zuhause mit heranwachsenden Kindern, Erzählungen von Bekannten, die zu Besuch kamen, von trostlosen Arztbesuchen, deren Bedeutung Elaf nicht verstand, und immer wieder von der Liebe Johanns zu seiner Milli. Die Jahre vergingen in den Briefen und Elaf las und las. Er erlebte, wie der Mann älter wurde, wie er sich mit dem jüngeren der zwei Söhne über dessen Habsucht zerstritt und wie der Ältere sich um seinen Vater sorgte. Der letzte Brief war in zittriger Handschrift geschrieben und datiert auf November im Jahr 1889.

Liebste Milli,
*   es ist, als ob mein Herz auch nach all diesen Jahren vor Sehnsucht nach Dir zerspringen möchte. Ich spüre, dass ich schwä-*

cher werde, und habe große Sorge, dass ich es nicht mehr schaffen werde, zu Dir zu kommen. Daher bitte ich Dich, Dich bereit zu halten. In den kommenden Nächten, wenn der Mond abnimmt, werde ich dort auf Dich warten, wo wir beide uns einst unser Versprechen gaben.

In Liebe

Dein Johann

Elaf stutzte: Milli und Johann – so hießen seine Urgroßeltern. Er erinnerte sich wie er als kleiner Junge mit seinem Großvater vor ihrem Grab gestanden hatte. Milli war lange vor Johann gestorben. Aber wo hatte Johann auf Milli gewartet und wie konnte sie ihn treffen? Hatte sie ihn überhaupt wiedergesehen? Gab es doch einen Weg zurück? Elafs Herz raste oder vielleicht war es auch nur die Erinnerung seiner Seele an sein Herz, die ihm dieses Gefühl gab.

Tief in Gedanken nahm Elaf kaum das Tosen des Sturms draußen wahr. Die Nacht hatte sich inzwischen herabgesenkt und das Haus hatte sein ihm eigenes schwaches Licht entzündet.

Was hatte das alles zu tun mit den Worten, die jene Frau am Strand zu ihm gesprochen hatte? Was wollte sie von ihm und wem sollte er helfen?

Als er sich gerade fragte, ob das Ganze nur ein Streich seiner Einbildung gewesen sei, schwang plötzlich die Tür des Hauses auf und zwei Gestalten betraten den Raum.

6 Willkommen in der Herberge Dunkelsreed

Kurz vor den Osterferien berief die Grabstatt eine Versammlung der untersten Klassenstufe ein, um die Verteilung auf die verschiedenen Zimmer vorzunehmen.

»Wünsche können nur berücksichtigt werden, wenn sie von den Lehrkräften gutgeheißen werden«, hatte sie im Vorfeld bereits erläutert, und Sara war dementsprechend pessimistisch, ob sie mit Klara in ein Zimmer ohne Gesellschaft von Stella Guntzel kommen würde. Tom hatte im Spaß bereits angemerkt, dass wenn es Einzelzellen gäbe, er bestimmt eine bekäme.

Am Ende war aber doch alles insgesamt besser als erwartet.

Zwar musste Sara tatsächlich mit der Guntzel und deren Freundin Nina ein Zimmer teilen, Klara war aber immerhin auch dabei und ein sehr schüchternes Mädchen aus der Nachbarklasse namens Arjell.

Tatsächlich wollten die Eltern von Arjell diese nach der Meerjungfrau des gleichnamigen Films nennen, wussten aber bei der Namensgebung nicht, wie man es richtig schrieb. Sara war der Überzeugung, dass Arjells Schüchternheit daher rührte, dass es ihr einfach peinlich war, mit so einem Namen durch die Welt zu laufen, und sie deshalb jeglichen Kontakt mied, um von niemandem mit ihrem Namen angesprochen zu werden. Arjells Eltern gehörten zu den alteingesessenen Bauern der Gegend, aber ihre Mutter fühlte sich und ihre Tochter »zu Höherem berufen«, wie sie sich ausdrückte. Deshalb wurde Arjell immer in Kleidchen gesteckt, die aussahen, als wären sie mit buntem Zuckerguss verziert worden. Erschwerend kam hinzu, dass Arjell wenig meerjungfrauenhaft aussah. Aus diesem Grund wurde sie dreimal wöchentlich zum Ballettunterricht geschickt, zusammen mit Nina, die dann auf dem Schulhof zum Besten gab, wie die insgesamt etwas kräftiger gebaute Arjell versuchte zu tanzen.

Auch Tom hatte bei der Zimmereinteilung Glück gehabt und war für ein Zimmer mit Linus sowie Omid und Viktor aus der Nachbarklasse eingeteilt. Leider hatten sie auch Albert de Breun mit im Zimmer, der ebenfalls aus Frau Grabstatts Klasse war und jeden, der es hören wollte oder nicht, von seiner Hochbegabung in Kenntnis setzte. Albert war hochgewachsen und hatte dünne blonde Haare, die ihm in die Augen fielen. Zudem trug er eine Brille, die allerdings nur die Aufgabe hatte, seine Augen vor Zugluft zu schützen. Sara nannte ihn immer das männliche Gegenstück zu Stella Guntzel. Tom fand das übertrieben, da de Breun immerhin niemanden verpetzte, sondern einem vor allem durch seine Selbstverliebtheit auf die Nerven ging.

Nach der Verteilung der Zimmer entstand in der Schülerschaft ein aufgeregtes Tuscheln und Planen, die Luft vibrierte vor gespannter Erregung. Alle freuten sich mehr oder weniger, weil es doch immerhin aufregend war, wegzufahren, auch wenn der Preis, es mit Grabstatt und Pröhlberg rund um die Uhr zu tun zu haben, relativ hoch erschien.

Die Osterferien kamen. Die Klassenfahrt sollte direkt in der Woche nach den Ferien stattfinden. Inzwischen war es Mitte April und die Narzissen und andere Zwiebelblumen leuchteten in den Vorgärten des Ortes.

***

Es war am letzten Ferientag, als Tom in der Nacht schrecklich schlecht wurde. Er musste sich mehrfach übergeben und bekam Schüttelfrost. Nachdem seine Mutter Fieber gemessen hatte, machte sie ein mitleidsvolles Gesicht und Tom ahnte bereits, was sie ihm eröffnen wollte – Absage der Klassenfahrt wegen Krankheit. Tom fluchte. Erst jetzt merkte er, wie sehr er sich doch insgeheim gefreut hatte auf unbekannte Abenteuer und auch darauf, mit seinen Freunden zusammen zu sein. Mittags kam Sara vorbei, die fragen wollte, ob er auch eine Kamera eingepackt hatte. Als sie ihn im Bett liegen sah, machte sie ein langes Gesicht, und während sie seine Salzstangen kaute und seine Cola trank, versprach sie ihm, mindestens drei Postkarten zu schicken und alles, was sich ereignen würde, genau zu berichten.

Am Abend hörte Tom, wie seine Mutter einen erbitterten Kampf mit Toms Klassenlehrerin Anita Pröhlberg führte. Sie war anscheinend nicht davon überzeugt, dass ein Infekt Grund genug sei, um eine Klassenfahrt abzusagen. Die Pröhlberg war zudem offensichtlich der Auffassung, dass Toms Krankheit erfunden sei, denn er hörte die vor Empörung zitternde Stimme seiner Mutter ins Telefon schreien: »Das ist ja eine Unverschämtheit, was Sie mir da unterstellen! Aber eines kann ich Ihnen mit Sicherheit sagen: Dass die Gesundheit meines Sohnes mir tausendmal wichtiger ist als diese Fahrt, die ja sowieso eher einer Disziplinarstrafe gleicht als einer Klassenfahrt.«
Daraufhin musste die Pröhlberg, wie Tom vermutete, ihrerseits rasend vor Wut den Hörer aufgelegt haben. Es kehrte etwas Ruhe ein und er hörte eine Weile nur das leise Fluchen seiner Mutter, das begleitet wurde von einigen beruhigenden Einwürfen seines Vaters, als das Telefon klingelte und die Direktorin selbst, Frau Grabstatt, die wahrscheinlich umgehend von der Pröhlberg benachrichtigt worden war, versuchte, ihren Einfluss geltend zu machen. Tom hörte die angespannte Stimme seiner Mutter: »Sie werden doch sicher verstehen, dass man nicht mit 39,6 Grad Fieber und einem Infekt auf eine Klassenfahrt fahren kann, oder?«

Tom war sich ziemlich sicher, dass die Grabstatt das überhaupt nicht verstand, weil es gegen das von ihr bereits vollständig inszenierte pädagogische Konzept ging, aus dem er jetzt rausfallen würde.

Es folgte ein zähes Ringen, bei dem seine Mutter unter dem Druck der Grabstatt so weit nachgab, dass sie zusicherte, Tom nach Abklingen der Krankheit nach Dunkelsreed zu bringen. Toms Herz machte einen Hüpfer – also vielleicht doch noch ein bisschen Spaß mit den anderen. In der Hoffnung, den Genesungsvorgang zu beschleunigen, trank er seine lauwarme Cola und würgte ein paar Salzstangen herunter, bevor er am Ende einschlief.

***

Der alte, schäbige Bus fuhr holpernd los. Sara winkte ein letztes Mal ihrer Mutter zu und ließ sich dann neben Klara in den verschlissenen Sitz fallen. Nachdem sie die Landstraße erreicht hatten, zog sie ihren Rucksack auf ihren Schoß, um sich etwas Proviant rauszuholen. Reisen machten sie immer hungrig. Klara ging es nicht anders, sie hatte bereits in ein Pflaumenmus-Karotten-Sandwich gebissen, als sie ein unangenehmes Knacken und Fiepen in der Lautsprecheranlage vernahmen.

»Essen und Trinken sind während der Fahrt grundsätzlich nicht gestattet! – Ich dulde keine dreckigen Finger an den Komfortpolstern des Busses!«, schnarrte die Stimme von der Grabstatt durch das Mikrofon.

Ein unwilliges Murmeln erhob sich. Der dicke Brobank, der ganz vorne saß, drehte sich mit vollen Backen grinsend und mit einem Augenzwinkern zu den Schülern um. In der Hand hielt er ein dick belegtes Wurstbrötchen.

»Klar, dass der essen darf und wir hungern sollen.« Sara steckte frustriert ihr Brötchen zurück in den Rucksack. Draußen hatte es begonnen zu regnen. Die Fahrt verlief öde, weil die Pröhlberg der Ansicht war, die Schüler sollten nochmals die Konjugation von Verben üben und jeder musste irgendeinen, wie Sara fand, dämlichen Satz aufsagen.

Omid und Linus vergnügten sich in der hintersten Reihe mit einem Kartenspiel und verpassten ihren Einsatz. Die Pröhlberg bekam einen Wutanfall und herrschte die beiden an: »Das ist ja eine Unverschämtheit!«, was Linus wiederum für die zu konjugierende Vorgabe hielt und prompt antwortete: »Es war eine Unverschämtheit. Es ist eine Unverschämtheit gewesen. Es war eine Unverschämtheit gewesen …« Alle lachten, auch Brobank, der sich in Folge an einem Stück Wurst verschluckte und dieses, nach einem gezielten Handkantenschlag von der Grabstatt auf seinen Rücken, auf das geblümte Kleid von Frau Lübke spuckte, die gerade versuchte, die Pröhlberg zu beruhigen: »Reg dich doch nicht auf, Anita. Das sind doch nur dumme Schüler.«

Die Grabstatt zischte der Pröhlberg etwas zu, diese verstummte sofort und schaute zum Fenster raus. Gerade passierten sie das Ortsschild *Dunkelsreed*.

Der Ort wirkte düster und in dem strömenden Regen verlassen. Zunächst kamen sie an mehreren alten Häusern vorbei, die durch größere Gärten getrennt ein Stück hinter der Straße standen. Die meisten waren reetgedeckt. Dann verringerten sich zunehmend die Abstände zwischen den Häusern, die überwiegend neueren Datums waren. Als sie die Mitte des Dorfes und damit den Kern des ursprünglichen Ortes erreichten, sah es aus, als wären die kleinen, spitz zulaufenden Häuser schief aneinandergeklebt worden. Sie standen dicht an der Straße und wirkten schmal mit ihren spitzen Giebeln und den kleinen Treppen, die zu alten Holztüren hinaufführten.

Durch eine Nebenstraße hindurch konnte man Segelmasten

erkennen, dort musste es zu dem kleinen Fischerhafen von Dunkelsreed gehen. Auch ein Schild mit der Aufschrift *Aussichtsfahrten zu den Seehundbänken* wies darauf hin. Kurz darauf teilte sich die Straße. Zu ihrer Rechten begann der Kirchhof mit seinem kleinen Friedhof, der von alten Eisenzäunen umstellt war und an dessen Ende eine ehemals weiß getünchte, nun eher schmutzig gräuliche Kirche stand.

Auf der linken Seite sah man das, was wohl den Dorfplatz ausmachte. Eine Reihe von Geschäften säumte einen winzigen Platz, der aus einer Bank, einem Abfalleimer, sieben Tauben und genau einem in ein Pflastersteinrund eingelassenen Baum bestand.

Ein Bäcker, ein kleiner Lebensmittelmarkt, ein Andenkenladen mit dem vielversprechenden Namen *Die alte Krabbenkiste* wetteiferten mit *Lines Kruschtelkästchen* und dem Teestübchen *Schietwetter* um die Gunst der wahrscheinlich nicht gerade in Scharen ankommenden Touristen. Der Bus fuhr weiter auf einer kleinen Straße, die kurz darauf einen Bogen nach links hinunter Richtung Meer beschrieb, wo er schließlich zum Halten kam.

Sara schaute hinaus und sah ein düsteres Backsteingebäude, das viele kleine Fenster hatte, die in jeweils vier Quadrate unterteilt waren. Das Haus war einstöckig, hatte aber zwei Anbauten, die zwar ebenfalls nicht mehr neu, aber doch deutlich jünger waren als das Kerngebäude. Davor sah man einen grau asphaltierten Hof, der von Hibiskusbüschen umzäunt wurde. Hinter einem Tor führte ein Kiesweg zum Haus. Das Tor selbst bestand aus einem riesigen Walfischkiefer.

Sara erinnerte sich, dass die Grabstatt den Schülern vor einigen Wochen voller Begeisterung erzählt hatte, dass einige der Dunkelsreeder in früheren Zeiten Walfänger gewesen seien. Tom und Sara hatten das ziemlich abstoßend gefunden, vor allem nachdem sich die Grabstatt begeistert und leider auch detailliert über die »Kunst des Walfangs« ausgelassen hatte.

Das aus dem Walfischkiefer bestehende Tor war das Über-
bleibsel eines wohl erfolgreichen Jagdzuges gewesen.

Über dem Kiefer prangten die Worte *Herberge Dunkelsreed
(ehemaliges Schulhaus).*

Die Pröhlberg hatte inzwischen ihre Fassung wiedergefunden,
scheuchte die Schüler raus und wies sie an, das Gepäck zu holen
und sich getrennt nach Mädchen und Jungen aufzustellen.

Kurz darauf standen Sara und Klara mit den anderen 56
Schülern brav aufgereiht vor dem Tor und warteten in einem
nicht enden wollenden Nieselregen auf weitere Kommandos.
Brobank übernahm die Führung der Jungen und raunzte ihnen
ein erwartungsfrohes »Jetzt setzt euch mal in Bewegung, wir
wollen ja nicht das Mittagessen verpassen« zu, während er mit
ihnen den Kiesweg hochtrabte.

Frau Lübke, die die Mädchen begleiten sollte, kämpfte unterdessen mit einem auf Knopfdruck sich selbst aufspannenden
gelben Regenschirm, der, kaum dass er sich mit einem Ruck
geöffnet und aufgespannt hatte, wie eine lasche Wurstpelle wieder in sich zusammenfiel. Als dann auch noch die Guntzel mit
den Worten »Frau Lübke, darf ich Ihnen helfen, ich habe da
einige Erfahrung durch den Umgang mit Ausrüstungsgegen-
ständen auf den Expeditionen meines Vaters« ihr zu Hilfe eilte
und sich beim Versuch, die Technik des Schirms zu ergründen,
die Nase in einer Speiche einklemmte, weil sich der Schirm
unerwartet öffnete, konnte Sara nur mit Mühe einen Lachanfall unterdrücken. Frau Lübke versuchte nun ihrerseits, den
Schirm zu bändigen, was zwar eine Befreiung der Guntzelnase
zur Folge hatte, gleichzeitig aber dazu führte, dass der Schirm
direkt über Stella Guntzels Gesicht zusammenfiel und diese
aussah, als hätte man ihr eine alte Bananenschale über das
Gesicht gehängt.

Die Pröhlberg drehte sich genervt zur Lübke um. »Gloria,

jetzt lass doch den blöden Schirm. Wir müssen reingehen.«
Und so setzte sich schließlich auch der Mädchenzug in Bewegung.

Linus und Omid erreichten als Erste den Eingang zur Herberge. Die Eingangstür bestand aus einer breiten Doppeltür aus Eisen, angeblich zur Flutsicherung. Linus erinnerte sie eher an ein Tor zum Knast und er schaute sich um, ob er bereits Wachpersonal erspähen konnte.

Tatsächlich wurden sie, als sie in den Vorraum traten, von der Herbergsmutter empfangen, einer vierschrötigen Frau mit raspelkurzen Haaren, die Linus an eine Kommode erinnerte. »Die Jungen hier rüber«, schnarrte sie und wies mit einem ihrer dicken Wurstfinger in die hintere Ecke.

Der Vorraum war recht düster, aber als sich seine Augen an das trübe Licht gewöhnt hatten, konnte Linus an den Wänden eine Vielzahl von Bildern erkennen, die offensichtlich die Geschichte des Hauses dokumentierten. Ein Bild, das laut Bildunterschrift vor fast 100 Jahren aufgenommen worden war, zeigte eine Gruppe von ärmlich gekleideten Kindern mit trostlosen Gesichtern, die vor dem Gebäude, als es noch das Schulhaus war, aufgereiht standen. Neben ihnen stand eine in Schwarz gekleidete Frau, die hager war und düsteren Blickes auf die Schüler schaute. »Sieht ja aus wie eine Schwester von der Grabstatt«, flüsterte Linus Omid neben sich zu. Omid schaute sich das Bild an und meinte: »Könnte 'ne Verwandte von ihr sein, die hat doch erzählt, dass ihre Familie von hier ist.« Linus beobachtete, wie Philonia Grabstatt auf die Herbergsmutter zutrat und sie mit Handschlag begrüßte. Sie tuschelten miteinander und die Kommode nickte ihr dabei beflissen zu.

Inzwischen waren auch die Mädchen eingetroffen und die Grabstatt hub zur Begrüßungsrede an: »Ruhe! Schülerinnen und Schüler, ihr habt das große Glück, heute die Herberge von

Dunkelsreed betreten zu dürfen. Ich verspreche euch, dass euch der Aufenthalt hier nachhaltig verändern wird!« Hier blickte sie mit einem, wie Linus fand, etwas hinterhältigen Lächeln in die Runde.

»Eure Herbergsmutter Frau Fleischmann wird euch jetzt in die Hausordnung einweisen. Und ich möchte gleich darauf hinweisen, dass ich auf die strikte Einhaltung dieser Ordnung bestehe!« Sara suchte Linus' Blick, der die Augen verdrehte.

»Jeder Verstoß wird von mir geahndet. Und ich erwarte, dass alle Schülerinnen und Schüler, die einen Verstoß bemerken, diesen sofort melden!«

Sie wandte sich zur Kommode, die grimmig nickte, und mit ihren breiten Füßen, die in klobigen Holzsandaletten steckten, ein paar Schritte nach vorne watschelte. »Willkommen, Jungs und Mädchen!« Die Begrüßung hörte sich eher wie eine Drohung an. »So! Damit das gleich klar ist: Hier hört jeder auf mein Kommando! Wir haben zwei Trakte: einen für Jungen, einen für Mädchen.« Die Stimme der Herbergsmutter klang wie ein etwas heiserer Frosch. »Jegliche Besuche zwischen Jungen und Mädchen sind streng untersagt. – Wer nicht hört, dem droht Schlimmeres als nur eine Fahrt nach Hause.«

Sie fixierte die Schüler mit hochgezogenen Augenbrauen, während die Pröhlberg auf den Füßen wippte und dabei so heftig nickte, dass Sara sich an eine dieser Blechfiguren, die man mit einem Schlüssel aufziehen konnte, erinnert fühlte.

»Die Zimmer und Sanitäranlagen sind in penibler Ordnung und Sauberkeit zu führen, was beim Morgenappell um sieben Uhr 30 von den Lehrern kontrolliert wird. Die Ausgabe der Bettwäsche erfolgt in den Trakten. – Nun zum Haupthaus: Wie die mit ein wenig Gehirnschmalz Gesegneten unter euch vielleicht schon festgestellt haben ...«, die Lübke lachte laut auf, während Frau Fleischmann unbeirrt weitersprach, »ist das jetzige Haupthaus das ehemalige Schulhaus des Dorfes und also ein historischer Ort. Aus diesem Grund beherbergt diese Unterkunft auch immer nur maximal 60 Kinder. Dementsprechend werden Tische und Mobiliar wie auch alles andere mit dem entsprechenden Respekt behandelt! Eure verehrte Direktorin wird euch zu gegebener Zeit in die Geschichte des Hauses einführen.« Hier nickte die Kommode mit unterwürfigem Lächeln der Grabstatt zu.

Linus fing an, sich zu langweilen, während sich die Kommode in weiteren weitschweifigen Ausführungen über angemessenes Verhalten beim Essen, Pflichten des Aufräumens, Fegens und dergleichen mehr aufhielt. Sein Blick schweifte durch den Raum. Er sah, wie auch andere unruhig wurden. Brobank, der das Ganze offenbar auch sehr ermüdend fand, machte sich heimlich davon, um sein Zimmer zu beziehen. Klara hatte bereits angefangen, hinter vorgehaltener Hand von einem ihrer Sandwiches abzubeißen. Nach der Größe ihres Koffers zu urteilen, hatte ihre Mutter sie mit Proviant für die ganze Woche ausgestattet. Sara guckte sich die Bilder an den Wänden an und Omid neben ihm stöhnte: »Mann, wie lang geht'n das noch?«

Endlich wurden die Schüler in die jeweiligen Trakte entlassen, um die Zimmer einzurichten. Brobank und Pröhlberg wohnten im Jungentrakt. Grabstatt und Lübke bei den Mädchen.

Die Flure waren düster und muffig wie auch das Zimmer, das Omid, Viktor, Albert und Linus bezogen. Omid zog aus seiner Tasche umgehend eine Sprühflasche Deodorant, deren Inhalt er unter dem Protest von Albert de Breun im Raum versprühte. Albert inspizierte die drei Doppelstockbetten und kam zu dem Schluss, dass das vorderste Bett unten am wenigsten mit Schimmelpilzen belastet sei und er dementsprechend dieses nehmen würde. Während Viktor und Omid daraufhin einen Streit mit ihm anfingen, wieso er sich einbilden würde, dass ihm das beste Bett zustehe, zog sich Linus mit einem »Ist doch egal« in das obere, hintere Bett zurück, schmiss sich drauf und sagte zu Omid: »So ähnlich habe ich mir immer den Knast beim Graf von Monte Christo vorgestellt.«

»Nee, das war in jedem Fall viel wilder und abenteuerlicher – hier ist es ja eher so trist wie im Jugendstrafvollzug.« Omid und Viktor hatten den Streit mit Albert inzwischen aufgegeben und machten eine Läuserazzia, wie sie es nannten, indem sie von einem der oberen Betten ihre Decken ausschüttelten und dann inspizierten, was auf dem Boden lag. Dabei übertrieben sie natürlich maßlos, um Albert de Breun zu ärgern, der nach Viktors Kommentar »Oh je, das ist ja schon die vierte Laus, Berti« ankündigte, er werde sofort mit seiner Mutter telefonieren, was allerdings aufgrund des geltenden Handyverbots schwierig war.

»Mensch, Berti, telefonieren ist doch verboten! Außerdem sind wir hier an der Küste, da gibt's kein Telefon, da wird gemorst«, parierte Omid.

De Breun packte daraufhin umgehend sein »Klugscheißerbuch« aus, wie Omid ein Din-A4 großes, in Leder gebundenes Buch nannte, in dem Albert alle überlebenswichtigen Informationen sammelte. Dazu gehörte natürlich auch ein Morsealphabet, das er jetzt zu studieren begann. Omid und Viktor freuten sich, dass sie de Breun wieder mal erfolgreich reingelegt hatten, und beeilten sich, auszupacken, ihre Betten zu machen und Orte für ihre sogenannten »illegalen Vorräte« zu finden. Omids Vater hatte einen kleinen Laden, aus dessen Bestand Omid sich mit Gummibärchen und Schokoriegeln eingedeckt hatte, die er jetzt unter die Sprungfedern des Bettes klemmte.

Auf dem Flur ertönte ein schriller Doppelpfiff, das Zeichen zum Antreten für die Essensausgabe. Die Jungen verließen mehr oder weniger zügig das Zimmer, in einigem Abstand gefolgt von Albert de Breun, der währenddessen versuchte, »unhaltbare hygienische Zustände« in einen Morsecode zu transformieren.

***

Der Speisesaal war ein langgezogener dunkler Raum, in dem zwei lange Tischreihen standen, die mit einer beigen, abwaschbaren Kunststoffschicht überzogen waren. Dies musste der frühere Schulraum gewesen sein. Die alte Tafel diente dazu, die für die diversen Putzdienste eingeteilten Schüler sowie das jeweilige Tagesmenü sichtbar zu machen. Vor der Tafel war auf einem erhöhten Podest, wo noch das alte Lehrerpult stand, ein gedeckter Tisch aufgebaut, an dem die Lehrer Platz nahmen. An der der Fensterfront gegenüberliegenden Raumseite war ein Tresen eingebaut worden, an dem die Essensausgabe stattfand. Sara hatte sich in die Reihe der Wartenden gestellt und hielt bereits ihr in eine Papierserviette eingewickeltes Besteck und einen wulstigen Suppenteller in der Hand. Sie spähte dabei voller Besorgnis auf die Teller derjenigen, die schon eine Riesenkelle des auf der Tafel angekündigten Erbseneintopfs bekommen hatten, nebst einer Scheibe Brot. Hinter ihr waren inzwischen Linus und Albert angekommen, die beide Gesichter zogen, als sie auf die an ihnen vorbeiziehenden Teller blickten. Sara wollte gerade noch »Bitte nur eine kleine Kelle« sagen, als die Fleischmann ihr schon mit grimmiger Miene einen Riesenschlag dickflüssig grünen Brei, in dem irgendwelche undefinierbaren fettigen Fleischhappen dümpelten, auf den Teller klatschte. »Nur *ein* Stück Brot!«, schnappte die Fleischmann, als Sara in den Korb griff.

Sara setzte sich zu Klara, die bereits vor ihrem Teller saß. Sehnsüchtig blickte Sara Richtung Lehrerpult, wo sich die Pröhlberg aus einer riesigen Schüssel Hähnchenstücke auf den Teller schaufelte.

»Die kriegen viel besseres Essen als wir.«

»Rückt mal ein Stück.« Linus und Albert gesellten sich zu ihnen.

»Die Herausforderung besteht darin, eine Möglichkeit der unauffälligen Entsorgung zu finden«, stellte Linus mit Blick auf seinen Teller fest. Klara schaute von ihrer Suppe auf: »Das schmeckt super – so herrlich matschig, mmmh.«

Sara kaute auf dem trockenen, harten Brot herum und fragte liebenswürdig ihre Tischnachbarin: »Möchtest du gerne meine Portion haben?« Klara nickte begeistert, Sara grinste: »Problem gelöst.«

Leider war auch Klaras Fassungsvermögen begrenzt und Albert und Linus würgten die weichen Teile der Suppe herunter, unter Aussparung der merkwürdig aussehenden Fleischstücke. Die Grabstatt blickte mit Argusaugen auf die Schüler und rief: »Es werden nur leere Teller an der Rückgabestation angenommen!«

Linus guckte angewidert auf die undefinierbaren Reste auf seinem Teller, als ihn Sara anstieß. »Hier!«, flüsterte sie und reichte ihm unter dem Tisch eine Plastiktüte weiter, die bereits mit etlichen Fleischresten gefüllt war. Von der anderen Seite des langen Tisches zwinkerte ihnen Omid zu und formte dabei mit den Fingern Schokoriegel nach. Die Aussicht auf einen guten Nachtisch verbesserte Linus' Laune schlagartig.

»Gib mir den Beutel rüber.« Linus verknotete den Sack und stopfte ihn unter sein T-Shirt, dann verschloss er vorsichtig die Trainingsjacke darüber. Er nahm seinen Teller, brachte ihn zur Rückgabestation und verabschiedete sich unauffällig zu einer der Toiletten.

Er wollte gerade die Reste ins Klo kippen, als ihm einfiel, dass das wahrscheinlich die Ratten anlocken würde. Er verließ das Schülerklo und passte den Moment des allgemeinen Aufbruchs ab, um schnell auf der Lehrertoilette zu verschwinden. Nachdem er die Mahlzeit endgültig entsorgt und die Tüte für die kommenden Mahlzeiten gereinigt hatte, schloss er sich zufrieden den anderen an, um sich für den nächsten Tagesordnungspunkt zu wappnen, der »Erkundung der Umgebung« hieß.

***

Sie hatten sich auf der im Dauerregen stattfindenden Dorfwanderung ermüdende Vorträge der Grabstatt über die Geschichte von Dunkelsreed im Allgemeinen und des Schulhauses im Besonderen anhören müssen. Das Ganze hatte im Vorraum des Herbergsgebäudes geendet, wo sie von Bild zu Bild gezogen waren, die Sara alle unter der Kategorie »trist« bis »trostlos« einordnete.

»Die Blütezeit des Dorfes wurde unter der Regentschaft von Trine Deichgraf, der Frau des Deichgrafen, erreicht. Diese gründete und führte die Dorfschule und legte damit den Grundstein dieser zukunftsweisenden pädagogischen Einrichtung!«, hatte die Grabstatt deklamiert, während sie auf ein Bild gezeigt hatte, dass eine knochige Frau in einem schwarzen langen Kleid zeigte. Sara fand, dass diese Deichgraf ihrer Direktorin erschreckend ähnlich sah, hatte sich aber nicht getraut zu fragen, ob sie vielleicht verwandt miteinander seien. Das Thema Deichgraf war schließlich der Einsatz für die Kommode gewesen. Die Fleischmann hatte heftig mit ihrem klopsig quadratischen Kopf genickt, um sich anschließend der Zubereitung des Abendbrots hinzugeben. Linus hatte beim späteren Essen vermutet, dass sie die Käsescheiben einzeln geföhnt hatte, nur so war es seiner Ansicht nach überhaupt möglich, die einzigartige Wellenform zu erreichen.

Als sie nach dem Abendessen auf ihre Zimmer zurückkehrten, rechnete keiner mehr mit einem weiteren Angriff von Lehrerseite. Sogar Albert de Breun bezog ohne weiteres Zögern sein Bett, nachdem er zuvor sein Zahnputzwasser mit einem mobilen Spezialfilter gereinigt hatte. Dabei ließ er es sich nicht nehmen, seine Zimmergenossen darüber zu informieren, dass gerade hochbegabte Menschen wie er durch freischwebende Keime überaus gefährdet seien, die in besonders hochkomplexen und sensiblen Gehirnen weit mehr Schaden anrichten konnten als in von Hornhaut und Ignoranz geschützten Köpfen. De Breun schaute überheblich zu Omid und Viktor rüber, die auf ihren Betten lagen.

Omid erwiderte gänzlich unbeeindruckt: »Ach, Berti, angesichts des Ansturms negativer Energien, ganz zu schweigen von den im Herbergsessen verdichteten Viren und Bakterien, denen wir hier ausgeliefert sind, sind unsere Gehirne nach Ablauf dieser Woche auf jeden Fall mal überlebenstechnisch im Vorteil. Dann nämlich schlägt unsere durch Hornhaut geschützte Hirnsubstanz deine zerfressene Hochintelligenz!«

Omid grinste, als er Alberts entsetzensgeweiteten Augen sah, und fügte hinzu: »Das ist doch spätestens der Beleg für die Durchsetzungsfähigkeit von Dummheit!« Er schwang sich vom Bett und klopfte de Breun tröstend auf die Schulter. »Nimm's nicht so schwer. Wenn dein Hirn erstmal zerfressen ist, lebt sich's auch viel leichter, Berti.«

De Breun, der es hasste, wenn man ihn Berti nannte, bekam eine leichte Panikattacke und nahm vorsorglich noch ein paar »substanzbindende« Kohletabletten zu sich.

Auch im Mädchentrakt kehrte zunächst Ruhe ein. Klara lieh Arjell ein T-Shirt und eine Jogginghose, damit sie nicht im türkis-rosa Tüllnachthemd schlafen musste. Sara fand, dass Arjell richtig gut darin aussah. Die Guntzel und ihre Freundin

Nina posierten im Mädchenwaschraum noch eine Weile vor den Spiegeln und äußerten sich gegenseitig lobend über ihre durch Leistungssport gestählten Körper. Mit einem Blick auf Sara und Klara bemerkte Stella abfällig: »Untrainiertes Fleisch ist ja einfach widerlich.«

Sie lagen bereits auf ihren Betten und Klara zog, wie sie es nannte, noch einen kleinen »Wohlfühlhaps« aus ihrem Koffer, als die Guntzel mit Freundin Nina im Schlepptau aus dem Waschraum kam. Die Guntzel grinste Nina zu und schubste sie leicht auffordernd in die Mitte des Raums. Nina entblößte ihre monumentale Zahnspange und sagte bemüht freundlich: »Oh, Klara, hast du vielleicht auch etwas dabei, dass ich essen könnte, ohne dass meine Zahnspange verklebt?«

Sara wollte Klara warnen, aber die zog bereits ihren Koffer unterm Bett hervor, öffnete ihn und zeigte Nina freudig eine Fülle von ausgesprochen fantasievollen Snacks, die sie hinter gut getarnten Reißverschlussinnentaschen versteckt hielt. Die Guntzel zog eine Grimasse und war im nächsten Augenblick verschwunden. Klara redete und redete. Sara konnte nur noch mit Entsetzen beobachten, wie sie mit jeder sich neu öffnenden Innentasche mehr von Ninas Zahnspange zu Gesicht bekam, deren Grinsen inzwischen komplett ihr rattenähnliches Gesicht einnahm, als schon die Tür des Zimmers aufgerissen wurde und die Grabstatt in der Tür stand, gefolgt von einer in einen geblümten Kimono gehüllten Lübke.

Zwei schrille Pfiffe ertönten und die Grabstatt schrie: »Taschenkontrolle! Jeder Widerstand ist zwecklos.« Klara begann sofort zu zittern, Arjell verschwand fast unter ihrer Bettdecke und Sara beobachtete, wie hinter der Lübke Stella Guntzel den Daumen hob und zu Nina griente, die sich sofort an die Grabstatt wandte: »Frau Grabstatt, Sie hatten uns doch aufgefordert, Regelverstöße sofort zu melden. Ich war mir nicht sicher, ob Klara wirklich so ungesunde Essenssachen haben darf.«

Die Grabstatt machte ein Zeichen zur Lübke, die sich seufzend zum Koffer von Klara vorschob und die aufgeklappten Geheimtaschen und deren Inhalt inspizierte. Nach einer Weile sagte sie: »Na ja, wenn jemand wirklich Brote mit Gurken, Tofuschnitzel und Sesampaste mag ... - Wahrscheinlich ist das gar nicht so ungesund.«

Dafür erntete sie einen unwirschen Blick von der Grabstatt, die Stella Guntzel anwies: »Bring mir die Tüte aus dem Mülleimer.« Dann stopfte sie alles, was sie fand, in eine große Mülltüte, die immerhin halb voll wurde. Klara liefen beim Anblick des Schwindens ihrer Vorräte die Tränen über die Wangen, aber die Grabstatt herrschte sie an: »Das wird noch Folgen für dich haben.« Dann wandte sie sich an die Lübke: »Gloria, geh zu Holger und Anita und sag ihnen, dass sie bei den Jungs umgehend eine Razzia vornehmen sollen – und sie sollen auch in die Bettdecken gucken. Wir gehen hier durch die Zimmer.«

Omid hörte es zuerst. Der Boden vibrierte. Er setzte sich augenblicklich in seinem Bett auf und rief: »Achtung, Pröhlberg im Anmarsch!«

Alle nahmen sofort eine möglichst wenig Verdacht erregende Position ein und taten so, als ob sie eifrig die Informationsbroschüre *Wattenmeer*, die sie beim Dorfrundgang am Hafen erhalten hatten, studierten. Kurz darauf wurde die Tür aufgerissen und die Pröhlberg stand mit grimmigem Gesicht in der Tür. Um ein Haar wäre Linus in lautes Lachen ausgebrochen, weil sie in dem gesteppten, helltürkisen Bademantel, der sich um ihre etwas aufgedunsene Mitte wie eine zweite wulstige Haut gelegt hatte, ihrem dicken, kurzen Hals, den zusammengekniffenen Lippen und den aufgeblähten Backen mehr denn je aussah wie ein übel gelaunter Hamster, dem die Wintervorräte abhandengekommen waren. Und tatsächlich war sie auf Vorratssuche.

»Alle raus aus den Betten und an der Wand aufstellen!«, keifte sie.

Albert de Breun sah sie ungläubig an und erhob sich unter Protest aus seinem Bett, nicht ohne den Hinweis, dass gerade das Hirn auf unbedingt einzuhaltende Nachtruhe angewiesen sei, wenn es Höchstleistungen vollbringen wolle. Die Pröhlberg war nicht in Stimmung, Widerworte zu ertragen, und riss ihm sein Buch aus der Hand. »Sofort zu den anderen«, befahl sie und blätterte in dem Buch. »Das nehme ich mit, zur Prüfung.«

De Breun wurde bleich. Omid und Linus beobachteten das Geschehen ungerührt und fragten sich, was sie vorhatte. Als Nächstes starrte sie intensiv abwechselnd Omid und Viktor an. »So, alle Taschen raus und öffnen.« Die Jungen guckten sich an und zogen dann wortlos ihre Koffer und Taschen raus, die umgehend von der Pröhlberg durchwühlt wurden.

Als sie nichts fand, durchsuchte sie die Schränke, ebenfalls ohne Glück. Das Ganze zog sich inzwischen hin und alle hofften, dass sie endlich wieder gehen würde.

Brobank erschien mit einer Knackwurst in der Hand und erstattete etwas gelangweilt Bericht: »Zwölf eingeschweißte Würstchen in Zimmer drei, Gummibärchentüten in der eins und ein paar belegte Brötchen in der vier.« Er kaute laut schmatzend auf seiner Wurst. »Habe alles konfisziert und in meinem Zimmer gesichert. Hier alles in Ordnung?«

»Pah«, die Pröhlberg schnaubte. »Bring den Scheunendierks her.« Brobank guckte verdutzt: »Der hatte nur die Würstchen …«

Die Pröhlberg verdrehte die Augen. Brobank zuckte mit den Achseln, ging und kam wenige Augenblicke später mit Bente Scheunendierks zurück, einem, wie Linus fand, unangenehmen

Zeitgenossen, dessen letztes Argument in jedem Streit, den er begann, der Einsatz seines beachtlichen Körpergewichts war.

Er hatte kurze blonde Haare und einen breiten Kiefer, den er gerne laut knacken ließ, was potentielle Gegner in der Regel sehr beeindruckte und meistens schon im Vorfeld dazu führte, dass Bente bekam, was er wollte.

Jetzt stand er im Zimmer und guckte dumpf in die Runde. »Scheunendierks, du untersuchst jetzt alle Betten nach verbotenen Essenssachen. Zack, zack.« Die Pröhlberg jagte den dicken Bente die Betten hoch und runter. Er stöhnte und ächzte, während ihn die Pröhlberg zur Eile antrieb. »Da is' nichts, ich hab alles durchsucht.« Mit hochrotem Kopf war er aus dem Bett von de Breun gekrochen, der angewidert zugesehen hatte, wie der inzwischen schweißtriefende Bente sich durch sein Bett gekämpft hatte.

Die Pröhlberg fixierte wieder Omid und Viktor und versuchte ein neues Manöver. Dabei trat sie ganz nah an die beiden heran und schrie ihnen direkt ins Gesicht: »Raus mit der Sprache! Ihr habt doch was versteckt. Ich bin doch nicht blöd.«

Linus konnte an Omids Gesicht deutlich sehen, dass er eine freche Antwort mühsam unterdrückte, stattdessen sagte er in seinem liebenswürdigsten Ton: »Aber Frau Pröhlberg, Sie haben doch schon alles von ihrem Kampfhund durchsuchen lassen.« Brobank lachte laut auf. »Wenn Bente es nicht findet«, fuhr Omid unbeirrt fort, »dann ist da auch nichts. Es sei denn ...« Er legte den Finger an die Lippen, als ob er mühsam nachdachte.

Die Pröhlberg näherte sich Omid, bis ihm ihr nach alten Zwiebeln riechender Atem ins Gesicht schlug. »Wage es nicht ... Also los, WO HABT IHR ES VERSTECKT?« Sie buchstabierte fast die letzten Worte.

»Es gibt nur noch eine Möglichkeit, aber das würden wir natürlich nicht tun, weil es ja dumm wäre und ...«

»JAAAH???«

»Na ja, man könnte es unter dem Bett verstecken, aber wie gesagt …«

Die Pröhlberg drehte sich zu Bente um: »Los, Scheunendierks, unter die Betten!«

Das war zu viel für Bente, der schon jetzt kurz vorm Kollaps stand. »Aber Frau Pröhlberg, da komme ich doch gar nicht drunter.«

»Da hat er nicht Unrecht«, bemerkte Brobank, der immer noch kauend in der Tür stand und Bentes Taillenumfang abschätzend betrachtete.

»Unters Bett oder soll ich dir so lange die Mahlzeiten streichen, bis du drunter passt?«

Das überzeugte Bente schließlich und er quetschte sich unter das Bett von Omid und Viktor. Viktor und Linus hatten die ganze Zeit über ungläubig zu Omid geschaut. Wie konnte er den dicken Bente direkt zu seinem Versteck führen? Omid stand mit Pokergesicht in der Ecke und wartete ab.

»Ich hab was!«

Die Pröhlberg blickte triumphierend zu Brobank, der die Augen verdrehte. »Brings raus, los. Und zwar alles.«

»Es ist in eine Tüte eingepackt.«

»Dann bring die Tüte, du Trottel.«

Pröhlbergs Augen funkelten vor Vorfreude, als ein merkwürdiges Röcheln zu hören war.

»Ich stecke fest.«

Bentes Beine zappelten, doch er steckte mit dem Hinterteil unter der Bettkante fest. Die Pröhlberg stöhnte, Brobank sah feixend zu, als wäre er zu Gast in einer Zirkusvorstellung.

Schließlich wies die Pröhlberg Linus und Viktor an, den dicken Bente rauszuziehen. Rotgesichtig und ziemlich staubig kam er unter dem Bett hervor, in der Hand eine dunkle Plastiktüte, die ihm die Pröhlberg frohlockend aus der Hand riss.

»Habe ich es mir doch gedacht. – Und du wolltest mich reinlegen, was, du kleiner Scheißer?« Sie wedelte mit der Tüte.

»Dann wollen wir doch mal sehen, was du da gehortet hast.« »Das würde ich lieber nicht tun …« Omid blickte sie unschuldig an, aber sie hatte schon in die Tüte gegriffen und zog ein Bündel stinkender Socken hervor, die sie im nächsten Augenblick wütend schreiend fallen ließ. Sie kippte den Rest der Tüte aus, der ebenfalls aus schmutziger Wäsche bestand.

»Was soll das?«

Die Pröhlberg raste, Brobank war verdutzt und Omid antwortete mit Unschuldsmiene: »Ich wollte es Ihnen ja sagen. Ich hab da so ein Problem mit Schweißfüßen und damit niemand darunter leiden muss, lege ich die immer in eine Extra-Tüte und packe die unters Bett. Das sind die Socken von der Busfahrt und die von der Wanderung heute …« »Is' ja nicht dumm, Junge. – Am besten tust du die wieder rein.« Brobank nickte ihm gutmütig zu. Er fand inzwischen, dass die Vorstellung lange genug gedauert hatte, außerdem war sein Proviant alle.

»Ich schlage vor, dass jetzt alle ins Bett gehen, Anita. Also, Jungs, Betten ordentlich machen und schön schlafen!« Er drehte sich um, den dicken Bente vor sich herschiebend, und machte dabei das Licht aus.

Die Pröhlberg folgte widerwillig. Als sie in der Tür stand, blickte sie sich nochmals drohend um und flüsterte: »Ich kriege euch alle, glaubt mir – ihr werdet euch noch wundern!«

Dann verließ auch sie das Zimmer.

Als die Tür ins Schloss fiel, stolperten die Jungen in ihre Betten.

»Mann, du hast Nerven, Omid«, bemerkte Linus.

»Ach was, ich wusste, dass sich der dicke Bente sofort auf das Erste stürzen würde, was er sieht. Die Schokoriegel wären für den gar nicht erreichbar gewesen.«

Und mit diesen Worten hangelte er sich in der Dunkelheit

unter sein Bett. Kurz darauf, nachdem ein leises Rascheln zu vernehmen gewesen war, hielten alle im Zimmer eine Stärkung in der Hand: »Zur Beruhigung der Nerven«, wie Omid meinte. Sogar Albert de Breun zeigte sich dafür ausgesprochen dankbar.

***

Es musste nach Mitternacht sein, als Linus erwachte. Er hatte einen merkwürdigen Traum gehabt, in dem er endlose Reihen von Schülern durch das nächtliche Watt hatte wandern sehen, während die Pröhlberg ein seltsames Kinderlied dazu intonierte. Er setzte sich auf, sein Magen schmerzte. »Wahrscheinlich die Suppe«, dachte Linus. Leise stand er auf und verließ das Zimmer, um auf die Toilette zu gehen. Als er auf den Flur trat, sah er plötzlich am Ende des Ganges, der zum Haupthaus führte, eine Gestalt stehen. Da nur die Notbeleuchtung brannte, konnte er nicht erkennen, wer es war, aber von der Körpergröße zu schließen, konnte es kein Lehrer sein. Er wollte erst rufen, ließ es aber sein, weil er Angst hatte, die Pröhlberg auf den Plan zu rufen.

Die Gestalt bewegte sich weiter. Linus beschloss, ihr zu folgen. Als er am Ende des Ganges ankam, erschrak er sich kurz, weil die Tür laut knarrte, als er sie öffnete. »Komisch«, dachte er, »warum habe ich das eben nicht gehört?«

Er trat in den Vorraum und stoppte abrupt. Direkt vor ihm stand ein fremdes Mädchen in Gummistiefeln und Mantel. Etwas kam ihm seltsam an ihr vor. Er wollte sie nicht erschrecken und ging vorsichtig um sie herum: »Hey. Wer bist du?«

Er konnte jetzt ihr Gesicht sehen, das verängstigt aussah, aber ihre Augen sahen durch ihn hindurch und sie reagierte nicht auf seine Worte. Seltsam berührt trat Linus einen Schritt zurück. Das Mädchen blickte zur Tür vom Speisesaal, die einen Spalt offen stand. Linus, der nicht verstand, was vor sich ging, folgte ihrem Blick und ging dann zögerlich zur Speisesaaltür. Er spähte hindurch. Zunächst sah er nichts Besonderes. Schwaches Licht drang von einer Laterne im Hof in den großen Saal. Plötzlich nahm er eine Bewegung wahr. Eine dunkle Gestalt stand vorne am alten Pult und beugte sich über irgendetwas. Linus erstarrte, als sie sich unvermittelt umdrehte und in seine Richtung blickte. Sie griff hinter sich und nahm einen schweren Gegenstand hoch, den sie in einer Tasche verbarg. Dann schritt sie eilig direkt auf ihn zu. Etwas Unheimliches ging von ihr aus.

Noch ehe Linus entscheiden konnte, was er tun sollte, packte ihn plötzlich von hinten eine Hand und riss ihn herum. Er schrie auf und erkannte im selben Moment das quadratische Gesicht von Elsa Fleischmann.

»Was hast du hier verloren?«, keifte sie ihn an. Gleichzeitig drehte sie am Lichtschalter und der Vorraum wurde schlagartig hell. Linus, der damit rechnete, dass die Gestalt aus dem Speisesaal jeden Moment durch die Tür kommen musste, blickte sich gehetzt um.

»Da war ein Mädchen und noch jemand …«, stammelte er.

Elsa Fleischmann kniff die Augen zusammen. »Ach ja? Ich sehe hier niemanden, außer einem Schüler, der wahrscheinlich von meinen Vorräten stehlen will!«

Tatsächlich war das Mädchen weg. Linus deutete auf die Tür des Speisesaals. »Da drin.«

Schnaubend stieß die Fleischmann die Tür auf, wobei sie ihren Griff nicht lockerte, und schaltete auch hier das Licht an. Der Saal war leer.

»Schlafwandler, oder was? Das fehlt mir gerade noch.«

Grunzend löschte sie die Lampen und stieß ihn vor sich her. Erst jetzt sah Linus, dass sie im Schlafanzug war, und er fragte sich, warum sie eigentlich nicht im Bett war.

»So, jetzt ab auf dein Zimmer. Wenn ich dich nochmal erwische, werde ich das melden, klar!?«

7 Unerwarteter Besuch

Insel, viele Jahre zuvor

Elaf war zunächst wie erstarrt. Er hielt die beiden Bündel mit den Briefen in der Hand und blickte gebannt zur Tür. Eine der beiden Gestalten war eine Frau im Alter von etwa Anfang 40, die ihn so stark an die alte Trine Deichgraf erinnerte, dass er für einen Augenblick glaubte, es sei ihr Gespenst. Obwohl sie nicht so knochig war, sondern eher dicklich, hatte sie doch die gleiche Art, sich zu bewegen. Sie war auf eine Weise gekleidet, die er ungewöhnlich fand. Sie steckte in einem dunklen Wettermantel, den er eher bei einem Mann vermutet hätte, und trug offensichtlich Hosen, was seine Tante nie getan hätte. Die Hosen hatte sie in merkwürdig gemusterte Stiefel gestopft. Die Frau wandte sich unwirsch an die zweite Gestalt, die deutlich kleiner war und sich als etwa zehnjähriges Mädchen entpuppte, das ebenfalls in einen ähnlichen Mantel gehüllt und mit Hosen bekleidet, vom Regen durchnässt in der Tür stehen geblieben war.

»Komm endlich rein, Lona, oder willst du da anwachsen? Und mach in Gottes Namen die Tür zu.« Das Mädchen gehorchte und die beiden Gestalten traten näher. Elaf machte unwillkürlich ein paar Schritte rückwärts und fand sich hinter dem Bettvorhang neben dem Sofa wieder. Die Frau hatte ihn nicht wahrgenommen, aber das Mädchen blickte unsicher und etwas vage in seine Richtung.

»Hier ist irgendetwas Komisches. Ich kann es fühlen.« In ihrer Stimme konnte Elaf Angst hören.

»Unsinn, du bildest dir nur wieder alles Mögliche ein.«

Das Mädchen zitterte. »Können wir nicht endlich nach Hause gehen, Mutter? – Bitte.«

Die Frau hatte sich auf einen der Stühle gesetzt und zog ein kleines Buch raus, in dem sie jetzt blätterte. Elaf traute seinen Augen nicht. Es war *sein* Buch, das Buch, das sein Großvater ihm anvertraut hatte. Erschrocken sog er die Luft ein.

Gleichzeitig hörte er den Aufschrei des Mädchens: »Da ist etwas hinter dir, Mutter!« Er wich erschrocken noch weiter zurück, die Frau drehte sich abrupt um, blickte aber offenkundig ins Leere.

»Ruhe jetzt! Oder soll ich dich allein den Weg nach Hause laufen lassen?« Es war eher eine Drohung als eine Frage und das verängstigte Mädchen verstummte. Eine Weile lang war nur das Blättern zu hören, wenn sie eine Seite im Buch umschlug. Dann erhob sie sich und sagte: »Wir müssen zurück, bevor die Flut kommt.« Sie schob ihre Tochter durch die Tür hinaus. Elaf schlich hinter ihnen her. Er hörte, wie das Mädchen anfing zu schluchzen, als die Mutter ihm befahl, alleine den Weg zwischen den Eiben zum Meer zu gehen, wo sie bereits auf sie warten würde. Das Mädchen flehte sie an: »Warum kann ich nicht bei dir bleiben? Bitte, Mutter!«, aber bekam nur ein strenges »Du tust, was ich dir sage!« zu hören und fügte sich schließlich weinend in ihr Schicksal.

Elaf ahnte, was die Frau vorhatte, konnte sich aber nicht erklären, warum sie es tat, und als das Mädchen durch den Weg mit den Eiben stolperte, sich immer wieder angstvoll umsehend, war er versucht, ihr zu folgen, um sie aufzuhalten.

Andererseits hatte ihre Mutter sein Buch und er wollte wissen, was genau sie beabsichtigte. Während er noch überlegte, verschwand auch die Frau auf dem gegenüberliegenden Weg zur anderen Inselseite. In einem plötzlichen Entschluss folgte er dem Mädchen, das ihm leidtat, so allein und verängstigt. Er hielt etwas Abstand, um sie nicht noch größerer Furcht auszusetzen. Als sie schließlich die Pforte erreichte, blieb das Mädchen stehen und schaute sich angstvoll nach seiner Mutter

um. Die war nicht zu sehen und Elaf konnte erkennen, wie
Panik in ihr aufstieg. Er hätte sie gerne beruhigt, war sich aber
unsicher, ob es sie überhaupt trösten würde, mit einem Geist
zu sprechen. Also stand er abwartend in einigen Metern Entfernung hinter ihr, versteckt in einer Biegung.

Nach wenigen Minuten konnte er erkennen, dass sich von
links eine Gestalt am Rande der Insel näherte. Er war sich
sicher, dass es die Mutter des Mädchens war. Das Mädchen
war spürbar erleichtert und winkte seiner Mutter zu, die jetzt
in etwas Abstand vor der Pforte hielt und ihre Tochter anwies,
zu ihr zu kommen. Dabei nahm sie etwas aus einer Tasche, die
sie umgehängt hatte.

Als Elaf mit Entsetzen dieselbe Kugel erkannte, die ihm einst
Trine Deichgraf entwendet hatte, überlegte er nicht weiter, sondern stürmte aus seinem Versteck auf das Mädchen zu und
schrie: »Nein, bleib hier! Lauf nicht durch das Tor!! Bleib hier –
sonst bist du verloren!« Das Mädchen blickte sich panisch um
und begann zu rennen, sie riss das Tor der kleinen Pforte auf
und stolperte hinaus, während ihre Mutter die Hände über die
Kugel hielt und Worte flüsterte, deren Bedeutung Elaf allzu gut
vertraut waren. Elaf vergrub vor Verzweiflung sein Gesicht in
den Händen. Das Mädchen hatte inzwischen seine Mutter erreicht, die ruhig die Kugel in die Tasche sinken ließ, um dann,
gefolgt von ihrer Tochter, in der Dunkelheit zu verschwinden.

Elaf rannte zurück zum Haus. Er war sich sicher, dass er das
Mädchen oder besser, was von ihr auf der Insel geblieben war,
antreffen würde. Im Haus leuchtete das schwache, warme
Licht, aber ansonsten war es still.

Vorsichtig öffnete er die Tür. Sie lag ausgestreckt auf dem
Boden und sah aus, als ob sie friedlich schliefe. Er hockte sich
neben das Mädchen und betrachtete es eine Weile. Sie hatte
ganz dunkles Haar und ein schmales Gesicht. Aber ihr Gesicht

wirkte nicht hart, sondern sah jetzt, wo keine Angst es verzerrte, eher etwas verträumt aus.

Die Kleidung erschien ihm nach wie vor seltsam. Unter ihrem Mantel konnte er eine Art Unterhemd in merkwürdig grellen Farben erkennen. Ihre blaue Hose steckte in Stiefeln, die geblümt waren. Er hatte zu seiner Zeit noch nie solche Stiefel gesehen. Elaf berührte vorsichtig den Stoff der Hose und fand ihn überraschend weich.

Er wartete. Da er keinen Kalender geführt hatte, konnte er nur grob schätzen, welches Jahr es war, aber er kam am Ende zu dem Schluss, dass er inzwischen seit mehr als 40 Jahren auf der Insel sein musste, vielleicht auch länger. Dann war die Tochter der alten Deichgraf fast im gleichen Alter. »Alt genug«, dachte Elaf, »um ihrerseits eine etwa zehnjährige Tochter zu haben.«

Das erklärte immerhin, warum sie die Kugel bei sich haben konnte. Elaf hatte in der Zeit oft darüber nachgegrübelt, was wohl mit der Kugel passiert war, nachdem Trine Deichgraf ertrunken war. Wenn ihn eine düstere Stimmung überkam, stellte er sich vor, wie sie irgendwo an einem Felsen zerschlagen worden war. An guten Tagen dagegen hatte er durchaus die Möglichkeit in Erwägung gezogen, dass Trine Deichgraf von der Flut angeschwemmt an einem Strand aufgefunden worden war mitsamt ihrer Tasche, in der die Kugel steckte.

Als das erste Licht des Tages durch die kleinen Scheiben schien und den Raum erhellte, nahm Elaf ein leises Stöhnen neben sich wahr. Er drehte sich zu dem Mädchen um und betrachtete ihr Gesicht. Die Augenlider flatterten, sie bewegte sich beim Aufwachen und begann sich zu strecken. Sie drehte sich auf den Bauch und ihre Augen blinzelten, als sie mitten in der Bewegung plötzlich aufschreckte, weil sie realisierte, dass sie sich nicht zu Hause in ihrem Bett befand. Abrupt drehte sie sich um. Sie sah Elaf für einen Moment direkt ins Gesicht, schrie auf und stolperte rückwärts, um schließlich auf dem kleinen Sofa unerwartet zum Sitzen zu kommen.

»Wer bist du? Und wohin hast du mich verschleppt?« Sie keuchte, als sie die Worte hervorstieß. Elaf überlegte, dass es wohl besser war, auf Abstand zu bleiben, während er ihr antwortete, denn er wusste, dass das, was er zu sagen hatte, auf jeden Fall zu einem Anfall ihrerseits (er war noch unsicher, ob Wut oder Verzweiflung siegte) führen würde.

»Du musst keine Angst haben. Ich habe dich nicht verschleppt. Es ist so, dass deine Mutter gestern, als sie mit dir hierherkam, einen Teil von dir auf der Insel zurückgelassen hat.«

Er versuchte, das Wort *Seele* besser zu vermeiden, und sah sie nun gespannt an. Ihre Augen verengten sich, was dazu führte, dass eine gewisse Ähnlichkeit in ihren Gesichtszügen mit seiner Tante zu Tage trat.

»Du lügst. – Meine Mutter hat mich gerufen und ich bin zu ihr gelaufen, aber du hast versucht, mich aufzuhalten, und mich mit irgendeinem böswilligen Zauber verhext.«

Sie spuckte die Wörter fast aus. Elaf seufzte, ein Wutanfall, nun gut.

»Nein, ich habe versucht, dich zu beschützen. Wärst du nicht durch das Tor gelaufen, hätte deine Mutter …«, er stockte, »nun ja, sie hätte nicht nur deinen Körper mitnehmen können …«

»Geh weg, du Teufel!!!« Sie schrie und zu seiner Überraschung bekreuzigte sie sich auch noch. »Wenn jemand meine Seele gestohlen hat, dann bist es du!«

Elaf stöhnte auf und wagte einen weiteren Versuch: »Als du durch das Tor gelaufen bist, hat deine Mutter eine Glaskugel aus der Tasche genommen, erinnerst du dich denn nicht daran?«

Für einen Augenblick schwieg sie verdutzt. Dann bekam sie wieder diesen Blick, der ihn unangenehm an Trine Deichgraf erinnerte, und beschimpfte ihn erneut: »Woher weißt DU von unserer Kugel??? Bist du der, der auch meine Großmutter im Meer ertränkt hat?«

Elaf schwieg und dachte bei sich, dass das leider gar nicht so falsch war, wenn es auch nur einen sehr kleinen Teil der Wahrheit offenbarte. Immerhin wusste er jetzt, dass in der vergangenen Nacht tatsächlich die Tochter der alten Deichgraf gekommen war.

Das Mädchen deutete sein Schweigen offenbar als Geständnis und ihr Ausdruck veränderte sich. Während sich zuvor wechselweise Abscheu und Wut in ihrem Gesicht gespiegelt hatten, zeigte sich nun ganz deutlich Furcht.

»Willst du mich auch im Meer ertränken …?« Sie flüsterte die Worte.

Diese Bemerkung ärgerte Elaf nun doch. Erst redete sie von *ihrer* Kugel, die ja eigentlich ihm gehörte, dann verdächtigte sie ihn auch noch des Mordes.

»Ich kann dich beruhigen. Selbst wenn ich es wollte, könnte ich dich nicht ertränken, da dein Körper wahrscheinlich schon längst wieder in Dunkelsreed ist und ich diese Insel, so wie du auch, nicht verlassen kann.«

Diese Eröffnung führte zu einem weiteren Anfall. Sie begann unter großem Geheule laut zu schreien und ihn zu beschimpfen mit Wörtern, die er nicht kannte, und er fragte sich, warum er sich jemals in den vergangenen Jahren nach Gesellschaft gesehnt hatte. Seine Einsamkeit erschien ihm jetzt als geradezu idyllisch.

Elaf beschloss, keine weiteren Erklärungsversuche zu unternehmen, und stand stattdessen auf, um hinauszugehen und nachzudenken. Als die Tür hinter ihm zufiel, hörte er noch ihr ausdauerndes Schluchzen. Mit einem Seufzen erklomm er die Düne, die hinter dem Haus begann.

***

Es war Mittag, die Flut brauchte noch ein paar Stunden, um zurückzukehren, und viele der Sandbänke und größere Teile des Meeresbodens waren freigelegt. Auch das Mädchen dachte wahrscheinlich, dass dies ein günstiger Moment sei, von der Insel zu fliehen. Elaf beobachtete, wie sie zielstrebig auf das Meer zusteuerte, um dann von der unsichtbaren Grenze aufgehalten zu werden.

Ausdauer hatte sie ja. Elaf zählte ihre Versuche, durchzubrechen, und gab bei Versuch 43 auf. Die ersten zehn Versuche waren von reiner Entschlossenheit und Wut gekennzeichnet gewesen und eine Art Anrennen gegen die unsichtbare Wand. Die folgenden etwa 20 Versuche hatten darin bestanden, dass sie unterschiedliche Stellen ausprobiert und ihre Position verändert hatte. Sie hatte versucht zu hüpfen, zu krabbeln und einer ihrer Versuche hatte den Bau eines Tunnels beinhaltet. Es war höchst interessant gewesen, ihr zuzuschauen, und Elaf hatte über ihren Einfallsreichtum gestaunt.

Nach den ersten 30 Versuchen hatte sie dann nochmals ihre Taktik geändert, indem sie zunächst die Grenze angeschrien, angefleht und dann, als alles nichts half, sich auf die Knie hatte fallen lassen und gebetet hatte. Innerhalb der folgenden acht bis zehn Versuche hatte Elaf beobachten können, wie sie sich bekreuzigt, die Arme zum Himmel erhoben und ihren Schöpfer angerufen hatte. Sie war offensichtlich sehr religiös. Er konnte sich nicht daran erinnern, dass seine Tante oder die übrigen Mitglieder der Familie Deichgraf je besonders gläubig gewesen wären.

Inzwischen konnte Elaf nicht mehr genau nachvollziehen, was sie vorhatte, da sie für ihn unverständliche Zeichen in den schmalen Sandstreifen unter den Dünen schrieb, diese einkreiste und dann den Meeressaum mit Kreuzen schmückte, die sie in den Sand malte. Vielleicht war das so eine Art Exorzismus. Elaf glaubte nicht an den Teufel, insofern war er auch eher erstaunt als gekränkt darüber gewesen, dass das Mädchen in ihm einen Teufel gesehen hatte. Wenn aber sie daran glaubte, würde es schwer sein, ihr begreiflich zu machen, was es mit dem Zauber auf sich hatte, ohne dass sie dies sofort für Hexerei halten würde.

Ihre Versuche ermüdeten ihn inzwischen und er erhob sich von seinem Platz und stieg den Weg zum Haus hoch. Die Briefe hatte er in der Nacht wieder in der Schublade versteckt. Er beschloss, zunächst vorsichtig und abwartend zu bleiben, bevor er ihr mehr über die Insel und ihre Geschichte, die auch seine Geschichte war, erzählen würde.

Es wurde Abend. Die Sonne stand bereits tief, aber das Mädchen kam nicht zurück. Auch als das letzte Licht des Tages erloschen war, blieb Elaf allein und er fragte sich kurz, ob es ihr vielleicht doch gelungen war, die Insel zu verlassen.

***

Elaf hatte auch in den kommenden Tagen darauf gewartet, dass das Mädchen Lona zurückkam. Er konnte nicht verstehen, was genau geschehen war, akzeptierte es aber ohne größere Verstimmung, zumal er nach den Ausbrüchen von Lona die Einsamkeit wieder mehr denn je zu schätzen wusste.

Fast zwei Wochen später jedoch, als er nur noch manchmal an den unerwarteten Besuch dachte, kam er gegen Abend von einem kleinen Rundgang durch dichten Nebel, der am Nachmittag eingesetzt hatte, ins Haus zurück, als er völlig unerwartet Lona auf dem Sofa sitzen sah.

Auch sie riss überrascht die Augen auf, als sie ihn sah, und bevor ihm etwas Beschwichtigendes einfiel, um den befürchteten Wutanfall einzudämmen, hatte sie bereits das Wort ergriffen:

»Lauf nicht weg.«

Elaf betrachtete sie überrascht, sie wirkte insgesamt ruhiger und gefasster. Er ging langsam an den kleinen Tisch und setzte sich.

Nach einer Weile fing sie an zu sprechen: »Ich weiß nicht, was genau geschehen ist. Aber ich habe nachgedacht und es stimmt …«, hier stockte sie etwas und ihre Stimme wurde leiser, »dass meine Mutter mich nicht mehr haben wollte.« Sie machte eine Pause. Elaf spürte, wie sich Mitgefühl in ihm regte, es war sicherlich nicht leicht, die Tochter der alten Deichgraf als Mutter zu haben.

Eine Zeit lang saßen sie schweigend in dem kleinen Haus. Irgendwann, es war schon späte Nacht, begann sie, Fragen zu stellen, und Elaf erzählte ihr, wie er einst auf die Insel gekommen war. Er sah sie an, Ihre Augen waren bei seinen Worten ganz dunkel geworden und sie sah plötzlich sehr traurig aus. »Was ist damals mit mir geschehen? Du weißt es, oder?« Lona nickte langsam.

»Mein Vater hat mir erzählt, dass ein Fischer deinen Körper auf einer Sandbank gefunden hat.« Sie stockte. »Sie haben dich neben deinem Großvater begraben. Ich habe dein Grab gesehen, mein Vater hat es mir gezeigt. Es tut mir leid, Elaf.«

Tief in seinem Inneren hatte Elaf immer gewusst, dass er wahrscheinlich damals gestorben war, dennoch war er in diesem Moment geschockt über die Endgültigkeit dieser Tatsache.

Er fragte sich, wie sein Leben wohl verlaufen wäre, wenn er eines gehabt hätte. Er wäre jetzt älter als Lonas Mutter. Vielleicht hätte er selbst Kinder gehabt. Er war kurz in Versuchung, Lona zu fragen, was aus seinem Bruder Fjörn und aus Alma geworden war, aber etwas in seinem Herzen sagte ihm: »Tue es nicht!«, und er ließ davon ab.

Sie hatten lange zusammengesessen, ohne miteinander zu sprechen. Als der Morgen anbrach, beschlossen sie, gemeinsam um die Insel zu laufen.

»Warum kann man die Insel nicht verlassen?«

»Ich weiß es nicht, Lona. Es ist ein alter Zauber, viel älter als das Haus und seine ersten Bewohner.«

»Aber es muss doch eine Möglichkeit geben, erlöst zu werden.« Lona blickte ihn hoffnungsvoll an. Elaf fand es seltsam, dass Lona von Erlösung sprach.

»Eigentlich«, dachte er, »war ja genau das damals der Sinn des Ortes gewesen.« Die Insel sollte ein Zufluchtsort für gepeinigte Seelen sein, für eine bestimmte Zeit, um dann gestärkt zurückzukehren und sich dem Leben wieder stellen zu können. Für Lona war es anders, für sie war es eine Strafe. Er konnte ihr keine Hoffnung machen. »Vielleicht gibt es eine Möglichkeit, aber ich kenne sie nicht«, sagte er nur.

8   Post aus Dunkelsreed

Tom war am Dienstagmorgen erwacht und fühlte sich eindeutig besser. Er hatte kein Fieber mehr, aber seine Mutter war der Ansicht, dass er auf jeden Fall mindestens einen Tag fieberfrei sein müsse, bevor sie ihn »ins Lager« fahren ließ.

Es war am frühen Nachmittag, als sie in sein Zimmer kam und ihm ein fröhliches »Post für dich!« zurief. Sara hatte ihr Versprechen gehalten und ihm tatsächlich noch am ersten Tag eine Postkarte abgeschickt. Die Karte zeigte einen Hafen, der ohne die Nachcolorierung wahrscheinlich eher trist ausgesehen hätte. Das Bild musste schon vor etlichen Jahren aufgenommen worden sein, denn die Leute, die am Hafenrand zu sehen waren, trugen alle Kleidung, die ihn an uralte Krimis erinnerte.

Ein paar Fischerboote waren zu sehen, von denen eines zu einem Ausflugsschiff umgebaut worden war, ansonsten lagen noch zwei kleine Segelboote im Hafen. Auf dem Foto selbst prangten in goldener Schrift die Worte *Hafen von Dunkelsreed*. Er drehte die Karte um. Sara hatte wohl in Eile geschrieben, vielleicht hatte sie auch Angst gehabt, erwischt zu werden. Auf jeden Fall war ihre Schrift krakeliger als sonst. Tom las.

Hallo Tom,
   Stimmung und Wetter übel, aber nicht so schlecht wie das Essen. Omid ist unsere Rettung. Bring was zu Essen und Plastiktüten mit, wenn du kommst!!!!
   Deine Sara

Tom musste lachen, als er den Text las, und er beschloss, dass es eigentlich ein guter Moment sei, um seine Sachen zu packen und sich zu überlegen, wo man unauffällig Proviant verstecken konnte.

***

Der Dienstagmorgen hatte in der Herberge für etliche der Schüler schlecht begonnen, da sie entweder Ärger bekamen, weil der morgendliche Appell der Lehrer Mängel in Hygiene und Sauberkeit des Zimmers zu Tage treten ließ, oder aber, weil sie zu den Gebeutelten gehörten, deren Proviant am Abend zuvor entdeckt worden war.

Albert de Breun bekam sein Buch zwar zurück, die Pröhlberg hatte aber mit Rotstift darin rumgeschmiert und überall standen Anmerkungen wie *kompletter Unsinn* und *unverständlich* darin. Zudem hatte sie Korrekturen eingefügt, die nach de Breuns Auffassung vollkommen falsch waren. Als er sein Buch durchblätterte, dachte Linus kurz, er würde der Pröhlberg an die Gurgel gehen. Er beließ es aber zu Linus' Bedauern dabei, ihr intensive, böse Blicke zuzuwerfen, die sie ignorierte.

Linus hatte nach den nächtlichen Vorfällen kaum geschlafen und war sich nach wie vor nicht im Klaren, was er da eigentlich gesehen hatte. Das Gesicht des Mädchens kam ihm bekannt vor, er wusste aber nicht, wo er sie schon einmal gesehen hatte.

Der zweite Teil des Tages war für alle deutlich erfreulicher. Die Fahrt zu den Seehundbänken war am Mittag geplant und da auch die Sonne inzwischen den Weg durch die immer noch hin und wieder dicken, aber nun schnell dahinziehenden Wolken gefunden hatte, hob sich die Stimmung der Gruppe deutlich.

Das Ausflugsboot schaukelte, hin und wieder spritzte den Jungen und Mädchen die Gischt ins Gesicht. Sara genoss es, im Wind zu stehen und das Meer zu riechen.

Ole Petersen, der Besitzer des Schiffes, war ein etwas korpulenter Mann von 50 Jahren mit einem fröhlich runden Gesicht. Übers Mikrofon erzählte er den Schülern auf der Fahrt Geschichten von Inseln, die neu aus dem Nichts entstanden und wieder verschwanden, weil das Meer sie mit sich gerissen hatte, aber auch solche von Wassergeistern und Klabautermännern, die ihr Unwesen vor allem mit Landratten trieben, die sich auf See wagten. Das trug ihm strenge Blicke von Grabstatt und Pröhlberg ein, während die Lübke mit großen Augen an seinen Lippen hing und ihn fragte, ob er wirklich schon einen echten Klabautermann gesehen hätte.

Die Grabstatt verdrehte die Augen zum Himmel und stöhnte, während Ole Petersen sich mit Augenzwinkern den Mädchen und Jungen zuwandte: »Klar, gute Frau, so 'n alter Seebär wie ich, der is' mit denen per du!«

»So ein Vollidiot, der findet sich auch noch witzig.« Die Guntzel blickte verächtlich zu Petersen, als hinter ihr Omid rief: »Guckt mal, dahinten sind Seehunde.« Nina stieß Omid mit dem Ellbogen zur Seite, um besser sehen zu können. Die Guntzel machte sich vor Sara breit. Und tatsächlich, konnte man noch etwas fern auf den Sandbänken bei den Prielen einige Seehunde erkennen; noch ohne Junge, wie Petersen erklärte, da die erst ab Juni zu sehen seien. Sara, die nun kaum noch etwas erkennen konnte, ging Richtung Kommandobrücke, weil dort eine kleine Treppe zum Steuer hinaufführte und sie hoffte, von da bessere Sicht zu haben. Sie stieg die Stufen hinauf und blickte sich um. Der Ausblick war außerordentlich gut und sie konnte sowohl die Seehunde sehen als auch irgendetwas Hügelartiges, das hinter einem Dunstschleier verborgen war. Sie zeigte darauf und fragte Ole Petersen, was das sei.

»Tja, das is' man schwer zu sagen. In dieses Gebiet fährt keiner von uns Fischern und Seeleuten, weil dort immer blitzartig dichter Nebel aufzieht und das schnell gefährlich werden kann mit den Untiefen.« Er machte eine Pause. Sara sah ihn erwartungsvoll an.

»Es gibt im Dorf Erzählungen, dass dort eine verborgene Insel ist, die aber niemand betreten kann, wenn die Insel das nich' will.«

»Ole Petersen, hör auf, den Kindern solchen Schwachsinn zu erzählen, sonst werde ich deine Ausflugsfahrt in Zukunft nicht mehr buchen.«

Unvermittelt war hinter ihnen die Grabstatt von der anderen Seite der Brücke aufgetaucht. Sogleich wies sie Sara an, nach unten zu den anderen zu gehen. Sara hörte im Weggehen, wie Petersen zu ihr sagte: »Komisch, das eine Grabstatt sagen zu hören, wo es doch gerade deine Familie ist, Philonia, von der man sagt, dass sie als einzige den Weg dorthin kennt.«

Es stimmte also, was Linus und Omid erzählt hatten, die Grabstatt stammte aus Dunkelsreed. Sara hätte zu gerne gewusst, was Ole Petersen sonst noch so von der geheimen Insel wusste, aber da die Grabstatt mit grimmiger Miene die Leiter blockierte, machte sie sich keine Hoffnung.

Als sie das Schiff im Hafen verließen, blieb sie etwas hinter den anderen zurück, um Ole Petersen nochmals abzufangen, fand ihn aber leider in ein Gespräch mit Brobank vertieft, der sich mit ihm darüber austauschte, wie es derzeit mit dem Fischfang lief. Unverrichteter Dinge verließ Sara das Schiff und schloss sich ihren Mitschülern an, die sich auf den Weg zurück zur Herberge machten.

Das Mittagessen (Grünkohl, graue Kartoffeln und eine scheußliche Wurst) fand zum größten Teil den Weg in die von Linus recycelte Tüte, deren Inhalt anschließend in bereits bewährter Manier auf der Lehrertoilette entsorgt wurde. Nach dem Essen versammelten sich alle im Speisesaal zum gemeinsamen Postkarten schreiben an die Eltern. Sie bekamen dazu einen, wie Linus es nannte, »Postkartendummy«, eine dünne Pappkarte mit Umrissen eines Leuchtturms, den sie anzumalen hatten. Die Pröhlberg hatte Stichwörter »zur Orientierung«, was zu schreiben war, an die Tafel gemalt.

Omid und Viktor machten sich einen Spaß und texteten aus »Gesundes Essen, frische Luft, traditionsreiches Haus und sinnvolle Beschäftigung«: »Dem traditionsreichen Haus fehlt es an frischer Luft und gesundem Essen, aber wir versuchen, die Lehrer sinnvoll zu beschäftigen.« Dieses Werk bestand erwartungsgemäß nicht die Pröhlbergsche Zensur und wurde von ihr in kleine Stücke zerrissen. Stattdessen mussten Omid und Viktor eine zweite Karte schreiben, deren Text ihnen von der Pröhlberg diktiert wurde. Diese Ablenkung nutzte Sara für eine zweite Postkarte an Tom, die sie heimlich unter den Stapel der anderen mischte.

Linus hatte den anderen nichts von seinem nächtlichen Erlebnis erzählt. Er war sich nicht sicher, ob er vielleicht wirklich einfach geschlafwandelt war, und wollte sich nicht unnötig zum Gespött der anderen machen, indem er von irgendwelchen Gespenstern erzählte.

Er hatte sich seinen Wecker unter das Kopfkissen gelegt, sodass er zur gleichen Zeit erwachte wie in der Nacht zuvor. Als er aus dem Bett stieg, hörte er das tiefe Atmen von Omid; Albert redete leise im Schlaf.

Vorsichtig schlich er sich hinaus. Diesmal war niemand auf dem Flur zu sehen. Fast enttäuscht wollte er sich wieder schlafen legen, als unvermittelt nur wenige Meter vor ihm das Mädchen aus dem Nichts erschien. Linus japste kurz nach Luft, dann folgte er ihr.

Es war wie am Vorabend, sie ging in den Vorraum und blickte angstvoll auf die Tür vom Speisesaal. Diesmal beschloss Linus, einfach abzuwarten, was passieren würde, in der Hoffnung, dass nicht wie am Vorabend die Fleischmann auftauchte. Zur Sicherheit versteckte er sich in der Nähe der Garderobe hinter einem Vorhang. Wiederum bemerkte ihn das Mädchen nicht und nach wenigen Minuten erschien die hochgewachsene Gestalt an der Tür vom Speisesaal. Das Mädchen zuckte zusammen, als sie sie sah. Linus konnte kein Gesicht erkennen, aber eine Hand streckte sich aus und griff nach der Schulter des Mädchens, das flehentlich hochblickte. Dann wandten sich beide zum Gehen. Sie liefen an Linus vorbei, doch Linus hörte keinen Laut. Als sie die Tür erreichten, lösten sich die Gestalten vor seinen Augen auf. Nach einem kurzen Moment des Schreckens stürzte Linus an das kleine vergitterte Fenster neben der Eingangstür. Er meinte, den Schatten zweier Menschen unter dem Walfischkiefer zu erkennen, aber als er genauer hinsah, war niemand mehr da. Verstört ging er zurück ins Jungenzimmer. Irgendetwas war hier faul. Sicher, das Haus machte einen unheimlichen Eindruck auf ihn, aber darüber hinaus gab es noch etwas anderes, das hier nicht stimmte.

**

Am Mittwochmorgen prüfte Toms Mutter noch einmal seine Temperatur. Mit einem Seufzen stellte sie fest, dass ja nun der Fahrt nichts mehr im Wege stehen würde, fragte aber, ob er sich sicher sei, dass er sich das antun wolle.

»Ach, du verstehst das nicht, das ist wie im Gruselfilm, einerseits fürchtet man sich vor dem, was einen erwartet, aber andererseits freut man sich auch, weil es eben spannend ist. – Und ich bin ja nicht allein in dem Horrorhaus.«

Gerade als sich Tom ins Auto setzen wollte, kam der Postbote um die Ecke und brachte die zweite Karte von Sara.

Hallo Tom,

interessante Erkenntnisse von der Schiffsfahrt – geheime Insel –
G sauer – hat was mit ihrer Familie zu tun – G sagt, du kommst
noch??? Hoffentlich!!! Grüße auch aus dem Jungenzimmer zwei!
Deine Sara

Tom schaute aus dem Fenster, die Bäume an der Landstraße
zogen an ihm vorüber. Er freute sich darauf, seine Freunde zu
sehen, und spürte eine angespannte Erwartung wie eine Vorahnung auf etwas Unbekanntes, vielleicht Gefährliches, auf
jeden Fall aber etwas Abenteuerliches in sich aufsteigen.

9 Ungeteilte Beobachtungen

Sie hatten sich aneinander gewöhnt. Nach einer Weile hatte Lona es aufgegeben, Elaf damit zu löchern, ob es nicht doch einen Weg zurück gäbe, und mit den Jahren wurden sie Freunde. Sie verbrachten Zeit zusammen, aber es gab auch Tage und Wochen, wo sie für sich allein blieben und sich nicht begegneten. Elaf, der so viele Jahre allein gelebt hatte, hatte die Einsamkeit schätzen gelernt und verbrachte gerne seine Tage in den Dünen sitzend.

An einem Abend im Frühjahr, viele Jahre nachdem Lona auf die Insel gekommen war, fühlte Elaf jählings Unruhe in sich aufsteigen. Rastlos lief er im Haus auf und ab. Es war fast Mitternacht, als er es nicht mehr aushielt und den Weg zwischen den Koniferen hinunter wanderte. Ein Wind kam auf und er spähte zwischen den letzten Bäumen hindurch aufs Meer. Was er dort erblickte, ließ ihn erschaudern. Auf dem Weg, der doch eigentlich nur den in das Geheimnis der Insel Eingeweihten bekannt war, sah er eine Gruppe von älteren Kindern sich nähern.

Es war eine große Gruppe von etwa 40 Jungen und Mädchen, und er konnte zwei größere Gestalten am Anfang und am Ende des Zuges erkennen.

Elaf versteckte sich unwillkürlich im Dünengras und beobachtete sie. Eine Wolke zog am Himmel vorbei und etwas Mondlicht beschien die Herannahenden. Es gab keinen Zweifel, sie bewegten sich auf die Insel zu, also musste eine der Personen dort unten den Weg kennen.

Elaf lauschte. Aus der Ferne hörte er, wie eine Frauenstimme Kommandos brüllte und die Gruppe zur Eile antrieb. Als sie fast den Inselrand erreicht hatten, hielten sie an. Die Gestalt am Ende des Zuges trat nun nach vorne und tuschelte mit der Anführerin, dann setzte sich der Zug erneut in Bewegung. Allerdings führte nun die andere vom Ende die Gruppe an. Elaf wartete, bis sie den Weg erreicht hatten, er wollte sie unbedingt genauer ansehen. Doch in dem Moment, als sie den ersten Fuß durch die Pforte auf die Insel setzten, verschwanden sie vor seinen Augen.

Gerade noch hatte er das Stimmengemurmel der Gruppe gehört, im nächsten Moment war nur noch Stille um ihn herum. Er rannte auf den Weg. Es war niemand zu sehen. Als Elaf sich zurück zum Meer wandte, erblickte er die Frau, die zu Beginn den Zug angeführt hatte. Sie war deutlich für ihn zu erkennen und schien offensichtlich auf etwas oder auf jemanden zu warten.

Was ging hier vor sich? Worauf wartete sie? Elaf nahm seinen Platz im Gras erneut ein und beschloss zu bleiben. Nach einer Weile erschien genauso plötzlich, wie sie zuvor verschwunden war, die andere Frau. Allerdings war sie nun allein. Sie trat eilig auf die erste Frau zu. Die beiden sprachen miteinander und schickten sich dann an, am Rand der Insel entlang um diese herumzugehen. Elaf lief ein Stück voraus und versteckte sich an einer Stelle, wo er vom Dünenkamm einen guten Blick auf den Strand hatte. Er wusste nicht, ob sie ihn sehen konnten, wollte aber auf keinen Fall von ihnen entdeckt werden. Die beiden Gestalten kamen zügig näher, offenbar hatten sie es eilig. Kurz bevor sie die Stelle passierten, an der sich Elaf versteckt hielt, versuchte er im fahlen Mondlicht die Gesichter zu erkennen. Die Frau, die zuvor mit der Gruppe auf die Insel gegangen war, verdeckte die andere etwas und er konnte nur ihr etwas hamsterartig aussehendes Gesicht, das einen eifrigen, wenngleich wenig intelligenten Ausdruck zeigte, erkennen.

Als die beiden Frauen direkt unter ihm waren, blieb die Hamsterartige stehen und bückte sich, um an einem ihrer Schuhe zu nesteln. Elaf hatte dadurch kurz einen freien Blick auf das Gesicht der anderen Frau, das im Licht der Taschenlampe gut zu erkennen war.

Vor Schreck schrie er auf, duckte sich dann aber ins Gras, weil im gleichen Moment die Frau mit den Hamsterbacken zu ihm hochblickte und flüsterte: »Da war doch was.« »Unsinn, hier ist gar nichts.« Die Stimme der Anderen klang harsch.

»Aber ich bin sicher, dass da etwas war.« Die Hamsterbäckige blickte ängstlich um sich.

Ihre Begleiterin verdrehte die Augen: »Ich hab dir doch gesagt, dass du dich zusammennehmen sollst. Hier gibt es nichts Lebendiges außer ein paar Robben und diesen elenden Möwen. – Jetzt komm endlich. Du wirst noch alles vermasseln.«

Als sie die Pausbäckige anherrschte, zuckte diese zusammen und ging schnell hinter der anderen her, wobei sie sich immer wieder umblickte, als ob sie verfolgt würde.

Elaf blieb, wo er war. Schlagartig überfiel ihn eine nie gekannte Müdigkeit und er fühlte sich entsetzlich hilflos. Böse Vorahnungen erfüllten seine Gedanken, aber ihm fiel nichts, absolut nichts ein, was ihm irgendeine Möglichkeit eröffnete, sich den zu erwartenden Ereignissen entgegenzustellen. Er war zu erschöpft, als dass er den beiden Frauen hätte folgen können. Er wollte es nicht noch einmal mit ansehen, geschweige denn erleben, was er bereits mit Lona erlebt hatte.

Lona, wie sollte er ihr sagen, was er gesehen hatte? In den Jahren waren sie Freunde geworden. Freunde, die sich verlässlich trafen, die sich verstanden ohne viele Worte und die ohne es zu erwähnen, irgendwann beschlossen hatten, die Vergangenheit ruhen zu lassen und gemeinsam durch die endlosen Zeiten der sich ewig wiederholenden Ebbe und Flut zu gehen.

Der Gedanke an Lona stürzte seine Seele endgültig in eine nie gekannte Finsternis. Er hatte keine Ahnung, ob sie auch beobachtet hatte, was er gesehen hatte. Er konnte sich auch nicht entscheiden, ob er ihr seine Beobachtungen überhaupt mitteilen sollte oder nicht.

Über Letzteres dachte er lange nach. Am Ende kam er zu dem Schluss, dass es besser sein würde, darüber zu schweigen, denn, und das war das Schlimmste für ihn, er wusste, dass er es nicht ändern konnte. Er fürchtete sich vor diesem Blick, mit dem sie ihn gerade in den ersten Jahren immer wieder angeschaut hatte. Es war ein Blick voller Hoffnung, dass er, Elaf, ihr doch sicherlich helfen könnte. Ein Blick, der zugleich die Furcht enthielt, dass er es nicht vermochte.

Die Sommermonate vergingen, der Winter kam und abermals wurde es Frühling und die Erinnerung verblasste. Es wurde April und Elaf dachte häufiger an das Ereignis vor einem Jahr und er spürte, wie er unruhig wurde.

Diese Unruhe trieb ihn dazu, jede Nacht den Weg zum Dünenrand hinunter zu gehen und gegen Ende des Monats traf er erneut auf das, was er zwischenzeitlich fast für Einbildung gehalten hatte.

Anders als im Jahr davor war er gewappnet gegen die Flutwelle der Verzweiflung und als er am Rand der Dünen stand und noch in einiger Entfernung erneut eine Gruppe von Schülern kommen sah, beschloss er, diesmal möglichst genau zu beobachten, zuzuhören und ihnen zu folgen. Er musste verstehen, was hier vor sich ging und vor allem wie. Die Gruppe, die wie im Jahr zuvor von den zwei Frauen geführt wurde, steuerte auf den Inselpfad zu. Auch diesmal wechselten die Frauen am Ende die Position und Elaf sah die

Frau mit dem hamsterartigen Aussehen wie im Vorjahr die Gruppe zur Insel führen. Er wartete direkt am Eingang, hinter der ersten Konifere verborgen. Diesmal konnte er genau erkennen, dass in dem Moment, in dem die Mädchen und Jungen den ersten Schritt auf den Pfad machten, sich ihre Gestalten in Luft auflösten. Auch ihre Stimmen verloren sich. Zu Beginn hörte er noch dumpfe Laute, die klangen, als wären sie durch Watte gesprochen, dann war es, abgesehen vom fernen Klang des Meeres, still.

Er wusste, dass sie auf jeden Fall am Haus vorbeikommen würden, daher folgte er ihnen in einem, wie er annahm, passenden Tempo, denn Elaf war sich nicht sicher, ob der Einfluss des Hauses selbst vielleicht doch den Effekt hatte, dass die Kinder für ihn wieder sichtbar würden.

Das Haus war wie üblich um diese Zeit schwach beleuchtet. Die Tür war angelehnt, so wie er das Haus verlassen hatte. Es war nichts Ungewöhnliches zu sehen oder zu hören. Elaf betrat das Haus. Er stand ganz still und lauschte konzentriert – nichts. Frustriert seufzte er und blieb unentschlossen vor dem Haus stehen. Er starrte vor sich hin auf den steinernen Weg, der den Koniferen- und den Eibenweg verband, als er plötzlich aus den Augenwinkeln eine Bewegung am Rande des Hauses wahrnahm.

Dort hatte sich etwas Sand angesammelt und Elaf hatte kurz den Eindruck gehabt, als würde sich der Sand bewegen, gerade so, als wenn jemand dort entlanggelaufen wäre.

Sie mussten hier sein. Wieder meinte er, schwach etwas in der Nähe der Eiben wahrzunehmen. Elaf betrat den Eibenweg und gerade, als er dachte, dass wahrscheinlich alle auf dem Weg zur anderen Inselseite waren, nahm er hinter sich abermals eine Bewegung wahr. Elaf drehte sich blitzschnell um, aber da war nichts. Einem Impuls folgend rannte er durch den Koniferenweg zurück zum Strand. Kaum hatte er den Inselrand erreicht, erschien direkt vor ihm die Frau mit dem Hamstergesicht.

»Was hat denn so lange gedauert? – Jetzt aber schnell.« Die Andere sprach ungeduldig. Elaf schluckte, als er ihr ins Gesicht blickte und sie wiedererkannte.

»Ja, ja, immer muss ich das machen. Die sind störrisch – da geht das nicht so einfach. Die merken auch, dass da irgendwas komisch ist.«

Die Frau, die Elaf nicht kannte, war verstimmt und grummelte vor sich hin. Elaf fiel auf, dass die Stimmung zwischen den beiden Frauen insgesamt nicht besonders gut war.

Wie im Jahr zuvor machten sie sich eilig auf, die andere Seite der Insel zu erreichen. Elaf folgte ihnen, indem er am Rande der Dünen parallel zu ihnen lief. Zunächst sprachen sie kaum. Gelegentlich trieb die Anführerin die andere zur Eile an, diese war aber so schon übel gelaunt und fing mit der Zeit an, sich deutlich zu beschweren. »Ich verstehe nicht, warum wir das machen. Ich habe genügend pädagogisches Handwerkzeug, um die Schüler auch so kleinzukriegen. Am Ende kriege ich sie alle. Dieser ganze Aufwand …«

»Hör auf zu murren, Anita, du verstehst das einfach nicht. Natürlich bin ich auch in der Lage, lächerliche Kinder zu kontrollieren.« Die Anführerin machte ein verächtliches Gesicht. »Aber die Eltern sind nicht mehr wie früher. Kaum haben wir die Schüler eingeschüchtert, gibt es Ferien und wir fangen danach von vorne an. Es ist diese Unart, eigene Gedanken zu entwickeln, die wir dauerhaft unterbinden müssen.«

Die andere schnaubte und ihr Gesicht verzerrte sich vor Abscheu. »Die können doch gar nicht denken. Die glauben nur, dass sie so unheimlich schlau wären, weil ihnen ihre eingebildeten Eltern das einreden. – Wie ich die alle hasse.«

Die Anführerin lächelte und Elaf lief ein Schauer über den Rücken, als sie sagte: »Wenn du sie hasst, umso besser. Ich kann dir versichern, dass du ihnen nicht mehr antun kannst, als sie hierherzubringen. – Und danach kannst du mit ihnen machen, was du willst.«

Sie hatten jetzt fast die andere Seite erreicht. Elaf lief über die letzte Düne, die an den Eibenweg grenzte. Er konnte niemanden sehen.

Die kleine Pforte war verschlossen, aber er sah tiefe Abdrücke im Sandboden davor. Elaf ging näher heran. Die Anführerin stand etwa 20 Meter von der Pforte entfernt im Watt, während die Andere nun herankam und die Gruppe, die sie offenbar sehen konnte, anraunzte.

»Los jetzt, ihr wollt ja wohl nicht in der ankommenden Flut ersaufen, oder?«

Mit diesen Worten öffnete sie die Pforte und Elaf sah, wie die einzelnen Mädchen und Jungen aus der Pforte tretend sichtbar wurden. Während die Kinder vor dem Betreten der Insel noch miteinander gesprochen hatten, erschienen sie nun still und etwas eingeschüchtert. Er erblickte nun auch, was er schon seit einem Jahr mit Sorge erwartete hatte. Die Anführerin zog eine Kugel aus ihrer Tasche und murmelte die ihm vertrauten Worte, während die letzten der Gruppe das Tor passierten. Eine Veränderung ging in den Gesichtern vor sich, die Angst schwand aus ihnen und sie nahmen stattdessen einen merkwürdig gleichgültigen Ausdruck an. Gleichförmig trottete die Gruppe den beiden Frauen hinterher, die den Weg durchs Watt zurück zum Dorf nahmen.

Elaf schwieg auch diesmal über das, was er erlebt hatte, und entdeckte abermals keinerlei Anzeichen an Lona, die dafür sprachen, dass sie etwas von diesen Ereignissen wusste.

***

Es vergingen fast zwölf Jahre, in denen Elaf das Gefühl hatte, dass die Unwissenheit von Lona auf der einen Seite und die Qual des wiederkehrenden Grauens auf der anderen Seite ihn innerlich zunehmend aushöhlten. Er war in den Jahren weder hinter das Geheimnis gekommen noch hatte er die geringste Ahnung, ob und wie es möglich war, dem Ganzen ein Ende zu bereiten.

An einem Morgen am Ende eines Winters, als Elaf bereits begann, das herannahende Frühjahr zu fürchten, erschien ihm ein zweites Mal die geheimnisvolle Frauengestalt.

Sie stand am Rande der Eiben und sah ihn an. »Elaf, Du MUSST den nächsten Kindern, die kommen, ein Zeichen geben. Davon hängt alles ab!«

Elaf fühlte Verzweiflung in sich aufsteigen. »Wie soll ich das machen? Ich bin nur ein Geist – warum kannst du es nicht selbst tun?«

»Weil ich nur eine Erinnerung bin, Elaf. Meine Seele hat vor vielen Jahren die Insel wieder verlassen …« In diesem Moment wusste Elaf, dass es Milli sein musste, seine Urgroßmutter, die vor ihm stand. Er wollte etwas zu ihr sagen als plötzliche eine Windböe die Bäume bewegte, er hörte ein Rascheln und sie war verschwunden.

10 Einsame Ankunft

Am Nachmittag erreichten Tom und seine Mutter Dunkelsreed.

Das Wetter war etwas unbeständig, aber als sie durch das Dorf fuhren, blitzte die Sonne zwischen den teilweise dunklen Wolken hervor und ließ den Ort, wie Tom fand, doch recht gnädig aussehen.

Toms Mutter gab nur ein »Aha, da wären wir wohl« von sich und hielt Ausschau nach einem Schild, das ihr den Weg zur Herberge wies. Da sie keines fand, hielt sie an einem Miniaturplatz an und lief kurz darauf auf *Die alte Krabbenkiste* zu, um nach dem Weg zu fragen.

Eine rostige Türglocke bimmelte, als sie einen kleinen, mit allerlei Seemannsutensilien überfüllten Raum betrat, der scharf nach Meer, Salzwasser und toten Algen roch. In dem Durcheinander von Kisten, die sich schief übereinanderstapelten, und von der Decke hängenden Netzen, an denen teils große Krabben aus Plastik hingen, konnte sie den Besitzer zunächst nicht orten. Erst als sie ein lautes Schmatzen, dem ein Spucken folgte, hörte, entdeckte sie einen sehr kleinen alten Mann, der mit seiner Schiffermütze, dem Fischerhemd und der dazu passenden blauen Hose aussah, als wäre er selbst ein Ausstellungsstück. »Naa, auf der Suche nach'm schönen Andenken vonner See? – Für dich, Deern, hätte ich da bestimmt noch 'n Brocken Bernstein in 'ner Schublade.« Er griente, während er weiter auf seinem Kautabak schmatzte.

»Schöne Idee, werde ich mir überlegen, aber vorher muss ich leider meinen Sohn noch in die Jugendherberge bringen. Könnten Sie mir netterweise sagen, wo ich die finde?«

Der Alte lachte meckernd und Toms Mutter hatte den Eindruck, dass er sie mit einer Mischung aus Anteilnahme und leichtem Spott anschaute.

»*Leider* is' wohl das richtige Wort. Na ja, mach dir mal keine allzu große Hoffnung, mit der Fleischmann an Bord kann's kaum schlimmer kommen, aber wenn er da durch is', dann isser gestählt fürs Leben. - Was sach ich, da kann er fast bei Käpt'n Ahab anheuern.« Er brach in Lachen aus über seinen, wie er fand, gelungenen Witz, bemerkte dann aber den kritischen Blick von Toms Mutter und fuhr beschwichtigend fort: »War nich' so gemeint, Deern. So 'n alter Mann wie ich will auch 'n bisschen Spaß haben. Das alte Schulhaus, Straße runter, dann links, bisschen trostloses Haus mit Walfischkiefer vorm Eingang.«

Toms Mutter bedankte sich bei dem alten Mann. Als sie durch die Tür ging, hörte sie ihn rufen: »Wenn du 'n Walfischkiefer suchst, Deern, den hab ich nicht – aber ich hätte noch 'n schönen alten Rochen.«

»Gut zu wissen! Vielen Dank! Ich werde darauf zurückkommen!« Und damit verließ sie den Laden.

»Oh mein Gott, das ist ja scheußlich.« Toms Mutter schaute mit einem angewiderten Gesichtsausdruck zunächst auf den Walfischkiefer, dann auf das Gebäude dahinter. »Sollen wir nicht lieber umkehren?«

»Wie oft soll ich es dir noch sagen, das geht schon in Ordnung.«

Toms Mutter seufzte, holte die Tasche für ihn aus dem Kofferraum und verabschiedete sich. Tom lief den Kiesweg zur Herberge hoch und betätigte die abgenutzte Klingel, die neben der Eisentür befestigt war. Lange geschah nichts und da inzwischen ein leichter Regen eingesetzt hatte, überlegte er, was er tun sollte, falls niemand öffnete.

Elsa Fleischmann hörte das Klingeln an der Tür und stöhnte auf. Mühsam kämpfte sie sich hinter dem Lehrerklo hervor, wo sie gerade eine neue Rattenfalle deponiert hatte. Sie hatte es satt, dieses marode Haus zu führen. Seit über zwölf Jahren war sie nun im Einsatz. Philonia Grabstatt hatte ihr damals versprochen, dass es zu ihrem Nutzen wäre, wenn sie das Haus übernehmen würde. Sie schnaubte. Von wegen … Früher hatte sie wenigstens ihren kleinen Imbisswagen mit den dicken Würsten, den Bergen von Pommes und ein paar belegten Brötchen, die sie den Fischern und Besuchern der Ausflugsschiffe verkaufte. Natürlich waren die Gäste auch oft anstrengend, vor allem die Auswärtigen, denen die Wurst nie gebräunt genug oder zu gebräunt war, aber ihre Stammkunden, die wussten, was sie von ihr zu erwarten hatten, muckten nicht. Damals hatte sie noch Spaß daran, ihren eigenen Kartoffelsalat und ihre hausgemachten Frikadellen herzustellen. Bei Frikadellen machte ihr niemand etwas vor.

Inzwischen hasste sie es zu kochen. Es war keine Freude, mit viel zu wenig Geld, das sie von der Grabstatt für die Verköstigung der Bälger bekam, zu kochen. Sie wusste, dass das Essen eigentlich schlecht war, trotzdem war sie wütend, wenn sie diese verwöhnten Gören in dem doch immerhin von ihr selbst mit Mühe gekochten Essen stochern sah. Es klingelte wieder. Typisch. Geduld hatte natürlich auch keiner. Sie erhob sich ächzend und schlurfte in ihren Holzsandalen mühsam über den Kachelboden. Mit ihr konnte man es ja machen. Alles musste sie in einem sein: Köchin, Hausmeisterin und Leiterin dieser Herberge, die schon lange reparaturbedürftig war. Aber die Grabstatt kümmerte sich ja nicht. Die hatte einfach das Schulhaus von ihrer Mutter geerbt und wollte damit Geld verdienen. Sie hatte den Flur erreicht. Wahrscheinlich war das dieser Junge, der zu spät kam. Warum ließen die den nicht einfach da, wo er war. Sie begriff nicht, warum die Grabstatt immer so viel Wert darauf legte, dass keiner aus dem ersten Jahrgang fehlte, wenn sie im April ihre jährliche Reise mit den Neuen unternahm. Sie ächzte. Diese dauernde Hetze war auch nicht gut, ganz zu schweigen von der Feuchtigkeit, die ihr in die Gelenke fuhr. Lieber hätte sie wie früher auf dem Klappstuhl beim Imbiss gesessen, wo sie auf einem schönen dicken Kissen thronte und auf Kundschaft wartete. Ach, das waren noch Zeiten. Nichts als leere Versprechungen, nur Schinderei … Mit diesen Gedanken öffnete sie die Tür und sah ein Wesen mit längeren braunen Haaren und ebenso braunen Augen in der Tür stehen. Es hatte eine Reisetasche über der Schulter. Sie kniff die Augen zusammen. Es sollte doch ein Junge kommen. Sie musterte das Wesen von oben nach unten.

»Könnte auch ein Junge sein«, dachte sie bei sich, so genau konnte man das ja eh nicht mehr sagen.

»Denda? Der die Abreise verpasst hat?«

Es klang wie ein Vorwurf. Tom wollte gerade widersprechen, als sich die Frau, die ihm geöffnet hatte, schon umdrehte und ihn hinter sich durch die Tür winkte. Er folgte der dicken, mürrischen Frau, die mit ihren schweren Holzsandalen erstaunlich schnell vor ihm herlief, sodass er Mühe hatte, hinterherzukommen. Sie leierte dabei unzählige Regeln herunter, die er zu beachten hatte und von denen er sicher war, dass er mindestens die Hälfte sofort wieder vergessen würde, während sie ihn durch einen dunklen, nach Schimmel und Mottenkugeln riechenden Gang führte, der vom Haupthaus abging. Vor einem Zimmer, das die Nummer zwei trug, blieb sie stehen.

»Da, pack deine Sachen aus. Bezieh dein Bett. Die Klasse ist auf einer Wanderung, die kommen erst zum Abendessen zurück. Abendessen pünktlich 18 Uhr im Speisesaal.«

Sie drehte sich um und verschwand. Tom blickte sich im Zimmer um. Anhand der Art, wie die Betten gemacht und die Schlafanzüge gefaltet waren, erriet er, wer welches Bett bezogen hatte. Er entschied sich für das freie Bett über dem von Albert de Breun, was er sofort daran erkannte, dass dessen Pyjama in einer durchsichtigen Plastiktüte auf dem Kopfkissen lag, wahrscheinlich, um die Berührung mit feindlichen Stoffen zu minimieren.

Auf der oberen Etage im Bett, das an seines grenzte, musste Linus liegen. Er entdeckte ein paar von Linus Lieblingscomics, die eingerollt zwischen Wand und Bett geklemmt waren. Viktor und Omid teilten sich das Doppelstockbett auf der anderen Seite des Zimmers. Viktor hatte seinen Schlafanzug zu einem Galgenstrick geknotet und das Bett hatte sicherlich nicht den morgendlichen Appell bestanden, hingegen bei Omid alles in perfekter Ordnung an seinem Platz lag, was Tom immer erstaunte. Aber Omid legte nun mal großen Wert auf, wie er es nannte, »eine gepflegte Umgebung«.

Tom machte sein Bett und saß eine Weile unschlüssig herum, dann entschied er sich, soweit möglich, die Herberge etwas genauer anzusehen, bevor die anderen zurückkamen.

Das Haupthaus hatte eine besonders unangenehme Atmosphäre. Tom hatte dies von Anfang an gefühlt, aber als er jetzt aus dem Anbau dorthin zurückkam, spürte er es deutlicher als zuvor. Es war, als hingen unzählige schlechte Erinnerungen in diesem Haus fest. Dieser Eindruck wurde durch die Bilder an der Wand in der Eingangshalle noch verstärkt. Tom betrachtete die Bilder.

Er hatte sich durch die langweilige Chronik des Hauses gearbeitet, als er aufgeregte Stimmen hörte. Er erkannte die Pröhlberg und die Grabstatt, die draußen auf dem Weg miteinander sprachen. Tom wusste nicht, was ihn dazu bewegte, aber aus irgendeinem Grund verspürte er den Drang, sich zu verstecken. Er sah sich hastig um und entdeckte einen dicken, grauen Vorhang, der aus einer Pferdedecke genäht war und am Türeingang hing, vermutlich um im Winter die Kälte von draußen abzuhalten.

Gerade als sich Tom hinter dem Vorhang verbarg, hörte er einen Schlüssel in der Tür.

»Ausgerechnet jetzt, nur weil diese dämliche Lübke ihre albernen Spiele machen musste.«

Es war die Stimme der Grabstatt, die wutentbrannt durch die Tür stob. Hinter ihr lief die Pröhlberg, die nervös wirkte.

»Wir könnten ja die Wanderung verschieben, Philonia.«

»Unsinn, ich habe dir doch gesagt, dass wir es uns nicht leisten können, den Zeitplan durcheinanderzubringen. Schließlich benötigen wir die Tage danach, um die Kinder auf Kurs zu bringen. Wenn sich das Gör den Fuß verstaucht hat, dann kriegen wir die auch nicht in den nächsten Tagen durch das Watt. Ich hoffe, dass wenigstens diese nervtötende Denda ihren Spross abgeliefert hat.«

Tom zog sich noch etwas weiter hinter den Vorhang zurück. Die beiden waren in der Vorhalle stehen geblieben.

»Wo steckt denn die Fleischmann schon wieder?« Die Grabstatt öffnete die hintere Tür, die in den Küchenbereich führte, und schrie nach der Fleischmann. Tom konnte entfernt einen Wortwechsel hören, in dem es darum ging, ob er sein Zimmer bezogen hatte.

Die Pröhlberg stand noch immer im Flur und er hoffte, dass sie jetzt nicht auf die Idee kämen, ihn aus seinem Zimmer zu holen, als die Grabstatt mit donnernden Schritten zurückkam.

»So, der hockt auf seinem Zimmer, dann haben wir immerhin einen Teil des Übels im Griff.«

»Wenn der Denda und seine Freunde erstmal aus dem Weg sind, dann ist seine kleine Freundin bald isoliert. Die kriege ich auch so klein.« Tom konnte so etwas wie bösartige Vorfreude in der Stimme der Pröhlberg hören und war sich sicher, dass sie ihr hinterhältiges und selbstzufriedenes Lächeln aufgesetzt hatte.

»Wir werden sehen ... Los, Anita, du holst jetzt die andern vom Strand, bevor die Lübke noch mehr anrichtet. Ich hole die Curdt vom Arzt ab.«

»Und was ist jetzt mit dem Denda?«

»Der kann noch warten.«

Die Schritte bewegten sich Richtung Tür. Tom hielt die Luft an, damit sich der Vorhang, den sie jetzt voll im Blick haben mussten, nicht bewegte. Die Tür neben ihm wurde aufgerissen und durch den sich vom Luftzug bewegenden Vorhang konnte er kurz einen Blick auf das Gesicht der Grabstatt werfen, das einen aggressiveren Ausdruck als üblich angenommen hatte.

Nachdem die Tür ins Schloss gefallen war, atmete Tom erleichtert aus. Zügig ging er auf sein Zimmer, um nicht noch der Dicken, die ja wohl die Fleischmann sein musste, in die Arme zu laufen.

Er versuchte zu verstehen, was er gehört hatte. Die Lübke hatte ein Spiel gespielt, bei dem sich offensichtlich seine Freundin Sara Curdt den Fuß verstaucht hatte. Die beiden regten sich furchtbar darüber auf, weil Sara nicht auf die Nachtwanderung mitkommen konnte, die merkwürdigerweise nur an bestimmten Tagen durchgeführt wurde. Irgendetwas war an dieser Nachtwanderung durchs Watt seltsam. Schon bei dem Elternabend hatte die Grabstatt deren pädagogische Bedeutung immer wieder hervorgehoben. Jetzt schien sie sehr beunruhigt, dass Sara nicht dabei sein würde. Es kam also darauf an, dass alle dabei waren, weil mit ihnen irgendetwas geschehen würde. Tom spürte ein Kribbeln in der Wirbelsäule wie eine böse Vorahnung. Er musste unbedingt wachsam bleiben.

***

Sie saßen beim Abendbrot. Sara war auf ihr Zimmer gebracht worden und Tom hatte sich eine Darstellung der Ereignisse von Linus und Omid geben lassen, die vom »Wattvögelspiel« berichteten, dass die Lübke mit ihnen gespielt hatte. Dabei musste sich jeder Schüler einen Vogel aussuchen, den er dann in seinem Brut- und Flugverhalten nachahmen sollte, während die Mitschüler erraten mussten, um welchen Vogel es sich handelte.

Sara hatte sich daran versucht, eine Uferschnepfe mit lautem »Gritta-gritta«-Geschrei nachzuahmen. Nachdem die Guntzel aber laut grölend behauptet hatte, dass es sich bestimmt um eine fette, lahme Eiderente handeln müsse, wollte Sara das nicht auf sich sitzen lassen und versuchte in Uferschnepfenmanier einen Pfahl von der Düne aus »anzufliegen«, um von dort die vermeintlichen Jungen im Auge zu behalten. Dieses Manöver wurde ihr zum Verhängnis. Omid meinte, wenn die Lübke nicht laut »Wunderbar!« gezwitschert hätte, wäre es vielleicht gut gegangen, aber das hatte bei Sara einen Lachanfall ausgelöst und zu ihrem vorzeitigen Absturz beigetragen. Omid und Linus hatten sie zusammen mit Brobank aus den Dünen getragen, während die Lübke völlig aufgelöst danebengestanden hatte und derweil von einer Grabstatt, die wie eine Furie tobte, zur Schnecke gemacht worden war.

Tom erzählte Linus, was er im Vorraum erlebt hatte. Linus runzelte die Stirn, er dachte an seine nächtlichen Erlebnisse und raunte ihm zu: »Ich muss dir nachher was erzählen.«

Sie wurden früh zu Bett geschickt, weil sie, wie die Grabstatt betonte, »in körperlicher Höchstform sein mussten, um den Herausforderungen der Nachtwanderung gewachsen zu sein.« Was immer das bedeutete.

11 Ein Ausflug in die Dunkelheit

Sara lag im Bett. Nachdem sie vom Arzt eine Tablette bekommen hatte, hatten die Schmerzen etwas nachgelassen und sie war schnell sehr müde geworden und eingeschlafen. So hatte sie nur im Halbschlaf wahrgenommen, wie die anderen Mädchen wieder ins Zimmer gekommen waren. Alle hatten sich schnell schlafen gelegt, lediglich Nina und die Guntzel hatten längere Zeit mit der Taschenlampe im Bett gelegen und glitzernde Sticker von irgendwelchen Stars getauscht. Jetzt war es dunkel um sie herum. Sara fragte sich, ob die Nachtwanderung schon stattgefunden hatte. Sie setzte sich auf und spähte in die Dunkelheit, ein leises Schnarchen war aus dem Bett gegenüber, wo die Guntzel schlief, zu hören.

Sara hatte Hunger.

Kein Wunder, die hatten sie einfach ins Bett geschickt, ohne dass irgendeiner daran gedacht hatte, dass sie vielleicht was zu essen brauchte. Außerdem musste sie aufs Klo. Der Arzt hatte ihr ein paar Krücken gegeben, die neben dem Bett standen. Vorsichtig erhob sie sich. Im Fuß pochte der Schmerz, aber es war auszuhalten. Sie hinkte zur Tür, öffnete diese und blickte zunächst den Gang runter. Nur das Notlicht war eingeschaltet. Mühsam schaffte sie es zum Waschraum.

Als sie den Waschraum verlassen wollte, hörte sie auf dem Flur leise Stimmen. Sie öffnete die Waschraumtür einen winzigen Spalt. Im Flur war es nach wie vor dämmrig, aber sie konnte am Ende des Flurs die Grabstatt und die Pröhlberg sehen, die beide in voller Regenmontur und mit Taschenlampen bewaffnet miteinander sprachen. Es sah so aus, als ob sie sich über irgendetwas stritten. Sara wollte ungern in ein Wortgefecht der beiden platzen und beschloss, sich stattdessen ruhig zu verhalten, bis die beiden wieder verschwanden. Angestrengt versuchte sie zu belauschen, um was es in dem Streit überhaupt ging. Die Pröhlberg beschwerte sich scheinbar über etwas.

»Du hast es mir versprochen, Philonia. Seit zwölf Jahren mache ich das nun mit. Aber auch in diesem Jahr hast du mich nicht zur Konrektorin gemacht, sondern immer noch ist dieses grenzdebile Wrack deine Stellvertreterin.«

Die Grabstatt schien genervt davon, dass die Pröhlberg dieses Thema zur Sprache brachte.

»Die Ohnegleichen hat ja nur noch ein Jahr, so lange wirst du ja wohl warten können. Du weißt genau, dass ich meine Versprechen halte.«

»Ach ja, weiß ich das?«, schnappte die Pröhlberg zurück. »Bislang weiß ich nur, dass ich die ganze Drecksarbeit mit den Gören mache, während du am Ende den Ruhm für deine tollen pädagogischen Erfolge erntest.«

»Das ist ja lächerlich, Anita. Ich habe jetzt keine Zeit über derartig Nebensächliches mit dir zu streiten. Es wird höchste Zeit, dass wir die Kinder wecken und loskommen.«

Die Pröhlberg verschränkte ihre Arme und trat der Grabstatt in den Weg. Sara war erstaunt, diese Auseinandersetzung zu sehen. Sie hatte bislang immer den Eindruck gehabt, dass die Pröhlberg vor der Grabstatt kuschte wie ein kleines Handtaschenhündchen, aber jetzt stand die Pröhlberg wie ein bockiges Kleinkind vor ihr und wollte sie nicht vorbeilassen. Die Grabstatt richtete sich zu ihrer vollen Höhe auf und fixierte ihr Gegenüber mit einem durchdringenden Blick. Eine Zeitlang passierte nichts, sie starrten sich nur an. Saras Fuß begann wieder heftiger zu pochen, außerdem meldete sich ihr Magen. Sie fürchtete schon, dass die beiden ihr in Kürze zu erwartendes Magenknurren hören und damit auf sie aufmerksam würden, als endlich die Grabstatt das Schweigen durchbrach.

Ihre Stimme klang plötzlich ganz anders, weicher, und erinnerte Sara an eine Schlange.

»Anita, du hast Recht. Es tut mir aufrichtig leid, dass du den Lohn, der dir natürlich wirklich zusteht, bislang nicht bekommen hast. Ich werde das mit dem Konrektorat zum nächsten Schuljahr in die Wege leiten, und …«, sie hob die Hand, als die Pröhlberg etwas einwerfen wollte, »natürlich werde ich *dir* den Vortrag überlassen, den ich im Juni vor der Rektorenkonferenz über unser pädagogisches Konzept halten soll. Was sagst du dazu?«

Die Pröhlberg schien augenscheinlich davon gerührt zu sein, denn Sara sah sie heftig nicken. Dann hörte sie ein leises »Das würdest du tun?«, gefolgt von einem Schulterklopfen der Grabstatt, die den Arm um sie legte und sie den Gang entlangschob.

»So, meine Liebe, wenn wir aber auch weiterhin so viel Erfolg haben wollen, müssen wir uns auch an diesem Abend an unseren Plan halten.«

Wieder nickte die Pröhlberg und Sara sah, wie sie sich in den Jungstrakt aufmachte. Als die Grabstatt mit ihrer Trillerpfeife in der Hand das erste Mädchenzimmer betrat, nutzte Sara die Gelegenheit, so schnell es gerade noch ging in ihr Zimmer zurückzukehren. Sie hatte eben ihre Bettdecke hochgezogen, als die Tür aufgerissen wurde und ein lautes Trillern erklang.

»Alle hoch! In zwei Minuten ist Abmarsch! Treffen in der Eingangshalle! Hopp, marsch, marsch!«

Im Zimmer war vielstimmiges Stöhnen zu vernehmen. Arjell war die Erste, die angezogen war. Sie sah ängstlich und schutzbedürftig aus, wie sie mit ihrem rosafarbenen Regenmantel, auf dem weiße Pudel zu sehen waren, und den dazu passenden Gummistiefeln, die zu Herzen geformte Knochen mit türkisfarbenen Schleifen zeigten, in der Tür stand. Klara war durcheinander und zog sich alles Mögliche an, das nicht so recht zusammenpasste. Sara zog an Klaras Hose. Sie beugte sich zu Sara hinunter und Sara flüsterte ihr zu: »Pass auf dich auf!« Klara nickte und steckte ihre Taschenlampe in den Anorak.

Einzig die Guntzel schien vergnügt und jauchzte fortwährend, während sogar ihre Freundin Nina missmutig in die Runde blickte und murrte, dass sie lieber schlafen würde.

***

In der Halle zählten Pröhlberg und Grabstatt die Schüler ab und gaben ihnen Verhaltensregeln mit auf den Weg. Die Mädchen mussten sich vorne in Zweierreihen aufstellen, die Jungen dahinter. So gruppiert führte die Grabstatt den Zug an, während die Pröhlberg darauf achtete, dass keiner trödelte oder zurückblieb.

Sie nahmen einen schmalen Pfad zum Strand runter. Obwohl Vollmond war, konnte man diesen nur selten als schwaches Lichtfeld wahrnehmen, weil der Himmel aus einer dichten Wolkendecke bestand. Es herrschte Ebbe und die Grabstatt führte die Schüler ins Watt hinein. Sie liefen relativ zügig und der Zug wurde etwas lebhafter, da sie die kalte Nachtluft erfrischte.

Tom ging neben Linus, direkt vor ihm waren Omid und Viktor, die sich über die letzten Feinheiten eines Brötchenanschlags auf Brobank austauschten.

Albert de Breun folgte hinter Tom und Linus. De Breun war etwas nervös, weil er die Wahrscheinlichkeit errechnet hatte, vor der zurückkommenden Flut das rettende Ufer zu erreichen, und diese mit der von ihm eingeschätzten Lehrerintelligenz multipliziert und durch 100 geteilt hatte. Das Ergebnis war mit einer Überlebenswahrscheinlichkeit von 17% sehr schlecht. Die anderen mussten sich daraufhin die Horrorszenarien von ertrinkenden Schulklassen anhören, deren Höhepunkt immer darin bestand, dass de Breun sich die Grabrede des Vorsitzenden seines Hochbegabtenclubs vorstellte, der den Verlust eines Genies (de Breun, natürlich) für die Menschheit beklagte.

Omid drehte sich um: »Mensch, Berti, du hast in deiner Rechnung den starken Überlebenswillen der Dummheit als Quotienten vernachlässigt. Das solltest du besser nochmal durchrechnen!«

Daraufhin herrschte Schweigen, weil de Breun sich der »Parameterschätzung« hingab. Omid gab derweil ein paar Schokoriegel nach hinten durch. Auf den für Albert hatte er *Im Notfall hier aufreißen, dann schnell essen, bevor die Flutwelle kommt* geschrieben.

Die Wanderung zog sich hin. Um sie herum dehnte sich das Watt aus, eine Zeitlang liefen sie in der Nähe eines Priels. Linus und Tom versuchten sich sicherheitshalber den Weg einzuprägen. Nachdem Linus Tom von seinen nächtlichen Erlebnissen berichtet hatte, war dieser noch beunruhigter als zuvor. Im Vorraum hatte Linus auf ein Foto gezeigt, das zwar alt, aber nicht so alt wie die Gründungsfotos der Schule war. Ein trostlos aussehendes Mädchen stand dort neben einer etwas dicklichen, verdrossen dreinblickenden Frau. Linus war sich sicher, dass es das spukende Mädchen war.

Tom hatte seinen Kompass mitgenommen und gab nun alle Richtungsänderungen an, während Tom mit Hilfe eines Schrittzählers, den er mal seinem Vater entwendet hatte, versuchte, die Entfernungen richtig einzuschätzen. Tom notierte sich die Richtungsänderungen mit dem Kugelschreiber auf seinem Unterarm. Es gab nur wenige Anhaltspunkte in der Landschaft selbst, die ihnen hätten helfen können, sich den Weg besser einzuprägen. Erschwerend kam hinzu, dass sie über keinerlei Erfahrungen mit dem Wattenmeer verfügten.

Sie mussten etwa eineinhalb Stunden gelaufen sein, als Omid sich zu ihnen umdrehte und flüsterte: »Hey, guckt mal, könnte das nicht diese geheime Insel sein, von der Sara erzählt hat?« Vor ihnen erhoben sich aus dem Dunst Umrisse von Dünen. »Wieso gehen wir auf eine Insel? Die Grabstatt hat doch nichts davon gesagt?« Tom war beunruhigt. Viktor vor ihm dagegen meinte: »Ach was, ist doch super, da sind wir wenigstens vor der Flut sicher, wenn die Grabstatt sich mit den Tidenzeiten geirrt hat.«

Albert war nach der erneuten Berechnung der Überlebenswahrscheinlichkeit nicht wirklich entspannter geworden, aber der Anblick einer Insel im Meer beruhigte ihn etwas und er begann sofort, sein Wissen über das »Überleben in der Wildnis« zu reaktivieren. Sie hatten sich inzwischen bis auf etwa 150 Meter der Insel genähert und die Grabstatt gab vorne das Signal zum Anhalten. Die Pröhlberg stapfte von hinten an ihnen vorbei und fuhr die Schüler von der Seite an: »Zusammenbleiben! Keiner schert aus! Oder wollt ihr hier verloren gehen, wenn die Flut kommt?«

Kurz darauf setzte sich der Zug unter Führung der Pröhlberg wieder in Gang. Linus und Tom folgten der Gruppe, ließen sich jedoch auf ein Zeichen langsam nach hinten fallen, sodass sie als Letzte die Düneninsel erreichten.

Elaf stand am Rand der Düne und sah sie kommen. Er hoffte inständig, dass wenigstens einer unter ihnen war, der genügend Verstand besaß, um misstrauisch zu werden und sich umzusehen. Ihm blieb nichts anderes übrig, als zu hoffen. Die Frau mit dem hamsterartigen Gesicht hatte bereits den Koniferenweg betreten. Sie folgten ihr, die Mädchen zuerst, jetzt sah er die Jungen kommen, er konnte ihre Gesichter kurz erkennen, bevor sie vor seinen Augen verschwanden. Fetzen von Gesprächen waren zu hören, bevor die Jungen und Mädchen den Weg betraten.

»Bin ich froh, wenn wir wieder zurück sind.«

»Ich wette, die Alte ist eine Hexe.«

»Unsinn, Omid, Übersinnlichkeit ist nur eine Einbildung der geistig Armen. Ich kann euch versichern, dass es sich um eine vollkommen reale Insel handelt und unsere Direktorin lediglich geistig etwas minderbemittelt ist, da sich nur so erklären lässt, warum sie mit Zwölfjährigen einen derartigen Ausflug macht.«

»Ach, ist doch egal. Ich will nur schnell wieder ins Bett.«

Elafs Mut sank. Diese Jungen und Mädchen verachteten zwar ihre Lehrerin, waren aber offenbar der Auffassung, dass sie nichts zu befürchten hatten.

Fast alle waren nun schon auf dem Weg. Er hörte die Lehrerin vom Strand den letzten beiden Jungen, die wohl trödelten, etwas zuschreien: »Denda und Hansen! Los jetzt, sonst setzt's was!«

Die beiden Jungen holten auf. Sie waren so nah, dass Elaf sehen konnte, wie sie misstrauische Blicke wechselten. »Lass uns Abstand halten, damit wir im Zweifelsfall abhauen können.«

»Guck mal, das ist doch ein merkwürdiger Weg. So sieht doch keine wilde Ins …«

Die letzten Worte verhallten, als die beiden Jungen vor Elafs Augen unsichtbar wurden.

12 Begegnung zwischen den Welten

Der ganze Weg ist mit Koniferen gesäumt. Als hätte das jemand angelegt. Auch der Weg sieht eher aus, als hätte hier jemand absichtlich Steinplatten verlegt.«

Tom betrachtete die fast ordentlich wirkenden Hecken links und rechts des Weges. Es ging in leichten Steigungen und Kurven voran. Vor sich hörten sie schwach die Stimmen der anderen.

Tom fröstelte. »Irgendetwas ist hier ganz komisch. Eigentlich glaube ich ja nicht an Geister …«, er drehte sich um und blieb stehen, »aber irgendwie … - Oh mein Gott, Linus – guck mal.«

Linus drehte sich zu ihm um. Tom zeigte auf eine Stelle am Rand des Weges, wo aus unerfindlichen Gründen ein kleiner Haufen aus Sand lag, der sich in diesem Moment wie von Zauberhand vor ihren Augen glättete. Erschrocken traten sie einen Schritt zurück. Dann veränderte sich der Sand wieder. Linus und Tom starrten wie gebannt auf den Boden. Jemand versuchte etwas zu schreiben. Es war eine merkwürdig schnörkelige und schwer zu entziffernde Schreibschrift, die Tom an Sütterlin erinnerte.

Geht nicht durch den Eibenweg!
Ihr seid in Gefahr!
Kehrt beim Haus um und geht zurück!

Zunächst waren Linus und Tom sprachlos. Dann begann Linus zu sprechen: »Wer bist du? Was passiert hier?« Aber nichts tat sich. Erst nach einigen Augenblicken sahen sie erneut die Schrift.

Habt Ihr nicht verstanden?

Tom flüsterte: »Wir müssen schreiben.« Er kniete sich auf den Boden und schrieb in Druckbuchstaben:

Haben Verstanden. Wie kommen wir zurück?

Nach einem Moment wurde die Schrift weggewischt und es erschien:

Keiner darf euch sehen!
Zurück um die Insel der Lehrerin folgen!
Sie führt euch am Ende nach Hause. Schnell!!!

Linus schrieb ungeduldig in den Sand:

Was passiert sonst?

Ihr verliert Eure Seele.
Ihr müsst Euch beeilen. Schnell!
Findet Ihr das Geheimnis, dann könnt Ihr viele retten!

»Ja, ja, wir beeilen uns ja«, rief Linus, obwohl der schreibende Geist es offensichtlich nicht hören konnte. Sie waren einen Moment unschlüssig, ob sie dem Schreiber trauen sollten, aber dann erschien abermals die eindringliche Warnung:

Beeilt Euch!!!

Linus sah Tom an. »Wenn wir fehlen, wird die Pröhlberg das merken. Wir müssen erstmal der Pröhlberg hinterher.«

Linus und Tom rannten den Weg hoch. Sie fühlten, dass sie keine Zeit hatten, lange über die unzähligen Fragen nachzudenken, die ihnen in den Sinn kamen, und von Angst gepackt, dachten sie zunächst nur noch an die Warnungen des Schreibers. Sie schlossen mühsam zur Gruppe auf. Kurz darauf erreichten sie ein rotes Fachwerkhaus. Die Pröhlberg versammelte die Schüler vor dem Eingang.

»So, ihr geht da jetzt rein. Ich zähle alle durch. Ihr könnt kurz etwas aus euren Wasserflaschen trinken, danach gehen wir zügig weiter. Ihr wollt ja wohl vor der Flut zurück sein, oder?«

Ihr Gesicht zeigte das vertraute unangenehme Lächeln.

Tom und Linus ließen sich von ihr zählen. Im Haus war es klamm und merkwürdigerweise gab es Licht, ohne dass Tom eine Lichtquelle hätte entdecken können. Er fragte sich, wer hier wohnte. Ob es das Haus des Geistes war, den sie getroffen hatten?

Nina ließ sich auf ein in der Ecke stehendes Bett fallen.

»Uuh, das ist ja gar nicht richtig weich. Was für 'ne Bruchbude.«

»Frau Pröhlberg, wem gehört eigentlich dieses Haus? Ist es historisch? Mit historischen Häusern kenne ich mich aus.« Stella Guntzel hatte sich an die Pröhlberg gewandt und Tom nutzte den Augenblick, um sich mit Linus zurückzuziehen. Er flüsterte: »Sollen wir die anderen warnen?«

Linus blickte zu Albert, der leicht panisch in seinem Buch blätterte, und zu Omid und Viktor, die versuchten, Nina zu ärgern.

»Dazu reicht die Zeit nicht. Im schlimmsten Fall verderben wir alles. Lass uns tun, was dieser Geist gesagt hat. Danach sehen wir weiter.«

Die Pröhlberg dirigierte die Gruppe nach einer kurzen Pause

hinaus ins Freie in Richtung eines weiteren Pfades, der vom Haus wegführte und von anderen dicht an dicht stehenden Bäumen gesäumt war. Linus stieß Tom an. »Das ist der andere Weg.«

»So Schüler, ihr geht jetzt einfach immer diesen Pfad lang, am Ende ist eine Pforte. Da habt ihr zu warten, damit das klar ist! Frau Grabstatt und ich werden euch dort mit einer schönen Überraschung abholen. Es ist wichtig, dass ihr alle aufgereiht an der Pforte wartet. Wir wollen ja niemanden im Wattenmeer verlieren, nicht wahr?«

Tom wusste sofort, dass sie log. Auch ohne die Geisterschrift war ihm vollkommen klar, dass sie nichts Gutes im Schilde führte. Die Gruppe machte sich auf den Weg. Die Mädchen drängten sich vor, weil sie die Ersten sein wollten, was Linus und Tom sehr entgegenkam. Als sie auch die Pröhlberg den Weg beschreiten sahen, überfiel sie ein Anflug von Panik. Jetzt waren sie genötigt, mit den anderen zu gehen, und bemühten sich, dabei möglichst ungezwungen zu wirken. Nach der ersten Biegung ließen sie sich ein wenig zurückfallen und bemerkten gleichzeitig, dass hinter ihnen keine Fußschritte mehr zu hören waren. Sie drehten sich um, warteten einen Moment und ohne weiter zu zögern liefen sie zum Haus zurück, folgten dem ersten Pfad und achteten lediglich darauf, dass sie in möglichst sicherem Abstand zur Pröhlberg liefen.

Sie waren am Ende des Koniferenwegs angekommen, als Tom Linus am Ärmel festhielt und hinter einen Busch zog. Vor ihnen stand die Pröhlberg, die sich misstrauisch umdrehte und mit zusammengekniffenen Augen den Pfad entlang schaute. Langsam wandte sie sich wieder dem Weg zu und lief auf den Inselrand zu. Linus und Tom bemühten sich, ihr lautlos zu folgen. Hinter einem der letzten Büsche hervorschauend, sahen sie die Grabstatt. Als die Pröhlberg kam, schlugen beide, wie es der Geist vorhergesagt hatte, den Weg um die Insel herum ein. Tom und Linus schlichen ihnen nach.

Ihnen auf dem schmalen Strand, der um die Insel verlief, zu folgen, erwies sich allerdings als schwierig, da die Jungen immer fürchten mussten, dass sich eine der beiden Frauen umdrehen und sie entdecken würde. Es gab nur wenige Vorsprünge und Strandgräserbüschel, hinter denen sie sich hätten verstecken können.

***

Elaf war den Jungen zunächst gefolgt und hatte versucht, den Zeitpunkt abzupassen, um – wie er hoffte, für sie sichtbar – Nachrichten in den Sand zu schreiben, den er am Morgen auf dem Weg aufgehäuft hatte. Am Anfang war er unsicher, ob sie seine Zeichen lesen konnten. Dann erschienen Zeichen im Sand, die nicht von ihm waren, sondern von den Jungen geschrieben worden sein mussten. Es dauerte ein bisschen, bis die Jungen verstanden, aber dann hatte Elaf Hoffnung geschöpft. Er war zurück zum Eingangstor gelaufen und hatte dort auf die Rückkehr der Hamstergesichtigen und der beiden Jungen gewartet. Nun sah er, wie die Jungen hinter den beiden Frauen am Rande des Ufers herschlichen.

***

Es war schwierig, ungesehen voranzukommen, ohne die beiden Lehrerinnen dabei aus dem Blickfeld zu verlieren. Vor ihnen lag eine längere gerade Strecke, die wenig Schutz bot, und die beiden warteten zur Sicherheit, bis sich die Grabstatt und die Pröhlberg der nächsten Krümmung näherten. Als diese dahinter verschwanden, legten sie einen Spurt ein, um den Anschluss zu ihnen nicht zu verpassen. Linus, der etwas schneller lief als Tom, erreichte die Biegung früher als er. Plötzlich stoppte Linus jäh. Tom spürte sofort, dass etwas nicht stimmte, und warf sich hinter eine kleine Anhöhe, die mit Gräsern bewachsen war. Im nächsten Moment ertönte schon lautes Geschrei und ihm gefror das Blut, als er die Grabstatt toben hörte.

»Was hat der Hansen hier verloren?« Die Grabstatt stand wie aus dem Nichts unvermittelt neben Linus und riss ihn an den Haaren.

Die Pröhlberg blickte Linus entsetzt an, bevor sie ihn anschrie: »Habe ich dir nicht gesagt, dass du der Gruppe zu folgen hast?«

Linus war zu geschockt, um eine vernünftige Antwort zu finden, und stotterte nur: »Ich sah Sie weggehen und da dachte ich … es wäre besser … also besser, Ihnen zu folgen …« »Seit wann hast du zu denken, Hansen???« Die Pröhlberg sah aus, als wolle sie ihm an die Gurgel gehen, und Linus schluckte. Er hoffte inständig, dass Tom gesehen hatte, dass es ihn erwischt hatte, und sich versteckt hielt.

Die Grabstatt starrte Linus für einen Moment lang schweigend an. Dann wies sie die Pröhlberg in einem unterkühlten Ton an: »Du musst ihn sofort zurückbringen, Anita. Sorge dafür, dass er rechtzeitig durch die Pforte kommt.« Sie wandte sich zum Gehen.

Die Pröhlberg wurde bleich und erwiderte schrill: »Und was wird aus mir?«

»Du gehst danach zurück und schließt zu uns auf.«

Die Grabstatt fixierte die Pröhlberg jetzt mit einem stahlharten Blick, der eindeutig signalisierte, dass sie keine Widerrede zuließ. Die Pröhlberg erbleichte, zögerte einen Moment lang, bevor sie Linus am Kragen packte und vor sich her stieß: »So, dann wirst du dich jetzt besser beeilen, wenn du den nächsten Sonnenaufgang noch erleben willst.«

Tom verstand nicht alles, was gesagt wurde, aber als er hinter seinem Versteck hervorlugte und Linus mit der Pröhlberg kommen sah, wusste er sofort, dass sie den Auftrag hatte, ihn zurückzubringen. Sie näherten sich, er konnte den keuchenden Atem von Linus hören. Als Linus auf seiner Höhe war, strauchelte er und fiel direkt vor Toms Nase. Er raunte ihm zu: »Du musst uns alle retten, Tom, versprich mir das.« Tom flüsterte: »Ich verspreche es.« Im nächsten Moment hatte Linus sich hochgestemmt und lief weiter, die Pröhlberg dicht auf den Fersen.

Tom hielt den Atem an, als er neben sich den Sandboden unter den donnernden Schritten der Pröhlberg beben hörte. Dann war alles still. Er wartete zur Sicherheit noch einen Moment, bis er sich erhob. Es war niemand zu sehen. Tom hatte keine Wahl, es hatte keinen Sinn mehr, allzu vorsichtig zu sein. Die Grabstatt musste selbst zügig auf die andere Seite kommen, denn auch die Flut würde nicht auf sich warten lassen. Er musste alles riskieren, denn sie am Ende zu verpassen könnte sich ebenfalls als fatal für ihn erweisen.

Tatsächlich erblickte er sie, nachdem er die Biegung hinter sich gelassen hatte, ein ganzes Stück entfernt. Ihr dunkler Mantel blähte sich im Wind, der inzwischen aufgekommen war. Er fragte sich, wann sie endlich die andere Seite erreicht haben würden, als die Grabstatt vor ihm abrupt stehen blieb und sich zur Insel wandte. Er hatte Glück, denn neben ihm lagen einige größere Gesteinsbrocken, hinter die er sich rasch zurückzog. Sie stand im Watt und blickte auf den Rand der Insel, offenbar wartete sie auf etwas. Langsam robbte und krabbelte Tom zwischen den Felsen und auf dem Sand voran, bis er von einer etwas höheren Position aus eine offenstehende Pforte erkennen konnte, die nur wenige Meter entfernt vor ihm lag. Das musste das Tor sein, von dem die Pröhlberg gesprochen hatte. Seine Mitschüler hatten sich dort alle bereits versammelt, aber er sah weder die Pröhlberg noch Linus in der Nähe.

Die Guntzel wies einzelne Schüler an, sich anders aufzustellen. Offensichtlich wollte sie unbedingt vorne in der ersten Reihe stehen. Die Grabstatt befahl den Schülern, zu warten und sich ruhig zu verhalten. Er spürte ihre Ungeduld und auch die gespannte Atmosphäre. In den hinteren Reihen sahen sich Albert, Omid und Viktor suchend um. Vielleicht vermissten die drei Linus und ihn. Jetzt stolperte die Pröhlberg, die Linus immer weiter vor sich her stieß, den Pfad herunter. Die Grabstatt erteilte nun der Pröhlberg den Auftrag, darauf zu achten, dass alle geordnet durch die Pforte gingen.

Linus hatte augenscheinlich nicht die Absicht, kampflos aufzugeben, denn er versuchte ihr abermals zu entwischen und sie war gezwungen, ihn mit Gewalt zum geöffneten Tor zu drängen. Die Schüler waren inzwischen, abgesehen von Linus, durch die Pforte gegangen. Tom beobachtete wie gebannt die Szene, gleichzeitig wusste er, dass er den Moment nicht verpassen durfte, um noch ungesehen zu der Gruppe dazuzustoßen.

Vor der Pforte sammelte sich für einen Augenblick ein unübersichtlicher, teilweise verängstigter, teilweise irritierter Haufen von Mitschülern, die alle zu Linus und der Pröhlberg blickten, die miteinander rangen. Hinter ihnen konnte er die Grabstatt erkennen, die einen Gegenstand aus der Tasche gezogen hatte und ebenfalls gebannt das Tor im Auge behielt. Diesen Moment nutzte Tom und schloss zur Gruppe auf. Gerade als er sie erreicht hatte, sah er, wie die Pröhlberg Linus einen heftigen Stoß versetzte, der ihn durch die Pforte stolpern ließ, doch Bruchteile von Sekunden später fiel sie selbst auf ihn, weil Linus sie noch im Fallen zu fassen bekommen hatte und mit sich riss.

Als sie auf dem Boden vor der Insel lagen, hörte er nahe hinter sich ein Wispern. Er drehte vorsichtig seinen Kopf und sah, wie die Grabstatt nun auf den Gegenstand, den sie aus der Tasche geholt hatte, einsprach. Jetzt konnte Tom auch erkennen, um was es sich dabei handelte. Es war eine Kugel, die genau den Kugeln glich, von denen bereits etwa ein Dutzend auf dem Regal im Büro der Direktorin standen.

Als Tom den Blick von ihr abwandte, erschauderte er. Die Gesichter seiner Mitschüler hatten sich schlagartig verändert. Während zuvor auf ihnen Gefühle von Überraschung, Angst, Ärger, Sorge und Häme abzulesen waren, zeigten nun alle Gesichter Gleichgültigkeit und Desinteresse. Von bösen Vorahnungen erfüllt, suchte er die Gesichter seiner Freunde, aber auch sie waren unter dem Zauber teilnahmslos geworden und als er das leblose Gesicht seines Freundes Linus sah, traten ihm Tränen in die Augen. Durch den Tränenschleier nahm er wahr, wie die Grabstatt an ihm vorbei auf die ebenfalls dumpf dreinblickende Pröhlberg zuging. Sie blieb vor ihr stehen, lächelte sie an und sagte in einem unheilvollen, fast zärtlichen Ton: »Nun, Anita, jetzt wird es einfacher sein, mir zu folgen, nicht wahr? Du gehst hinten und passt auf, dass alle mitkommen.« Erst jetzt wurde Tom gewahr, dass natürlich auch die Pröhlberg dem Zauber zum Opfer gefallen war. Er sah sie langsam wie betäubt nicken.

Als sich die Grabstatt umdrehte, um wieder an die Spitze des Zuges zu gelangen, senkte er den Kopf. Er durfte sich auf keinen Fall etwas anmerken lassen. So reihte er sich stumm in den Zug ein, als sie es befahl, und marschierte vor Kummer gelähmt mit den anderen durch das Watt, an den Prielen entlang zur Küste zurück, bis sie, einem Geisterzug gleich, endlich die Herberge erreichten.

13 Beunruhigende Veränderungen

Sara erwachte. Die Zimmertür stand einen Spalt breit offen, vom Flur fiel schwaches Licht herein und mehrere Gestalten schlichen sich fast lautlos an ihr vorbei, krabbelten an den Leitern zu den oberen Betten hinauf und legten sich wortlos schlafen. Sie konnte kein Flüstern vernehmen, selbst die Guntzel, die eigentlich immer etwas sagen musste, schwieg und auch Klara war wortlos, ohne sie eines Blickes zu würdigen, in das obere Bett gestiegen. Sara spürte Unruhe in sich aufsteigen. Sie lauschte. Vom Flur war kein Laut zu vernehmen. Mühsam stieg sie aus dem Bett und schlich sich vorsichtig an die Betten der anderen. Alle lagen ruhig atmend mit geschlossenen Augen da. Vielleicht waren sie einfach zu erschöpft.

***

Tom war mit den anderen in Zimmer Nummer zwei zurückgekehrt.

Still und ohne sich zu unterhalten hatten seine Freunde das Zimmer betreten und sich umgehend schlafen gelegt. Er hatte sich davor gefürchtet, sie anzusprechen, weil er Angst hatte, sie nicht wiederzuerkennen. Zudem wusste er nicht, was er sagen sollte. Niemand hatte auf dem Rückweg ein Wort gesprochen. Aber, so sagte sich Tom, so konnte es nicht weitergehen.

Mithilfe seiner Taschenlampe hatte Tom, als er sicher war, dass die anderen eingeschlafen waren, unter der Bettdecke seine Notizen über den Weg zur Insel, die er sich auf den Arm geschrieben hatte, auf einen kleinen Zettel übertragen, den er zur Sicherheit in seinen Kopfkissenbezug steckte. Den Rückweg zu notieren war ohne Linus' Hilfe schwieriger gewesen.

Jetzt lag er auf seinem Bett und dachte darüber nach, wie

die älteren Mitschüler in der Schule waren, die ja auch mit der Grabstatt hierhergekommen waren, die seit über zehn Jahren die gleiche Klassenfahrt mit eben dieser Wanderung unternommen hatte. Zugegeben, sie waren für ihn unnahbar, etwas kalt, aber vor allem angepasst an die vorherrschenden Regeln und entsprechend strebsam. Sie sprachen aber dennoch normal, bewegten sich normal. Einige stachen hervor, weil sie besondere Lehrerlieblinge zu sein schienen und eine Art Führungsposition einnahmen. Aber er fand sie niemals besonders auffällig. Ja, das war es eben … nicht auffällig … eher so, als würden sie stets erfüllen, was von ihnen verlangt wurde. Tom dämmerte weg. In seinem Halbschlaf mischten sich Bilder von der Insel, von Linus und seinem Versprechen, überschattet von seinen Ängsten und den stets wiederkehrenden Fragen in seinem Kopf. Was sollte er jetzt tun? Wie konnte er Linus und die anderen retten?

Er warf sich von einer Seite auf die andere, bis er schließlich in einen unruhigen Schlaf fand, in dem die Eindrücke und Bilder der Nacht auf ihn einzustürzen schienen.

＊

Am Morgen traf er im Speisesaal auf Sara. Der schreckliche Moment, den er gefürchtet hatte, war vorüber. In seinem Zimmer waren alle nacheinander erwacht. De Breun wie immer zuerst, etwas später Omid und dann die anderen. Tom hatte stumm in seinem Bett auf die ersten Worte gewartet und tatsächlich hatten sich die anderen Jungen unauffällig begrüßt und waren dann aufgestanden. Tom hatte Linus zurückgehalten, als er den anderen in den Waschraum folgen wollte, und ihn gefragt, wie es ihm nach der Wanderung gestern gehe. Linus hatte ihn gleichmütig angesehen und dann etwas, wie Tom fand, Merkwürdiges gesagt: »Ach, ich bin ein bisschen müde, die lange Strecke durchs Watt und zurück, so ohne Pause. War wohl ein bisschen eintönig.«

Tom hatte daraufhin geantwortet, dass *die Insel* doch gar nicht so langweilig war. Linus hatte ihn mit angehobenen Augenbrauen angesehen und erwidert, dass ihn wohl die Monotonie der Landschaft zu Tagträumen verleitet hätte, schließlich wären sie nur an endlos langen Prielen entlanggewandert. Dann war er mit den Worten »Muss mich beeilen, sonst komme ich zu spät. Das solltest du übrigens auch tun« in den Waschraum gegangen.

Tom setzte sich neben Sara, nicht ohne genau im Blick zu behalten, wie sich die Lehrer verhielten. Der Brobank und die Lübke saßen wie üblich beim Frühstück am Lehrertisch, der eine ein Brötchen nach dem anderen essend, die andere vor sich hin plappernd. Die Pröhlberg hockte bei ihnen und wirkte leicht abwesend. Die Grabstatt war noch nicht zugegen.

Sara begrüßte Tom überschwänglich und reagierte etwas überrascht auf seine Zurückhaltung, denn er nickte ihr nur kurz zu, bevor er ihr hastig zuraunte: »Wir müssen einen Ort finden, wo wir uns ungestört unterhalten können. Beobachte die anderen! Ich muss dir von gestern Nacht erzählen. Wundere dich nicht, wenn ich mich komisch benehme! Vertraue niemandem!«

Sara wollte etwas erwidern, aber Tom hatte sich bereits erhoben und tat so, als wolle er sich neuen Tee einschenken, nutzte aber die Gelegenheit, um sich an einen Tisch nahe dem Lehrerpult zu setzen. Er beobachtete die anderen Schüler. Es verlief alles deutlich ruhiger an diesem Morgen, ohne die üblichen Zankereien oder Späße. Schweigend saßen die Schüler an den Tischen und nahmen das Frühstück zu sich. Klara hatte sich gerade neben die Guntzel gesetzt, was vollkommen ungewöhnlich war. Sara musste das Gleiche gedacht haben, denn sie saß mit finsterer Miene an ihrem Platz. In diesem Augenblick hörte Tom die Stimme von Brobank, der die Grabstatt begrüßte, die gerade an den Tisch trat.

»Morgen, Philonia, na, da sind ja alle ziemlich müde heute, was?« Er lachte laut. »Ich frage mich immer, was du mit denen machst, dass sie nach dieser Wanderung so handzahm sind.«

Die Grabstatt lächelte huldvoll. »Tja, Holger, die pädagogische Arbeit am Kinde besteht zu einem guten Teil darin, die Kinder auch einmal an ihre Grenzen zu bringen. Das führt zu Selbsterkenntnis und hilft den Schülern, sich als das zu sehen, was sie wirklich sind, ein unbedeutendes Nichts. Durch diese Einsicht werden sie Wachs in unseren pädagogischen Händen. Und aus diesem Wachs schließlich formen wir nun das Skelett der Selbstdisziplin, der Demut und der Leistungsbereitschaft, befreit von allem Schnickschnack des unnötigen Individualismus.«

»Danke, Philonia, das reicht, der ganze Vortrag auf nüchternen Magen ist ein bisschen viel am Morgen.« Brobank lachte. Die Lübke kicherte, bis die Grabstatt sie streng anblickte und sie daraufhin errötend hastig nachsetzte: »Das ist wirklich ganz toll, wie du das immer so auf den Punkt bringst. Pädagogisches Wachs und so, und das mit dem Skelett gefällt mir auch irre gut … ich bin ja Biolehrerin.« Sie kicherte erneut. Tom fiel auf, dass die Pröhlberg nach wie vor noch nichts gesagt hatte.

Das Frühstück verlief bis zum Ende nichtssagend. Die Grabstatt sprach leise zur Pröhlberg gebeugt, die sich daraufhin erhob und vor die Schüler trat.

»Guten Morgen, Schüler und Schülerinnen. Wir werden uns heute mit den Idealen unserer Schule auseinandersetzen. Nach dem Frühstück werden wir uns, wenn ihr alle eure Zimmer aufgeräumt und eure Dienste verrichtet habt, um Punkt neun Uhr 30 hier treffen. Vorher, um neun Uhr, werden Frau Grabstatt und ich die Zimmer nochmals überprüfen. Ich erwarte von allen strikte Aufrichtigkeit. Denkt daran: Wer Fehler begeht, wer gegen Regeln verstößt, muss sich den Konsequenzen stellen!«

Tom wurde bei dieser Ankündigung fast übel. Er suchte in dem engen Zeitplan nach einer Möglichkeit, Sara zu treffen. Da ihm nichts Besseres einfiel, raunte er ihr beim Hinausgehen zu: »Treffen bei den Mülleimern hinterm Haus.«

Sara nickte. Kurz darauf kam Tom mit den Müllbeuteln der gesammelten Jungenzimmer an die Abladestelle, die sich schlecht einsehbar hinter dem Haus in einer fensterlosen Ecke zwischen Altbau und Anbau befand.

Sara wartete bereits auf ihn. Auch sie hatte zahlreiche Müllbeutel an ihre Krücken gebunden, offenbar hatte sie die gleiche Idee wie er gehabt, dass sie so Zeit gewinnen und etwas Ruhe haben würden.

Tom erzählte ihr zunächst alles, was er erlebt hatte, angefangen bei dem, was er bei seiner Ankunft gehört hatte, gefolgt von Linus' Erlebnis mit dem nächtlichen Geist und den Ereignissen der Wanderung und schließlich endend mit der Reaktion von Linus und dem Gespräch der Lehrer am Morgen. Sara hörte mit gespannter Aufmerksamkeit zu. Als er geendet hatte, sagte sie: »Ich weiß, warum die Grabstatt die Pröhlberg auch auf der Insel gelassen hat.« Sie berichtete Tom von dem Streit, den sie mit angehört hatte. »Die Pröhlberg wurde ihr zu anspruchsvoll. Jetzt kann sie auch mit der machen, was sie will. Und diese komische Schulung heute, die dient nur dazu, uns alle jetzt so richtig auf Kurs zu bringen, damit die ein leichtes Spiel haben, wenn wir wieder zurück sind.«

Die beiden sahen sich an.

»Und was machen wir jetzt?«

»Das habe ich mich auch die ganze letzte Nacht gefragt. Und ich glaube, ich habe eine Idee.«

Tom sah sich plötzlich um, hinter sich hatte er ein Rascheln gehört. Schnell öffnete er eine der Tonnen und warf den ersten Müllsack hinein. Sara wollte auch gerade einen Beutel von ihrer Krücke binden, als sie plötzlich laut nach Luft japste. Tom drehte sich um und sah gerade noch den dicken Schwanz einer Ratte zwischen ihren Krücken hervorblitzen, bevor die Ratte hinter den Tonnen verschwand. Erleichtert atmeten sie auf.

»Wir müssen vorsichtig sein.« Tom sprach leise, während er nacheinander die Beutel entsorgte. »Ich werde so tun, als sei ich auch durch die Pforte gegangen. Du wirst ja an den Wanderungen jetzt nicht mehr teilnehmen, da kannst du vielleicht im Dorf ein paar Erkundigungen einholen.«

Sara überlegte. »Es hängt alles irgendwie an dieser ganzen Familie von der Grabstatt. Und an diesen Kugeln. - Wir müssen an die Kugel von der Grabstatt rankommen, garantiert brauchen wir die.«

Tom nickte, meinte aber: »Lass uns eins nach dem anderen machen. Erstmal müssen wir so viel wie möglich in Erfahrung bringen. Wer macht überhaupt diese Kugeln? Was hat es mit der Grabstattfamilie auf sich?«

Von drinnen ertönte ein Pfiff. Sara drehte sich um: »Die Grabstatt pfeift zum Morgenappell, ich muss zurück. Geh du zuerst, du bist schneller.« Sara riss die letzten Mülltüten von ihren Krücken, während Tom zurück in Zimmer Nummer zwei ging, wo bereits die Pröhlberg auf ihn wartete.

»Auch endlich wieder da? - Wir haben Appell, junger Mann, und zwar pünktlich.« Die anderen Jungen hatten sich alle brav nebeneinandergestellt, Tom gliederte sich in die Reihe ein und murmelte eine Entschuldigung. Die Pröhlberg sah sie drohend an.

»So.« Sie ging im Zimmer umher und prüfte Betten und Schlafanzüge, die alle gleichermaßen ordentlich an Ort und

Stelle lagen. »So weit zufriedenstellend.« Die Jungen atmeten spürbar auf.

»Aber, wir haben da, glaube ich, noch etwas zu beichten, nicht wahr, Omid?« Mit diesen Worten blieb sie vor Omid und Viktor stehen und sah sie mit kaltem Blick an. Omid erwiderte ihren Blick und für einen winzigen Augenblick glaubte Tom, den alten, mutigen Omid zu erblicken, bis plötzlich sein Blick brach und er die Augen niederschlug. Er trottete zu seinem Bett und krabbelte darunter. Ohne Worte händigte er ihr seine Süßigkeiten aus, während die anderen ebenfalls schweigend danebenstanden.

»Nun, da werden wir uns wohl eine schöne Strafe für dich ausdenken, nicht wahr?«

Omid antwortete leise: »Ja, Frau Pröhlberg.«

Tom war erschüttert und hätte fast etwas von sich gegeben, aber sie hatte ihn bereits ins Visier genommen und fixierte nun auch ihn mit demselben Blick. Tom versuchte, Omid zu imitieren, und schaute auf den Boden. Dann ging er an seine Reisetasche und holte aus einer der hinteren Taschen eine große Tafel Schokolade heraus. Es tat ihm leid um dieses Opfer, aber es war notwendig, um keinen Verdacht zu erregen. Die Pröhlberg nahm ihm ausdruckslos die Tafel mit den Worten »Wusste ich es doch, Denda, dass wir auch dich kriegen« ab.

Sie schaute in die Runde der Jungen: »Und, gibt es da noch Geheimnisse, die mir jemand zu berichten hat?«

Toms Freunde wirkten eingeschüchtert, selbst Albert de Breun hatte sein unerschütterliches Selbstbewusstsein eingebüßt, aber niemand reagierte auf diese Frage, sodass die Pröhlberg nachfasste: »Ihr wisst, dass ihr mir melden müsst, wenn ihr bei den anderen ein Vergehen bemerkt.«

Sie antworteten im Chor, wie Tom fand, wenig überzeugt: »Ja, Frau Pröhlberg.«

Tom fragte sich, was sie denn noch wollte. Aber offenbar

erwartete sie von den Jungen auch, dass sie sich gegenseitig anschwärzten. »Vielleicht bleibt doch etwas Gutes zurück, das sich nicht vernichten lässt«, dachte Tom, als sie den Raum verließ.

***

Der Vormittag wurde wie angekündigt genutzt, um das, was die Grabstatt »die Werte der Schule« nannte, zu verinnerlichen oder genauer gesagt, auswendig zu lernen.

Die Tische im Speisesaal waren in drei langen Reihen hintereinander aufgestellt worden. Auf jedem Platz lagen nur Stift und ein Stapel Papier. Die Hereinkommenden wurden angewiesen, sich auf bestimmte Plätze zu setzen. Tom versuchte, ein System darin zu erkennen, was ihm aber nur teilweise gelang. So saßen die Guntzel und ihre Freundin neben Klara und Arjell, die beide nicht zu den Lehrerlieblingen gehörten. Tom durfte zu seiner Überraschung neben Sara Platz nehmen. De Breun saß neben Linus. Auf dem Podest, wo der Lehrertisch stand, waren nur die Pröhlberg und die Grabstatt aufrecht stehend übriggeblieben und wachten mit Argusaugen über die Schüler. Der Brobank und die Lübke waren angewiesen worden, die Rallye für den kommenden Tag vorzubereiten, und waren fröhlich plaudernd über den Hof Richtung Dorf gezogen. Tom fand es auffallend, wie deutlich sich ihre Fröhlichkeit von der ausdruckslosen, dumpfen Stille unterschied, die nun im Saal herrschte. Die Pröhlberg verteilte mehrere Listen, die Regeln und Merksätze enthielten. Diese waren zunächst abzuschreiben und mussten anschließend auswendig gelernt werden.

Tom war schon am Morgen aufgefallen, dass die Pröhlberg zwar genauso verbissen und argwöhnisch war wie sonst, aber einen Zug vermissen ließ, den er so gut an ihr kannte: Die

Freude, wenn sie jemanden erwischte oder jemanden bestrafen konnte, die sich in diesem bestimmten unangenehmen Lächeln zeigte, war aus ihrem Gesicht verschwunden.

Tom wurde aus seinen Beobachtungen gerissen. Vorne hatte die Grabstatt zu einer Rede angesetzt. Alle schauten wie gebannt nach vorne, nur Sara neben ihm begann zu stöhnen. Er nahm sich zusammen. Die Grabstatt durfte auf keinen Fall merken, dass er unverändert zurückgekehrt war, also stieß er Sara kurz in die Seite und blickte dann ebenfalls starr nach vorne.

»Die Zeit ist gekommen, in der ihr nun an der Schwelle zu einem neuen Leben steht. Ihr werdet das schwächliche Leben, das Leben des Chaos und der Unvernunft, das ihr bislang geführt habt, hinter euch lassen und euch zukünftig einem Leben widmen, das sich ausnahmslos in den Dienst der Schule und ihrer Werte stellt. Ich erwarte nicht nur Gehorsam von euch, sondern mehr noch eine innere Verpflichtung den Zielen der Schule gegenüber. Jeder von euch wird den Platz in der Gemeinschaft einnehmen, den er zugewiesen bekommt und der ihm zusteht.« Die Grabstatt blickte lange in die Runde. Es war kein Laut zu hören. Schließlich fuhr sie fort: »Wir werden den Morgen nutzen, um die Werte und Ziele der Schule zu verinnerlichen. Dazu hat euch Frau Pröhlberg ja bereits die Materialien ausgehändigt. Ich werde euch einzeln nacheinander zu mir rufen und jeder Einzelne von euch wird von mir erfahren, welcher Weg nun vor ihm liegt.« Sie lächelte dünn. Sara schnaubte neben Tom. Klara, die am Tisch vor ihr saß, drehte sich sichtbar irritiert um.

Dann ging es los. Es war eine eintönige und stumpfe Arbeit und er war sich sicher, dass er, wenn er vor zwei Tagen mit seinen Mitschülern vor dieser Aufgabe gesessen hätte, Omid und Viktor sich dazu berufen gefühlt hätten, jede Menge Unsinn aus den Merksätzen zu machen. So aber saßen auch sie ein paar Reihen vor ihm schweigend über ihre Blätter gebeugt.

Die Grabstatt holte nacheinander die Schüler von ihren Plätzen. Sie verschwand mit ihnen in einem kleinen Raum, der vom Ende des Saals abging. Nach einigen Minuten kamen sie wieder raus. Tom fragte sich, was sie mit ihnen dort machte, denn es fiel ihm auf, dass die Herauskommenden irgendwie straffer den Raum durchquerten, weniger gleichgültig als zuvor, sondern eher so, als hätten sie einen bestimmten Auftrag oder ein Ziel vor Augen, das sie nun erfüllen müssten. Kurz vor dem Mittagessen sah er, wie die Grabstatt Linus holte. Mit Unbehagen wartete Tom auf seine Rückkehr. Es war auch ohne Sara neben sich, die immer wieder genervt vor sich hin murrte oder aufstöhnte, wenn sie eine besonders unsinnige Regel aufschreiben musste, schwer, so zu tun, als wäre er wie die anderen, zumal Sara ihn immer wieder anstieß. Er raunte ihr gerade ein »Lass das, wir kriegen Ärger!« zu, als er neben sich eine Bewegung wahrnahm. Ein Schatten fiel über ihn. Neben ihm erhob sich unvermittelt die Gestalt von Philonia Grabstatt. Hinter ihr sah er aus den Augenwinkeln Linus, der ihn einen Moment lang prüfend anblickte, bevor er sich setzte.

»Denda. Mitkommen.« Er folgte ihr mit Unbehagen. Tom fürchtete nicht nur das, was jetzt vielleicht kam, er hatte auch Angst, sich zu verraten, indem er nicht erwartungsgemäß reagierte. Während er den Weg zwischen den Tischen zurücklegte, wanderten seine Augen zu den anderen, als könne er aus ihren Gesichtern lesen, was zu tun sei.

Schließlich öffnete Philonia Grabstatt die Tür und Tom folgte ihr in eine winzige, kahle Kammer. Nur ein einzelner Stuhl stand in der Mitte des verwahrlosten, schlecht getünchten Raumes. Sie bedeutete ihm, sich zu setzen. Sie stand mit dem Rücken zu ihm an einem winzigen, vergitterten Fenster, das auf irgendeinen verlassenen Hinterhof führte.

Tom spürte seinen Herzschlag. »Nun, Denda. Haben sich die Regeln, die du ja so oft mutwillig verletzt hast, in dein Hirn gebrannt?« Abrupt drehte sie sich zu ihm um. Er war verwirrt und verunsichert. Rasch schlug er die Augen nieder und murmelte nur ein leises »Ja, Frau Grabstatt.«

»Sieh mich an!« Sie sagte es nicht unfreundlich. Er blickte auf, versuchte, möglichst gleichmütig zu schauen, sie durfte auf keinen Fall seine Angst sehen. Für einen Moment hielt sie seinen Blick, dann fuhr sie mit leiser Stimme fort: »Jeder hat eine Aufgabe, Tom. Das verstehst du doch, oder?«

Er nickte langsam.

»Es ist wichtig, dass wir an ihr festhalten. Seine Aufgabe zu erfüllen heißt, Verantwortung zu übernehmen. Es heißt, keine Fragen zu stellen. Es bedeutet, allein zu sein. Es gibt keine Hilfe, es gibt keine Freundschaft. Es gibt nur die Aufgabe, die erfüllt werden muss.«

Tom fragte sich, was sie damit meinte. Was sollte er erfüllen und warum? Sie drehte sich wieder zum Fenster und schwieg einen Moment.

»Du wirst Sara Curdt bewachen. Wir wollen doch nicht, dass sie strauchelt auf ihrem Weg, nicht wahr? Es ist *deine* Aufgabe, Schaden durch sie von der Schule abzuwenden, wie auch sie vor sich selbst zu schützen. Du wirst mit niemanden über deine Aufgabe sprechen, aber du wirst sie erfüllen, Tag für Tag, so wie du die Regeln der Schule Tag für Tag leben wirst, ohne sie in Frage zu stellen.«

Tom erstarrte. Das also war es. So funktionierte es. Sie hatte einen Plan. Sie entschied, wer über wen wachte und wer welche Position einnahm. Er hatte Mühe, nicht die Fassung zu verlieren, und da ihm nichts einfiel, was er darauf sagen konnte, schwieg er.

Sie hatte sich noch immer nicht zu ihm umgedreht. Aber er sah jetzt die Spiegelung ihres Gesichts in der Scheibe und sie sah ihn darin.

Ihr Ton war kühl, als sie ihn unvermittelt anwies: »Du kannst jetzt gehen, Denda. Ich werde dich im Blick haben, denke daran. Und wir werden sehen, ob du am Ende zum Stolz der Schule beitragen wirst oder nicht.«

Tom nickte langsam, drehte sich um und ging. Während er wie betäubt durch die Reihen zu seinem Platz ging, schossen ihm Fragen durch den Kopf: Was war wohl der Auftrag, den Linus bekommen hatte? Welche Rolle hatte sie ihm zugedacht? Bekamen alle die Aufgabe, andere zu bewachen, oder gab es auch andere Funktionen? Warum waren die anderen so von Stolz erfüllt zurückgekehrt? Waren sie stolz darauf, der Schule dienen zu dürfen? Oder hatte die Grabstatt ihnen etwas Anderes gesagt, weil sie bemerkt hatte, dass Tom sie betrogen hatte? Die Fragen verwirrten und beunruhigten Tom und als er sich neben Sara setzte, die ihn sofort mit der Frage: »Was war denn nun?« bedrängte, fuhr er ihr mit einem harschen »Sei ruhig. Nicht jetzt!« über den Mund. Er spürte ihre Empörung mehr, als dass er sie sah, nahm dagegen aber deutlich den durchdringenden Blick der Grabstatt wahr, die aus dem Raum gekommen war, um Stella Guntzel zu holen.

Auch Stella Guntzel war am Morgen überraschend unauffällig gewesen. Während sie sonst jeden Moment genoss, um andere zu drangsalieren und ihre Macht auszuspielen, hatte sie ebenso wie die anderen eher unscheinbar und teilnahmslos gewirkt. Auch jetzt erhob sie sich wortlos und folgte der Grabstatt ohne ihr übliches überlegenes Lächeln. Tom blickte ihnen nach. Sein Blick traf sich mit dem der Pröhlberg, die gerade konzentriert auf die Schülerschaft schaute und ihn mit einem Stirnrunzeln ins Visier nahm. Sofort widmete er sich wieder seinen Listen.

Die Guntzel blieb auffallend lange weg. Endlich öffnete sich die Tür der Kammer und Stella Guntzel betrat aufrecht und mit blitzenden Augen den Saal. Tom fühlte sich an Bilder von fanatischen jugendlichen Kämpfern erinnert, die er einmal in einem Museum gesehen hatte und die zeigten, wie diese begeistert und mit flammendem Blick in irgendeinen Krieg marschierten.

Sara war inzwischen beleidigt verstummt, was ihm nur recht war. Die Grabstatt holte noch zwei weitere Schüler, bevor sie die Jugendlichen aufforderte, die Tische für das Mittagessen umzustellen.

Eine halbe Stunde später saßen sie über einem weiteren undefinierbaren Eintopf und würgten ihr Essen herunter. Sara saß am Ende des langen Tisches und Tom hatte den Eindruck, dass sie geweint hatte.

Im Anschluss an das Mittagessen mussten Omid, Tom und einige andere ihren angekündigten Strafdienst absolvieren, der darin bestand, alle Teller per Hand zu spülen, die Großküche und die Toiletten zu putzen. Es gab kein Murren oder Aufbegehren, sie folgten den Anweisungen einer übel gelaunten Fleischmann schweigend.

Tom war erstaunt, unvermittelt Sara anzutreffen, die vor dem Spülbecken stand. Er nahm sich ein Handtuch und trocknete ab. »Was ist passiert?«

Sara berichtete ihm flüsternd, dass die Guntzel sie angeschwärzt hatte, dass sie nicht anständig aufgeräumt hätte, was ja an sich nichts Überraschendes war. Doch dann hatte die Grabstatt Klara ins Verhör genommen. Erst habe Klara geschwiegen, aber die Grabstatt ließ nicht locker und Klara hatte schließlich verraten, dass Sara in der Nacht Guntzels Kekse geklaut hatte. Tom versuchte Sara, der Tränen in die Augen stiegen, zu trösten, dass es ja nicht wirklich Klara war, die sie verpfiffen hatte.

»Was gibt es da zu tuscheln?« Hinter ihnen stand wie aus heiterem Himmel die Grabstatt.

»Sara hat den Teller nicht richtig abgewaschen, Frau Grabstatt«, antwortete Tom ruhig, ohne zu zögern, was ihm einen bösen Blick von Sara eintrug.

»Gut, Tom, dann passt du auf, dass sie das jetzt gründlicher macht!«

Mit diesen Worten verließ sie die Küche, um nachzusehen, wie sich Omid beim Toilettenreinigen machte.

»Was sollte denn das?«, fauchte Sara. Tom sah sie verständnislos an. »Sei doch froh Mann, wenn sie denkt, dass ich dich verpfeife, dann kann ich wenigstens in deiner Nähe bleiben.«

Der Nachmittag verlief nach dem gleichen Muster und als sie endlich am Abend auf ihre Zimmer gehen durften, hatte Tom den Eindruck, einer Gehirnwäsche unterzogen worden zu sein. Auch Sara war von der Grabstatt schließlich geholt worden und hatte Tom berichtet, dass sie sich eine langatmige Rede über die Einhaltung von Schulregeln hatte anhören müssen, die Grabstatt sie aber überraschend freundlich behandelt hätte.

Tom fragte sich, ob das auch zu ihrer Taktik gehörte, aber als Sara ihn fragte, wie es bei ihm gewesen sei, ertappte er sich dabei, zu lügen, denn er erwiderte nur unbestimmt, dass es so ähnlich wie bei ihr gewesen wäre. Aus irgendeinem Grund brachte er es nicht über sich ihr zu sagen, dass ausgerechnet er die Aufgabe erhalten hatte, sie zu überwachen.

Jetzt lag er erschöpft auf seinem Bett. Als er schließlich in einen unruhigen Schlaf fiel, wurde er von riesigen Bannern verfolgt, die Merksätze trugen wie: *Reinige dich und die anderen, denn die Unreinheit der anderen vergiftet das Schulklima*; *Sei besser als die anderen!* Er rannte im Traum vor den Bannern davon und fand sich in einer trostlosen Landschaft wieder, aus der er verzweifelt einen Ausweg suchte, aber hinter ihm lief die Guntzel her, die eine Krone auf dem Kopf trug und ihn mit einem großen Schild, auf dem *Disziplin und Leistungsbereitschaft sind die Königinnen des Erfolgs* stand, verfolgte.

14 Gefangen im Nebel

Insel

Linus erwachte. Unter sich spürte er Holzboden. Er hob den Kopf und sah sich um. Er erkannte das Haus und schlagartig erinnerte er sich an die Ereignisse der letzten Nacht. Sofort regte sich Panik in ihm. »Bleib ruhig, es hat keinen Sinn, sich aufzuregen. Sieh dich erstmal um«, versuchte er sich Mut zu machen. Um sich herum sah er seine Schulkameraden, einige saßen mit ängstlichem Blick an die Wand gelehnt, andere schienen noch zu schlafen. Neben ihm lagen Albert, Omid und Viktor dicht beieinander, die Augen geschlossen. Von draußen hörte er Geschrei. Linus erhob sich langsam und ging zur Tür. Als er sie öffnete, bot sich ihm ein fast groteskes Bild.

Vor der Tür hüpfte die Pröhlberg wie Rumpelstilzchen im dichten Nebel auf und ab, schüttelte unaufhörlich die Faust Richtung Himmel und schrie: »Das werde ich rächen, Philoniaaaaaah! Das wirst du mir büßen! Verlass dich drauf!!!« An der Hauswand lehnten Stella Guntzel und ihre Freundin Nina, die abwechselnd jammerten: »Ich will sofort nach Hause. Sie sind doch die Lehrerin. Bringen Sie mich sofort wieder zurück.«

Diese Szene wiederholte sich fortwährend wie eine Endlosschleife. Linus sah eine Weile zu und fragte sich, warum die Pröhlberg ihre Faust immer in den Nebel stieß, dann beschloss er, zu den anderen zurückzugehen.

Als er den Raum betrat, hatten sich Omid und Viktor bereits aufgerichtet und tuschelten miteinander, auch Albert rührte sich mittlerweile. Linus schlängelte sich an den Körpern der anderen vorbei und setzte sich zu ihnen.

Omid sah ihn an. »Was ist hier los, Linus? Warum bist du gestern weggelaufen und wo ist Tom?«

Linus erzählte den dreien, was geschehen war und warum sie alle noch immer auf der Insel waren. Während Albert und Viktor mit entsetzten Gesichtern zuhörten, blieb Omid erstaunlich gelassen und meinte: »Nicht nur Tom, auch Sara ist auf der anderen Seite und sie werden alles tun, um uns hier wieder rauszuholen.«

»Überschätzt ihr die beiden nicht ein wenig?« De Breuns Stimme zitterte vor Panik. »Wenn jemand, der hochbegabt ist, auf der anderen Seite wäre, nun gut, dann wäre auch ich beruhigter, aber, aber … wie will jemand mit einem Durchschnittsgehirn … oh mein Gott, ich will gar nicht dran denken …«

»Ach was, du Pflaume.« Omid hatte sich gefasst und guckte de Breun mit deutlicher Verachtung an. »Deine Hochbegabung hat ja nun erwiesenermaßen nicht dazu beigetragen, uns vor der Grabstatt zu retten, oder, Berti?«

De Breun schnappte nach Luft und wollte etwas entgegnen, aber Linus kam ihm zuvor: »Das ist doch jetzt egal. – Lasst uns lieber überlegen, was wir jetzt tun können.«

Sie berieten sich einen Moment und als Klara und Arjell erwacht waren, gesellten sich diese zu ihnen. Sie kamen gemeinschaftlich überein, dass es am besten war, erst einmal alle anderen zu versammeln und ihnen zu erklären, was überhaupt passiert war. Zunächst waren sie unsicher, wie sie mit der Pröhlberg verfahren sollten, bis Omid schließlich einwarf: »Was soll's. Die ignorieren wir einfach. Zum einen ist sie ja mitschuldig an der ganzen Misere, da kann sie froh sein, wenn wir sie nicht den ganzen Tag um die Insel jagen. Zum anderen sollten wir jetzt mal gleich zu Beginn klären, dass *die* hier auf keinen Fall das Sagen hat. Schließlich sind wir ja nicht in der Schule.« Omid und Viktor grinsten sich an und

Viktor ergänzte: »Und *das* ist ja nun mal immerhin ein Vorteil an der ganzen Sache, oder?«

Im Laufe des Morgens, als alle erwacht waren, rief Linus seine Mitschüler im Haus zusammen. Die Pröhlberg hatte den ganzen Morgen geschrien und war dann irgendwann Richtung Inselrand verschwunden. Stella und Nina hatten daraufhin aufgehört zu jammern und waren zur Versammlung gekommen.

Stella nutzte die sich bietende Gelegenheit, um Führungsansprüche zu klären, und drängte sich vor die Jungen. »Als Klassenbeste steht es mir zu, euch zu führen, zumal ich wohl als Einzige in der Lage bin, in so einer Situation einen kühlen Kopf zu bewahren.«

De Breun, der zwar nicht Klassenbester war, aber eben doch aus seiner Sicht ein Genie, reagierte verstimmt: »Du bist nur deshalb Klassenbeste, weil die Lehrer so durchschnittlich sind, dass sie nur durchschnittliche Intelligenz würdigen können. Und in puncto Durchschnittlichkeit bist du tatsächlich nicht zu überbieten.«

Die Luft zwischen der Guntzel und de Breun begann zu vibrieren, aber da die meisten anderen interessiert daran waren, zu erfahren, was letzte Nacht passiert war, und sich alle an Linus' Auseinandersetzung mit der Pröhlberg erinnerten, wurden schnell Stimmen laut, die forderten, dass Linus endlich erzählen solle.

Linus erklärte langsam und unter vielen Nachfragen den zunächst ungläubigen Gesichtern vor ihm, was in der Nacht geschehen war. Einige wollten es nicht glauben und beschlossen, loszugehen und nach einem Weg zum Ufer Ausschau zu halten. Unter diesen war auch Stella Guntzel, die sofort die Gelegenheit zur erneuten Führung ergriff und ein Team mit dem Namen »Die Superladys« zusammenstellte. Da der Name unter ihren teils männlichen Anhängern wenig Begeisterung hervorrief, änderte sie nochmals in »Die Superladys und ihre Geisterjäger«. Bevor sie ging, versuchte sie Linus dazu zu bewegen, mit ihr zu kommen. »Linus, eigentlich bist du doch klüger als der Rest dieser Meute.« Sie lächelte ihn gewinnend an. »Du darfst gerne mein erster Geisterjäger sein.«

Er winkte nur ab und meinte: »Vergiss es, Stella, du wirst garantiert nicht weit kommen. Außerdem verstehe ich nicht, warum du als Geist Wert auf Geisterjäger legst.«

Die Übriggebliebenen überlegten nun gemeinsam, was sie vielleicht selbst tun könnten, um das Warten erträglich zu machen. Denn ihnen war schnell klargeworden, dass es wenig wahrscheinlich war, als ein auf der Insel gefangener Geist einen Zauber, den sie nicht kannten, zu durchbrechen.

Bente rutschte eine Weile nervös auf seinem Hintern hin und her, bevor eine ihn drängende Frage aus ihm herausbrach: »Is' ja alles schön und gut, ich hab aber überhaupt nichts zu essen, hat da mal jemand dran gedacht?« Als Linus antwortete, dass sie nun als Geister eigentlich keine Nahrung mehr bräuchten, war das zu viel für Bente. Er fing furchtbar laut an zu heulen, warf sich auf den Boden, wo er mit seinen dicken Fäusten auf die Dielen trommelte und schrie: »Ich will sofort etwas zu eeeessseeen! Ich verhungere!!!«

Die anderen schauten etwas betreten zu und wussten nicht so recht, wie sie reagieren sollten. Es war Arjell, die aufstand und sich zu ihm setzte. Sie strich ihm vorsichtig über den Rücken. »Weißt du, Bente, eigentlich glaube ich nicht, dass du verhungerst oder dass du das überhaupt brauchst. Du denkst das nur, weil es immer so war.«

Am Ende waren sie in unterschiedlichen Gruppen losgegangen, um die Insel zu erkunden. Linus, de Breun sowie Omid und Viktor waren zusammengeblieben und versuchten, Spuren des anderen Geistes, der ihnen geholfen hatte, zu finden. Arjell, Klara und Bente hatten beschlossen, den Dünenrand zu erkunden. Andere bezogen Beobachtungsposten, in der Hoffnung, dass sich der Nebel lichtete und sie Schiffe oder anderes am Horizont erkennen konnten.

Linus' Gruppe verfolgte zunächst noch einmal die Spuren der Nacht zurück und lief den Koniferenweg hinunter. Als sie an der Stelle angelangt waren, wo Linus und Tom das erste Mal die Schrift gesehen hatten, war gerade noch ein »ilt euch« zu lesen, der Rest war von Fußstapfen zerstört. De Breun stellte umgehend fest, dass es sich bei der Schrift nicht um Altgriechisch handelte.

»Dem Schriftbild nach zu urteilen, nehme ich daher an, dass nicht von einem ägyptischen Fluch auszugehen ist.« Er beugte sich prüfend über die zu lesenden Reste und fügte hinzu: »Mmmh … *ilt euch* könnte natürlich heißen *verweilt euch*, was in Altdeutsch einer Aufforderung zu bleiben gleichkommt.« Er nickte tiefsinnig.

»So ein Blödsinn, Berti, du solltest lieber zuhören. Linus hat doch erzählt, dass da vorher *Beeilt euch* stand.« Omid verdrehte die Augen und äffte de Breuns Ton nach: »Was auf neudeutsch eindeutig einer Aufforderung, den Hintern hinwegzuheben, gleichkommt.«

»Hier gibt es sonst nur Steine. Jemand muss den Sand extra dort hingebracht haben. Wir sollten das wieder glattstreichen und eine Nachricht hinterlassen. Für alle Fälle.«

Linus und Viktor begannen mit den Armen eine glatte Oberfläche herzustellen. »Und was sollen wir schreiben?« Viktor guckte die anderen fragend an.

»Vielleicht: Sind auf der Insel gefangen. Kannst du uns helfen?« Linus sah sich um.

Omid zuckte mit den Achseln. »Na ja, eigentlich war das ja

wohl die Hilfe, die er geben konnte. Ich meine, wenn er ein Geist ist, kann er ja wahrscheinlich genauso wenig tun wie wir, oder?«

»Auch wenn meine Einschätzungen in dieser Gruppe ja leider kaum Anklang finden«, warf de Breun nach Omids Kommentar noch immer gekränkt ein, »aber es könnte ja immerhin sein, dass dieser Geist deutlich mehr *weiß* als wir und sein Wissen für uns bedeutsam sein könnte.«

»Sehr gut!« Linus beugte sich hinunter und fing an zu schreiben:

Sind auf der Insel gefangen.
Was weißt du über Philonia Grabstatt?

✦✦✦

Elaf war in der Nacht überrascht gewesen über die Widerstandskraft des Jungen und seinen Mut, die andere Lehrerin mit sich durch die Pforte zu reißen. Der zweite Junge hatte es geschafft, zu entkommen. Auf ihm ruhten nun alle Hoffnungen von Elaf.

Am nächsten Morgen durchstreifte er wie häufig die Insel. Er fragte sich, was geschehen würde, wenn es dem zweiten Jungen gelingen würde, hinter das Geheimnis zu kommen. Wenn sich der Zauber löste und auch er selbst nach all den Jahren gehen könnte. Was würde aus ihm? Bliebe er ein ruheloser Geist? Oder würde er wie seine Urgroßmutter zu einer Erinnerung, die kam und ging?

Er dachte an Lona. Sie hatte noch ein Leben, was würde sie daraus machen? Hatte sie noch eine Chance, ihr Leben zu verändern? Er hatte ihr all die Jahre verschwiegen, was er gesehen hatte, auch weil ihr gemeinsames Schicksal so unabwendbar schien. Jetzt, wo das erste Mal nach vielen Jahren Hoffnung in ihm aufkeimte, spürte er, dass es möglicherweise entscheidend war, sie auf das, was kommen konnte, vorzubereiten.

Es war Abend, der Nebel hatte sich über den gesamten Tag gehalten, was ihn nicht wirklich erstaunte, da die Tage, direkt nachdem jemand die Kugel benutzt hatte, häufig von dichtem Nebel begleitet wurden. Er stieg den Koniferenweg hinauf und erinnerte sich an die beiden Jungen und seine Versuche, ihnen eine Botschaft zu übermitteln. Elaf erreichte die Stelle, an der er am Vorabend in den Sand geschrieben hatte, und hielt inne. Es war schon relativ dunkel und der aufgegangene Mond spendete durch den Nebel kaum Licht, aber als er auf die Stelle schaute, hatte er den Eindruck, dass am Rande des Pfades die Fläche erneut geglättet worden war. Aufgeregt kniete er sich nieder und versuchte im schwachen Mondlicht zu erkennen, ob jemand eine Nachricht hinterlassen hatte. Es dauerte lange, bis er die Buchstaben entziffert hatte, zumal der Schreiber eine andere Schrift benutzte, als er sie vor langer Zeit erlernt hatte. Es musste von dem Jungen sein, der gefangen worden war, und er wollte wissen, wer Frau Grabstatt war.

Elaf stutzte – wieso Frau Grabstatt? Er kannte keine andere Frau Grabstatt außer seiner Mutter, seiner Oma und seiner Urgroßmutter. Sie alle waren vor vielen Jahren gestorben. Er dachte über diese Frage lange nach. Es gab nur noch eine Möglichkeit, die dazu hätte führen können, dass es wieder eine Frau Grabstatt gab. Elaf lief ein kalter Schauer über den Rücken. Er musste herausbekommen, wen der Junge meinte. Er überlegte eine Weile, wischte die Worte weg und schrieb dann:

Wie heißt die Frau, die Euch hierhergebracht hat?

15 Auf der Suche

*H*erberge

Sara erwachte am Freitagmorgen mit Kopfschmerzen und schlechter Laune. Der vorige Tag, der angefüllt war mit Strafdiensten, Enttäuschungen und fürchterlichen auswendig zu lernenden Merksätzen und Regeln, hatte bei ihr deutliche Spuren hinterlassen. Mühsam quälte sie sich aus dem Bett. Die anderen Mädchen waren schon vor ihr aufgestanden und Sara fragte sich kurz, ob es auch eine Straftat war, später als die anderen aufzustehen. Klara räumte bereits das Zimmer auf und machte die Betten. »Wieso machst du denn die Betten von Nina und Stella? Das können die doch alleine machen.« Sara sah Klara zu, wie sie sorgsam die Bettdecke von Stella Guntzel glattstrich, auf der Sportlerinnen in unterschiedlichsten Posen abgedruckt waren, zwischen denen immer wieder das Wort *Trainerliebling* zu lesen war.

Klara sah sie vollkommen arglos an. »Aber die beiden sind doch dann zufrieden mit mir. Und das ist schön.« Sara verdrehte die Augen. Waren hier alle vollständig durchgedreht?

Als sie wenig später den Waschraum betrat, sah sie, dass Klara gerade von der Guntzel angewiesen wurde, ihren und Ninas Waschbeutel ordentlich einzuräumen und diese dann aufs Zimmer zu bringen. Mit einem abfälligen Blick liefen sie an Sara vorbei, die nun mit Klara allein war. Offenbar hatten sie Klara für alle von ihnen zu verrichtenden Tätigkeiten als Dienstbotin eingesetzt.

»Warum tust du das für die?« Sara schaute Klara dabei zu, wie sie jedes Tübchen und Fläschchen sorgsam abwischte und in den jeweiligen Waschbeutel räumte.

»Es ist besser, sich in die Gemeinschaft einzufügen. Jeder braucht seinen Platz.«

Sara blickte sie entsetzt an. »Was ist denn das für ein Unsinn? Du hast doch Freunde, du brauchst doch nicht die blöde Guntzel.«

Klara guckte sie misstrauisch an. »Du willst doch nur, dass ich auch so eine Außenseiterin werde wie du. Alle haben gestern gesagt, dass du als Einzige nicht richtig mitgemacht hast bei unserer Arbeit für die Schule. Du hast immer etwas auszusetzen. Meinst du, ich will so enden wie du?«

»Was soll denn das heißen? Merkst du nicht, was du für einen Mist redest? Das glaubst du doch nicht im Ernst?« Sara zitterte vor Empörung, wie konnte ihre Freundin so etwas sagen? Doch Klara nahm die gepackten Taschen in den Arm und ließ sie stehen. An der Tür drehte sie sich nochmals um. »*Ich* habe meinen Platz gefunden.«

***

Die Begegnung mit Klara hatte Saras Laune nicht gerade verbessert und als sie im Frühstücksraum Tom traf, meinte sie nur: »Komm mir jetzt bloß nicht blöd. Ich habe langsam die Nase voll.«

Tom stutzte für einen Moment, bevor er flüsternd erwiderte: »Ich habe gehört, was heute geplant ist. Die wollen eine Rallye machen. Jeder bekommt irgendeine Aufgabe. Wir sollten überlegen, ob wir das nutzen können, um etwas rauszufinden. – Ich geh jetzt nach vorne in die Nähe des Lehrertisches.« Er setzte sich an einen der vorderen Tische.

»Also, ich bin ja so aufgeregt, ich liebe diese Rallye.« Die Lübke fuchtelte wild mit den Händen. »Ich habe ein paar ganz tolle Fragen vorbereitet über die Winkerkrabbe.« Sie machte eine winkende Bewegung mit ihrem rechten Arm und kicherte.

Brobank hob fragend die Augenbrauen. »Na, wie du meinst.

Ich glaube ja, dass die Sportlichen eher damit zu begeistern sind, sich im Gummistiefelweitwerfen zu messen.«

Tom stöhnte innerlich, Gummistiefelweitwerfen und Winkerkrabben. Er hoffte inständig, dass irgendetwas dabei war, was ihnen die Möglichkeit für sinnvolle Nachforschungen eröffnete. Kurz darauf hörte er die Grabstatt über kirchliche Besonderheiten reden, die es zu erforschen galt, während die Pröhlberg sich über Fragen zur Herkunft von plattdeutschen Wörtern ausließ. Am Ende gab es etwa acht verschiedene Themenbereiche, die nur wenig vielversprechend erschienen. Tom dachte nach, als er neben sich die Stimme von Nina hörte: »Also, ich mache auf keinen Fall diese Aufgaben über die Kirche. Ich habe von den älteren Schülern gehört, dass der Pastor einen die ganze Zeit mit langweiligen Dorfgeschichten vollquatscht, wenn man dahin geht.«

Das war es, jetzt musste er es nur noch schaffen, mit Sara diese Aufgabe zu bekommen. Beim Abräumen gelang es ihm, Sara einen Zettel zuzuschieben.

Die Schüler versammelten sich wie üblich zunächst im Speisesaal. Die Pröhlberg hatte die acht verschiedenen Themenbereiche an die alte Tafel geschrieben. Jeder der Schüler konnte sich für ein Thema bewerben und die Pröhlberg notierte die Namen zu den Themen. *Gummistiefelweitwurf und andere ländliche Sportarten* war das begehrteste Thema. Die Winkerkrabbe fiel deutlich ab und die Lübke saß schmollend auf ihrem Stuhl, nur die kirchlichen Besonderheiten hatten noch weniger Stimmen, tatsächlich hatte sich niemand dafür begeistern können. Tom hatte Sara gesteckt, dass sie sich mit dem Argument, ja nicht laufen zu können, ganz raushalten sollte, während er das begehrte Gummistiefelweitwerfen auswählte. Jetzt saß er auf seinem Stuhl und bangte, ob seine Strategie aufging. Die Grabstatt ergriff das Wort: »Nun, wie wir sehen, müssen wir etwas umverteilen.« Sie sortierte einige der Schüler so um, dass eine annähernde Gleichverteilung zwischen sieben von acht Projekten entstand, lediglich der Kirchenaufgabe war nach wie vor niemand zugeordnet.

»Wie ich sehe, ist das Interesse an den Besonderheiten der hiesigen Kirche nur sehr gering ausgeprägt. – Angesichts der Tatsache, dass Sara Curdt durch ihren kleinen Unfall«, sie lächelte freudlos, »beschädigt ist, halte ich es für sinnvoll, dass sie sich dieser ruhigen Aufgabe annimmt, zumal der Weg zur Kirche recht kurz ist.« Tom atmete auf, es funktionierte. Die Grabstatt suchte ihn in der Schülermenge, er hatte sich absichtlich fern von Sara gehalten und versuchte jetzt, ein möglichst ausdrucksloses Gesicht zu machen.

»Damit du nicht auf dumme Gedanken kommst, wird dich Denda begleiten, der auch dringend etwas Nachhilfe in Kirchengeschichte gebrauchen kann.« Tom schaffte es, fast unterwürfig dreinzublicken und zu antworten: »Ja, Frau Grabstatt, wenn Sie es wünschen.«

Die Grabstatt sah sehr zufrieden aus und Tom hätte am liebsten laut gejubelt. Jetzt musste nur noch der Pastor tatsächlich so geschwätzig sein, wie Nina behauptet hatte.

***

Etwa eine Stunde später befanden sich Tom und Sara auf dem Weg zur Kirche. Sara war inzwischen im Umgang mit ihren Krücken routiniert und sie benötigten kaum mehr als 20 Minuten, bis sie den Kirchhof betraten. Es war ein recht windiger Tag und hin und wieder zogen einzelne Schauer über das Dorf hinweg.

Die kleine Eisenpforte quietschte, als Tom sie öffnete. Zunächst steuerten sie auf die Kirche zu, denn sie wollten unbedingt zügig ihre Aufgaben abarbeiten, um möglichst viel Zeit für ihr Vorhaben nutzen zu können. Die Kirchentür stand offen und Tom sah sich im Vorraum um. Das Glück war auf ihrer Seite, denn sie fanden zwischen einigen Ankündigungen zu musikalischen Veranstaltungen in dieser und anderen Kirchen auch einen zweiseitigen Prospekt zur Kirche selbst und ihren architektonischen Besonderheiten. »Das ist ja phantastisch!« Sara hatte den Fragenkatalog von der Grabstatt rausgezogen und glich diesen mit dem Prospekt ab. »Jetzt fehlen uns nur noch ein paar Heiligengestalten in irgendwelchen Kirchenfenstern. Lass uns mal reingehen, vielleicht finden wir drinnen noch Schilder.« Ihre Stimmung hob sich spürbar und auch Tom war erleichtert. Er hatte, da er nun fern von den anderen Mitschülern war, das Gefühl, als würde sich eine Last von seiner Seele heben.

Das Kirchenschiff war eigentlich ganz hübsch. Holzerne Bankreihen, an denen zum Teil Namensschilder der Familien, denen sie zugeordnet waren, angebracht waren, standen hintereinander aufgereiht, an ihren Seiten steckten kleine Blumensträuße. Tom fiel auf, dass zudem außergewöhnlich gestaltete Kerzen auf dem Altar standen, die mit Schiffen, Fischen und anderen maritimen Motiven verziert waren. Die beiden betrachten die Fenster, die Bilder von stürmischen Meeren zeigten, über denen aus Wolkengebilden wahrscheinlich eben jene biblischen Gestalten herunterblickten, deren Namen sie herausfinden sollten. Es gab keine weiteren Schilder, aber sie waren zuversichtlich, dass ihnen der Pastor Auskunft geben konnte.

»Ich muss mich aber erstmal kurz ausruhen«, meinte Sara und humpelte zu einer der hinteren Bänke. Kaum dass sie saß, rief sie Tom zu sich: »Guck mal, hier ist eine Bank, die wohl den Grabstatts gehört.« Sie deutete auf ein Namensschild.

Tom prüfte die anderen Bänke auf möglicherweise bekannte Namen und fand in der ersten Reihe den Namen *Deichgraf* auf einer kleinen, goldenen Platte eingraviert. »Die sind wohl die führende Familie hier im Dorf, wenn sie die erste Kirchenbank haben. Wenn es also nach Bedeutung geht, scheinen die Grabstatts nicht so wichtig zu sein. – Lass uns mal, bevor wir zum Pfarrhaus gehen, den Friedhof überprüfen.« Da Sara sich lieber noch etwas ausruhen wollte, ging Tom alleine.

Draußen fegte ein Regenschauer über den Kirchhof. Er stand unter dem Vordach der Kirche und blickte über den kleinen Friedhof, der sich vor ihm erstreckte. Es half nichts, aus der Ferne konnte er kaum etwas erkennen, also zog er sich die Kapuze hoch und wanderte durch das nasse Gras zu den Gräbern. In der Mitte stand ein sehr großes Grabmal, das mit allerlei Motiven verziert war und am Ende eines breiten Grabes stand. Tom eilte darauf zu. Wenn die Deichgrafs die erste Familie im Dorf waren, dann war dies vielleicht ihre Ruhestätte. Und tatsächlich fand er, was er erhofft hatte. Als Tom Name für Name durchging, stieß er auf eine Eintragung, die in ihm ein Kribbeln auslöste: *Trine Deichgraf, geborene Grabstatt.* Es gab also eine Verbindung zwischen den Deichgrafs und den Grabstatts. Und die Gründerin der Schule musste mit der jetzigen Besitzerin auf irgendeine Weise verwandt sein. Tom war jetzt hellwach und suchte auf den anderen Steinen nach Hinweisen auf die Familie Grabstatt.

Es hatte mittlerweile aufgehört zu regnen und ein Sonnenstrahl blitzte durch die Wolkendecke, als er in der hintersten Ecke unter Bäumen fand, was er suchte: *Mattes Grabstatt* und darunter *Elaf Grabstatt,* der offensichtlich kurz nach Mattes im Alter von zwölf Jahren gestorben war.

Tom schrieb sich die Namen ab und stutzte. Trine Deichgraf und Elaf Grabstatt waren am gleichen Tag gestorben. Er untersuchte die letzte Gräberreihe und fand unter ihnen noch mehrere Grabstatts, darunter auch, wie er annahm, die Eltern von Elaf, die offenbar kurz hintereinander mehrere Jahre zuvor verstorben waren. Das jüngste Grab gehörte einer Frieda Grabstatt, die eine geborene Deichgraf und vor 14 Jahren gestorben war. Ob sie eine Verwandte der Lehrerin Philonia Grabstatt war? Auch diese Daten notierte sich Tom, bevor er zurück zu Sara ging, um ihr von den Neuigkeiten zu berichten.

***

»Wo ist denn das Pfarrhaus?« Tom blickte sich suchend um. Rechts ging es zur Dorfstraße runter, vor ihm lagen die Gräber und links von ihm wurde der Friedhof durch eine Hecke und Bäume begrenzt.

»Lass uns mal um die Kirche rumgehen, vielleicht ist dahinter noch ein Gebäude. Oder der Pfarrer wohnt im Dorf.« Tom und Sara hielten sich dicht an der Kirche, um nicht völlig vom wiedereinsetzenden Regen durchnässt zu werden, was sich allerdings nicht als besonders klug erwies, da ihnen nun dicke Tropfen von den Steinfiguren und der undichten Regenrinne über ihnen auf die Köpfe fielen. Sie umrundeten die Kirche und fanden tatsächlich auf der Rückseite ein kleines, schiefes Backsteinhaus, in dem Licht brannte. An der Tür war ein Messingklopfer angebracht und ein emailliertes Schild begrüßte Besucher mit den Worten:

PFARRHAUS
DREIMAL KLOPFEN, WENN ES WICHTIG IST!
ANSONSTEN BESSER NICHT KLOPFEN!
KOMMT DER PFARRER NICHT RAUS, REINGEHEN UND IN
DER BIBLIOTHEK SUCHEN!

Sara klopfte umgehend drei Mal deutlich an die Tür. Tom runzelte die Stirn. »Ich bin mir nicht sicher, dass er unser Anliegen für wichtig hält.«

»Ist es aber, schließlich muss er sich ja um den kirchlichen

Nachwuchs und dessen Seele kümmern, oder?« Die Tür wurde aufgerissen, aber nicht vom Pfarrer, sondern von einer dürren kleinen Frau, der mindestens drei Vorderzähne fehlten und die einen Putzeimer in der Hand hielt. Sie beäugte die beiden misstrauisch. »Könnt ihr nicht lesen? – Der Pfarrer hat Wichtigeres zu tun, als sich mit Kindern zu beschäftigen, die ihn mit Listen von der Grabstatt löchern.«

»Oh«, dachte Tom, »die kennt die Rallye wohl schon vom Vorjahr.«

Sara ließ sich wie üblich nicht einschüchtern und erwiderte: »Was gibt es Bedeutsameres, als die Seelen unschuldiger junger Menschen zu retten?«

»Ooh, hohoho«, fing die Alte an zu kichern, während sie gleichzeitig mit dem Zeigefinger einen alten Apfelrest aus einer der Zahnlücken fischte. »Na, hat euch die olle Grabstatt in die Zange genommen, oder was?«

Aus dem Hintergrund ertönte eine jüngere Stimme: »Frau Tietjen, verschrecken Sie doch nicht die beiden.« Ein Mann, der etwa 40 bis 50 Jahre alt sein mochte, erschien in der Tür. Er hatte etwas zerzaustes blondes Haar und war so groß, dass er sich bücken musste, als er im Türrahmen stand. Er trug eine Jeans und einen dicken blauen Pullover.

»Sie wollten doch gerade in der Kirche nach dem Rechten sehen, oder?«

Er sah die Alte freundlich, aber bestimmt an, die sich nun mit ihrem Putzeimer und einem »Ja, ja, is' ja schon gut« durch den Regen Richtung Kirche verabschiedete.

»Na, kommt mal rein und wärmt euch auf. Ich bin übrigens Pastor van Iloque. Und ihr …«, er musterte sie freundlich und blickte auf den Zettel in Saras Hand, »seid wahrscheinlich eine Abordnung aus der Jugendherberge, die die undankbare Aufgabe hat, langweilige Fragen zu beantworten.« Er grinste und Tom und Sara mussten lachen.

Etwas später saßen sie auf einem verblichenen geblümten Sofa in einem gemütlichen kleinen Raum, der vollgestopft mit Büchern war und an dessen einer Seite ein Kaminfeuer brannte. Der Pfarrer hatte heißen Tee gebracht und stellte gerade eine große Schale Kekse mit den Worten »Ich kenne die Verpflegung in der Herberge« vor sie hin, bevor er sich ihnen gegenüber in einen gestreiften Ohrensessel setzte. Die Fragen nach den biblischen Namen waren nach zwei Minuten beantwortet und Tom fragte sich, wie er jetzt das Gespräch unauffällig auf die drängenderen Fragen lenken konnte.

»Sie sind wahrscheinlich noch nicht so lange Pfarrer hier, oder?«

Pastor van Iloque schaute ihn prüfend an. »Lange genug, denke ich.«

»Wir, ähm, interessieren uns nämlich auch sonst noch so für die Geschichte des Dorfes in den letzten 100 Jahren, also seine Entwicklung und die wichtigen Familien hier …« Tom wusste nicht so recht weiter.

»Mmmh. So, so. Da habt ihr vielleicht Glück, denn mein Vorgänger, der von 1926 bis 1997 hier lebte, war ein Verfechter der akribischen Buchführung und hat zudem eine Dorfchronik geführt, in der er genau festgehalten hat, was sich hier ereignet hat, und die ich, der ich noch nicht so lange hier bin, recht gut kenne.«

Er erhob sich und ging an eines der Regale.

»Allerdings muss ich euch warnen, er war ziemlich engstirnig. Man muss erst das Wahre von seiner Interpretation des Geschehens trennen, was nicht immer leicht ist.«

Der Geistliche nahm ein dickes, in braunes Leder gebundenes Buch aus dem Regal und setzte sich wieder in seinen Ohrensessel ihnen gegenüber.

»Welche Familien sind es denn, die euch interessieren?«

Tom und Sara guckten sich unsicher an. Sie überlegten, ob sie dem Pfarrer trauen konnten. Er bemerkte es und leicht amüsiert meinte er: »Nach euren Gesichtern zu urteilen, muss es sich um etwas Geheimes handeln. Und da ich als Pfarrer der Geheimhaltungspflicht unterliege, dürft ihr ruhig offen sein.«

Sara seufzte. »Es geht um die Verbindung zwischen den Deichgrafs und den Grabstatts.«

Der Pfarrer hob die Augenbrauen. »Volltreffer. Das sind in der Tat die mit Abstand interessantesten Familien im Dorf. Sogar für mich. Insofern kann ich euch vielleicht auch schon einige eurer Fragen beantworten. Man muss da recht weit zurückgehen. Die Familie der Grabstatts führt seit fast 150 Jahren im Ort eine Glasbläserwerkstatt. Ende des 19. Jahrhunderts begann es mit einem sehr talentierten Glasbläser namens Johann Grabstatt, der diese Tradition begründete. Und – das könnt ihr jetzt glauben oder nicht – tatsächlich gab es im Dorf immer Gerüchte, dass dieser Glasbläser über Zauberkräfte verfügte und etwas schuf, das ihm übernatürliche Kräfte verlieh. Mein Vorgänger schrieb dazu, dass die alten Grabstatts *mit dem Teufel im Bunde waren*, was ich natürlich für vollkommenen Unsinn halte.

Die Wahrheit ist, dass Milli Grabstatt, die Frau des Glasmachers, an Tuberkulose erkrankte. Wie ihr vielleicht wisst, war diese Krankheit damals nicht heilbar und der alte Grabstatt wusste, dass sie dahinsiechen und am Ende sterben würde. Die alten Geschichten behaupten nun, dass er einen Zauber geschaffen habe, mit dem er einen Teil von ihr, nämlich ihre Seele, rettete. Nun ja, aus meiner Sicht, als der eines überzeugten Christen, wäre das natürlich gar nicht nötig gewesen und ich denke, dass die Geschichte blanker Unsinn ist.«

Er hielt inne und betrachtete prüfend die aufmerksamen Gesichter von Sara und Tom.

»Sicher ist jedenfalls, dass Milli starb und zwei Söhne hinterließ. Der Ältere übernahm die Glaswerkstatt, während der Jüngere sich mit seinem Vater überwarf. Er soll seinen Vater sogar eine *Ausgeburt des Teufels* genannt haben. So steht es jedenfalls in den Chroniken des Pastors, der allerdings selbst zu dieser Zeit noch nicht hier war. Dieser jüngere Sohn des Glasbläsers heiratete und bekam eine Tochter, die Trine Grabstatt hieß und unter dem harten Regiment ihres Vaters eine verbitterte und sehr strenge Frau wurde, die ihren Onkel verabscheute und in den 1920er Jahren den jungen Deichgrafen aus einer der führenden Familie im Dorf heiratete und nach langer Kinderlosigkeit eine Tochter bekam. Hier habt ihr eure Verbindung zu den Deichgrafs.« Pastor van Iloque biss in einen Keks.

»Und die hat dann die Schule gegründet, oder?« Sara sah den Pastor an, der nickte.

»Genau, und hier wären wir bei dem, was ich vorhin meinte. Während In diesem Buch hier diese Schule als pädagogische Glanzleistung bejubelt wird, fürchte ich, dass aus heutigem Blickwinkel eine solche Schule unter der Anklage der Kindesmisshandlung geschlossen würde. Die alten Dorfbewohner, die ich noch zu Beginn meiner Zeit hier kennenlernen durfte, erzählten Furchtbares über diese Schule, was eigentlich insofern interessant ist, als dass die Deichgraf die Schule nur etwa acht Jahre führte, denn sie starb früh.«

»Zusammen mit einem Elaf Grabstatt«, warf Tom ein, der spürte, dass sie jetzt einen bedeutsamen Punkt erreichten. »Wissen Sie, wer dieser Elaf war?«

»Oh, da hat jemand die Grabsteine studiert.« Pfarrer van Iloque lächelte. »Ja, es stimmt, sie wurden beide am gleichen Tag gefunden. Trine Deichgraf fand man von der Flut an den Strand gespült, Elaf Grabstatt wurde von einem Fischer am gleichen Tag tot auf einer Sandbank entdeckt. Er war einer der zwei Enkel des älteren Sohnes des ersten Glasbläsers Johann, ihr erinnert euch? Also ein Großneffe von Trine Deichgraf.« Sara und Tom schauten leicht verwirrt. Der Pfarrer schlug daraufhin in dem braunen Buch eine der hinteren Seiten auf und zeigte ihnen eine Bleistiftskizze des Familienstammbaums der Grabstatts, die der alte Pfarrer offenbar angefertigt hatte.

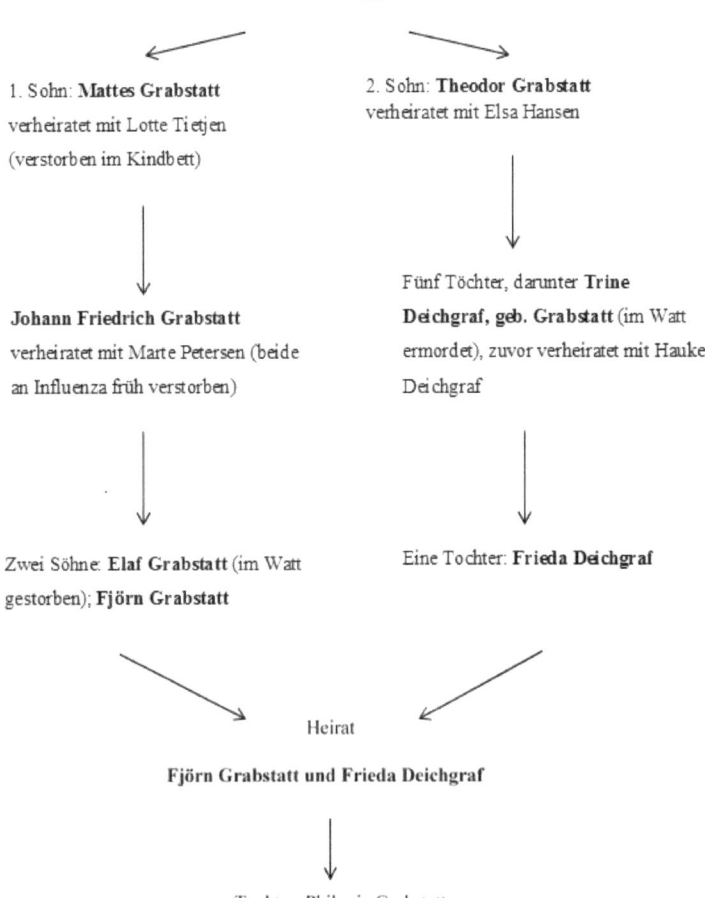

Die Grabstatt-Linie

Johann Grabstatt, Glasbläser
und Milli Grabstatt, geb. Stelter

1. Sohn: **Mattes Grabstatt**
verheiratet mit Lotte Tietjen
(verstorben im Kindbett)

2. Sohn: **Theodor Grabstatt**
verheiratet mit Elsa Hansen

Johann Friedrich Grabstatt
verheiratet mit Marte Petersen (beide
an Influenza früh verstorben)

Fünf Töchter, darunter **Trine Deichgraf, geb. Grabstatt** (im Watt ermordet), zuvor verheiratet mit Hauke Deichgraf

Zwei Söhne: **Elaf Grabstatt** (im Watt gestorben); **Fjörn Grabstatt**

Eine Tochter: **Frieda Deichgraf**

Heirat

Fjörn Grabstatt und Frieda Deichgraf

Tochter: Philonia Grabstatt

Die beiden betrachteten die Zeichnung. »Wie ihr seht, war vor allem der Familienzweig des älteren Sohnes Mattes vom Unglück verfolgt. Die Frau starb im Kindbett und auch sein einziger Sohn und dessen Frau starben bei einer Grippewelle, sodass er mit seinen Enkeln Elaf und dessen kleinem Bruder Fjörn übrigblieb. Und jetzt wird es interessant und ungewöhnlich: Trine Deichgraf und Elaf Grabstatt starben am gleichen Tag. Keiner weiß, was genau passiert ist.«

Der Pastor nahm einen weiteren Keks und betrachtete diesen eingehend. Tom hatte den Eindruck, dass er es genoss, Zuhörer zu haben, die an seinen Lippen hingen. Er steckte den Keks auffallend langsam in den Mund und öffnete das braune Buch fast wie jemand, der noch einen besonderen Trumpf in der Tasche hatte. Er musste es häufiger studiert haben, denn überall schauten kleine bunte Zettel zwischen den Seiten heraus, auf denen er Notizen gemacht hatte. Jetzt hatte er eine Seite aufgeschlagen, die mit bunten Stickern geradezu übersät war. Er begann zu lesen:

»*7. Oktober - Heute wurde die gute Christin Trine Deichgraf, Gott hab sie selig, tot am Strand aufgefunden. Es ist eine Tragödie. Ebenfalls tot im Watt fand man den ungläubigen Elaf Grabstatt.* – Als Notiz hat der Pfarrer übrigens angemerkt: *Fürchte, dass der kleine Teufel seine Tante ermordet hat, die seinem sündhaften Treiben auf der Spur war.*«

Pastor van Iloque blickte auf. »Ihr seht, dass der alte Pfarrer überall das Böse sah. Dennoch gab es natürlich eine Menge Gerede im Dorf, dass etwas zwischen den beiden im Watt vorgefallen sein musste.« Er seufzte. »Tja, die Menschen haben viel Phantasie, wenn es um das Erfinden von Gerüchten geht.«

Tom hatte den Eindruck, dass der Pfarrer auf keinen Fall den Gedanken an die Existenz von Übersinnlichem oder gar Zauberei zulassen wollte. Der Geistliche fuhr fort: »Trine Deichgraf hasste Elafs Großvater und Elaf selbst. Sie muss den beiden mit ihrer neu gewonnenen Macht als Ehefrau des Deichgrafen das Leben sehr schwer gemacht haben. Daher kamen auch die Gerüchte, dass Elaf an ihrem Tod Schuld sei. Elaf hatte noch einen kleinen Bruder Fjörn, der nach dem frühen Tod der Eltern bei einer Fischerfamilie im Dorf aufwuchs. Trine Deichgraf hinterließ ebenfalls ein Kind, das Mädchen hieß Frieda Deichgraf. Was ich sehr bemerkenswert finde: Frieda heiratete später Fjörn Grabstatt, obwohl beide Familienzweige vorher extrem verfeindet waren. So waren die letzten Nachkommen der Grabstatts am Ende wieder vereint.«

Sara schnappte nach Luft: »Und unsere Lehrerin ist dann die Tochter von den beiden?«

»Ja, Philonia Grabstatt wurde im Dorf geboren und ist hier aufgewachsen.«

»Und sie ist offensichtlich genauso bösartig wie ihre Großmutter.« Tom konnte sich nicht zurückhalten.

Der Pfarrer runzelte die Stirn. »Sie war nicht immer so. Sie soll bis etwa zum zehnten Lebensjahr ein sehr verträumtes und freundliches Mädchen gewesen sein. Erst danach begann sie sich unter dem Einfluss der Mutter so zu verändern und wurde, na ja, zu einer etwas strengen Frau.«

»*Etwas strenge Frau*?«, brach es aus Sara hervor. »Sie haben sie wohl noch nicht so richtig kennengelernt, oder? Die ist der reinste Drachen.«

Tom versuchte, das Gespräch wieder zurückzulenken. »Auch wenn Sie das alles für Unsinn halten … Aber wir haben da Geschichten über eine verzauberte Insel gehört. Und dass die Grabstatts damit etwas zu tun hatten.«

Der Pastor lächelte nachsichtig und Tom fand ihn langsam etwas überheblich. Er musste sich sehr zusammennehmen, um ihm nicht von der Nachtwanderung zu erzählen.

»Nun gut, da ihr ja unbedingt eine Märchenstunde wünscht: Es heißt, der erste Glasbläser Johann Grabstatt hätte mit Hilfe seiner Glasbläserkunst eine verzauberte Insel geschaffen, auf der sich die Seele seiner Frau von den Qualen der Krankheit erholen konnte. Später soll der ältere Sohn diese Insel genutzt haben, um Kinderseelen vor der Schulleiterin Trine Deichgraf in Sicherheit zu bringen. Aber Kinder …«, er lachte etwas selbstgefällig, »das sind wirklich Ammenmärchen. Geschichten, die man sich erzählt, damit die dunklen langen Abende im Winter hier draußen erträglicher werden.«

***

Es war fast Mittag, als sich Sara und Tom auf den Rückweg machten. Der Pfarrer hatte noch darauf bestanden, alles Mögliche andere über die Bedeutung seiner Kirche für die Region und seinen persönlichen Verdienst daran im Besonderen zum Besten zu geben. Die beiden konnten sich am Ende nur mit Mühe unter dem Vorwand herauswinden, dringend zurück zu müssen, um noch rechtzeitig zum Mittagessen zu kommen. Auf dem Weg besprachen sie ihre Erkenntnisse und planten die nächsten Schritte. Tom versuchte, die Informationen des Pfarrers zu ordnen.

»Jedenfalls wissen wir jetzt, von wem die Grabstatt die Herberge hat, nämlich von ihrer Großmutter. Und klar ist auch, dass durch die Wiedervereinigung der Grabstatts die Tochter Zugriff auf das Geheimnis der Insel hatte, das ja wohl vom alten Grabstatt an den älteren Bruder Elaf weitergegeben wurde.«

Sara sah Tom an. »Du hast gesagt, sie hätte eine Kugel in der Hand gehalten und etwas wie einen Zauberspruch gemurmelt. Den muss sie ja von irgendwoher haben. Also muss es ein Buch oder so etwas Ähnliches geben. Und was ist mit den Kugeln? Die Grabstatt ist ja nun keine Glasmacherin. Die macht bestimmt ihr Vater für sie.« Sie überlegte kurz, bevor sie fortfuhr:

»Das Buch wird sie sicherlich dabeihaben. Wenn wir Glück haben, hat sie es in ihrem Zimmer versteckt.«

Tom seufzte. »Wenn sie es aber immer bei sich trägt, dann haben wir ein Problem.«

Sie hatten den Weg zur Herberge eingeschlagen und sahen am Ende des Weges bereits den Walfischkiefer, als Tom plötzlich hinter sich Schritte hörte und sich umdrehte. De Breun, Linus und Omid kamen mit einigen Mädchen von ihrer Rallye zum Thema *Winkerkrabbe* zurück. Sie nickten Tom und Sara zu, als sie diese überholten. Tom gab sich einen Ruck und rief ihnen freundlich zu: »Ich hoffe, dass ihr auch so viel Erfolg hattet bei euren Erkundungen wie wir.« Linus sah ihn gleichmütig an. »Oh ja, alles bestens. Danke.«

»Na, Berti, hast du noch etwas dazulernen können?« Tom zwinkerte ihm zu. Albert sah ihn vollkommen verständnislos an und Omid erwiderte prompt: »Selbstverständlich, man kann immer etwas dazulernen, wenn man sich Mühe gibt.«

Tom schluckte. »Dann hoffe ich, dass es euch gelungen ist, gute Antworten auf eure Fragen zu finden«, antwortete er etwas hilflos.

Linus sah ihn misstrauisch an. Er hielt sein Klemmbrett mit ihren Aufzeichnungen fest an die Brust gedrückt. »Kümmert euch um eure Aufgaben. Jeder kämpft hier für sich.« Mit diesen Worten wandte er sich ab. Sara und Tom blieben zurück und starrten ihnen nach. Am Walfischkiefer angekommen, drehte sich plötzlich Linus nochmals um und meinte: »Im Übrigen heißt er Albert und nicht Berti.«

Linus musterte ihn nochmals kühl, bevor er ins Haus ging, und Tom spürte ein heftiges Sehnen in sich, das Geheimnis der Insel zu ergründen, um endlich seine Freunde zurückgewinnen zu können.

16 Unerwartete Erkenntnisse

Insel

Am Abend hatten sie sich wieder in dem alten Haus versammelt. Noch immer war es sehr neblig gewesen und dementsprechend hatte die Gruppe der Mädchen, die auf das Meer geschaut hatte, keinerlei neue Erkenntnisse. Arjell und Bente hatten dagegen den anderen von ihren fruchtlosen Versuchen berichtet, bei Ebbe die Insel zu verlassen. Die anderen hatten gespannt zugehört. Linus fühlte sich in seiner ersten Annahme, dass sie als Geister keine Möglichkeit hatten, den Zauber zu durchbrechen, bestätigt und hatte die anderen daran erinnert, dass der Fischer auf dem Ausflugsboot vor ein paar Tagen Sara erzählt hatte, dass sich niemand an die Insel heranwagte, weil sich diese Gegend sehr schnell in dichten Nebel hüllte.

Alle Hoffnungen ruhten nun auf Tom und Sara und nicht zuletzt auch auf dem Geist, der ihnen vielleicht zumindest mehr Licht ins Dunkel bringen konnte. Die Nacht hatten sie in der Hütte verbracht. Von der Pröhlberg hatten sie keine Spur mehr gesehen, und erst als es schon sehr spät geworden war, war die Gruppe um Stella Guntzel zurückgekommen. Sie waren schweigsam und missmutig gewesen, wollten aber keine Auskunft über das Erlebte geben. Stella Guntzel hatte jeden, der sich ihr näherte, angeraunzt und selbst Nina hatte sich in eine andere Ecke des Raumes verzogen.

Im ersten Licht des zweiten Tages liefen Linus und Albert de Breun, der es kaum erwarten konnte, zu der Stelle, wo sie die Nachricht hinterlassen hatten. Der Geist hatte geantwortet, wenn auch nicht das, was sie erhofft hatten. Die Jungen wunderten sich über die Frage, aber de Breun merkte an: »Na ja, wir sind davon ausgegangen, dass er *weiß*, dass es die Grabstatt war, die uns hierhergebracht hat. Es könnte aber ja auch sein, dass er schon sehr lange hier ist und daher natürlich nicht mehr so auf dem Laufenden ist.«

»Mmmh, ist möglich. Ich werde auf jeden Fall antworten. Und wenn wir nicht jeden Tag eine Zeile hin und her schicken wollen, sollten wir überlegen, ob wir uns nicht anders verabreden können.«

Linus beugte sich runter und schrieb:

Die Frau heißt Philonia Grabstatt.
Nächstes Treffen zum Schreiben, wenn die Sonne am höchsten steht.

»Vielleicht haben wir heute Glück mit dem Wetter und sehen tatsächlich mal die Sonne.«

Linus sah zum Himmel, das Wetter war durchwachsen. Sonne und Wolken wechselten sich ab. Er dachte nach. Es musste jetzt Freitag sein. Am Sonntag würde die Gruppe zurückfahren. Was würde passieren, wenn Sara und Tom es bis dahin nicht schafften, das Geheimnis zu lüften. Albert musste das Gleiche denken, denn Linus hörte ihn murmeln: »Ich hoffe, Tom und Sara haben bei ihren Nachforschungen mehr Glück als wir.«

Auch Elaf ging früh am Morgen zu der Stelle, an der er seine Frage hinterlassen hatte, fand aber noch keine Antwort vor. Er setzte sich daraufhin an den Wegesrand, schließlich hatte er Zeit im Überfluss. In seinen Gedanken wanderte er durch die Jahre und überlegte abermals, wer diese Grabstatt war und ob es tatsächlich sein könnte, dass sein kleiner Bruder Fjörn Lonas hartherzige Mutter geheiratet hatte. Wenn dem so war, dann war aus der sanften Lona, die er kannte, tatsächlich die Philonia Grabstatt geworden, die seit Jahren Schüler auf die Insel brachte. Plötzlich nahm er eine Bewegung im Sand wahr. Er sprang auf. Der Sand veränderte sich und wiederum erschien die merkwürdige Schrift. Er brauchte etwas Zeit, um das Geschriebene zu entziffern.

»Es ist also wahr«, dachte Elaf, »Lona *ist* Philonia Grabstatt.« Einen Moment wurde ihm schwindelig, er fühlte sich überfordert von diesen Neuigkeiten. Dann sah er, dass dort noch etwas stand. »Nächstes Treffen …« Er reagierte blitzschnell, indem er den Sand glattstrich und zu schreiben begann.

Er schrieb und schrieb. Er schrieb, was er wusste, er schrieb, was geschehen war, er schrieb, was er befürchtete und was er hoffte. Hin und wieder fragte er mit einem *Verstanden?* nach und wartete auf die Bestätigung, bis er wiederum neue Worte in den Sand zeichnete. Es war Mittag, als er erschöpft *Das ist alles für heute. Ich komme morgen wieder* auf die Sandfläche malte. *Danke* für alles. Bis morgen, lautete die Antwort.

***

Linus und Albert de Breun versuchten gemeinsam, das Wichtigste zusammenzufassen. Wenn sie alles richtig verstanden hatten, dann war Philonia Grabstatt ebenfalls vor vielen Jahren von ihrer Mutter auf diese Insel geführt worden und nur ihr Körper hatte diese wieder verlassen. Sie sahen sich an. Linus fasste es als Erster in Worte: »Wenn unsere Körper draußen sind, ohne unsere Seelen, dann kann man mit uns machen, was man will. Und die jetzige seelenlose Grabstatt wird aus uns nichts Gutes machen.«

De Breun brach angesichts dieser Aussicht fast zusammen. »Sie wird meinen Geist vernichten …«

»Nee, das nun auch nicht, denn der ist ja hier.« Linus versuchte, die Ruhe zu bewahren. »Wenn Tom und Sara es schaffen, uns zu retten, dann kannst du deinen Körper zurückerobern, Albert.«

»*Wenn*«, dachte Linus, wollte es aber nicht sagen. Und *wenn nicht*, dann wurde aus ihnen, was sie bereits an den älteren Schülern gesehen hatten. Gesichtslose, angepasste Schüler, die brav alles machten, was man ihnen sagte. Linus fragte sich, was seine Eltern zu dieser Wesensveränderung sagen würden. Würden sie es bemerken? Seine Eltern waren viel unterwegs, er sah sie eigentlich nur am Abend und da waren sie auch meistens mit anderen Dingen beschäftigt, zumal er zwei jüngere Geschwister hatte, die normalerweise den Rest der Aufmerksamkeit seiner Eltern auf sich zogen. Vielleicht, so dachte er, wäre es sogar einfacher für seine Eltern, weil er sich, ohne sich mit irgendwelchen Aupair-Mädchen anzulegen, in sein Schicksal fügen würde und einfach tat, was sie von ihm erwarteten.

»Meine Mutter wird diese Grabstatt verklagen!!!« Albert heulte laut auf.

In Linus regte sich Hoffnung, ja, das war zu erwarten, de Breuns Mutter würde bestimmt auf Körperverletzung wegen Verhinderung von Hochbegabung klagen. Aber wer weiß, vielleicht war de Breun einfach nur stiller und noch besser in der Schule, was sie wahrscheinlich super fände. Beklagen würde sich am Ende dann wohl keiner.

***

Als sie sich dem Haus näherten, hörten sie laute Stimmen.

»Du willst immer bestimmen, weil du denkst, dass du die Beste von uns bist. Aber du hast auch keine Idee und du KANNST uns gar nicht retten, wie du behauptet hast. Wir haben alles gemacht, was du uns gesagt hast, um hier rauszukommen. Und??? Wir sind genauso weit wie vorher!« Es war die Stimme von Lars, einem aus Guntzels Gruppe. Er klang aufgeregt und wütend.

»Wenn man von derart unterbelichteten Leuten, wie ihr es seid, umgeben ist, dann kommt man natürlich nicht weit.« Stella Guntzels Stimme war schrill durch die Fenster zu hören. In verächtlichem Tonfall fuhr sie fort: »Aber ihr könnt ja gerne zu dem Loser mit seinen Freunden überlaufen. Ohne euch werde ich es sowieso viel besser schaffen, ihr seid nur unnötiger Ballast auf meinem Weg. Ich habe es satt, mich immer um irgendwelche Schwächlinge kümmern zu müssen, nur weil ihr es ohne mich nicht bringt. Ihr werdet schon sehen, am Ende bin ich die Einzige, die hier rauskommt, während ihr hier mit den anderen Vollidioten verdorrt.«

Die Tür wurde aufgerissen und Stella Guntzel stob rotgesichtig und mit blitzenden Augen an den Jungen vorbei. Als sie das Haus betraten, saß die einstige Gruppe der »Superladys und ihre Geisterjäger« verteilt auf Sofa, Stühlen und dem Boden. Sie blickten finster, als Linus und Albert kamen.

»Das ist sowieso nur eure Schuld! Wenn ihr nicht Mist gebaut hättet, dann hätte uns die Grabstatt nie hierhergebracht!!! Jetzt müssen wir das alles ausbaden, was ihr uns eingebrockt habt!« Nina war aufgesprungen und funkelte die Jungen an.

»Den Scheiß glaubst du ja wohl nicht im Ernst.« Omid hatte auf dem Bett gelegen und erhob sich jetzt. »Die Grabstatt macht diese Fahrt seit Jahren. Und da kommen immer alle mit.« Zu Linus und Albert gewandt fragte er: »Und, Neuigkeiten?« Die beiden nickten, hatten aber nicht die Absicht, alles vor den anderen zu erzählen.

Nina hatte inzwischen angefangen zu weinen. Arjell, die in diesem Moment hereinkam, hatte Mitleid mit ihr und kam, um sie zu trösten, doch Nina wehrte sie ab: »Wir alle haben Stella enttäuscht und jetzt wird sie uns verlassen und wir kommen hier nie mehr raus.«

Arjell probierte es erneut: »Versuch doch mal, das Gute zu sehen. Es ist doch eigentlich schön hier. Du kannst am Strand ganz nah die Robben sehen und …«

»Du bist so dämlich. Du wirst hier mit deinen blöden Seehunden versauern, du lächerliche Kuh.«

Sie schubste Arjell von sich, die errötete und schweigend das Haus verließ.

Omid sah ihr nach und meinte zu Nina: »Du solltest mal überlegen, ob du nicht vielleicht froh sein solltest, Stella los zu sein. Ich halte es zwar für einigermaßen unwahrscheinlich, aber vielleicht besteht ja die Hoffnung, dass du ohne ihren Einfluss ein erträglicher Mensch wirst.«

»Von so einem wie dir lass ich mir gar nicht sagen, du … Geh zurück in den dreckigen Kamelstall, aus dem du gekrochen bist.« Nina war aufgesprungen und spie die Worte Omid ins Gesicht.

Omid erstarrte für einen Moment angesichts der Boshaftigkeit, die ihm entgegenschlug, dann lächelte er kaum spürbar und entgegnete ruhig: »Okay, das mit der Hoffnung für dich nehme ich zurück, da fehlt eindeutig die notwendige geistige Grundlage.«

Nina schnaubte und wollte etwas erwidern, aber de Breun war schneller und dozierte: »Da hat er Recht! Solche Äußerungen belegen in der Tat deine Beschränktheit. Man könnte dich daher auch als Evolutionsbremse …« »Seht doch selbst, wo ihr bleibt!«, unterbrach ihn Nina schreiend. »Ich werde jetzt Stella suchen und sie bitten, mich wiederaufzunehmen!« Nina blickte zu ihren ehemaligen Mitstreitern. »Ihr könnt meinetwegen sehen, wo ihr bleibt.« Mit diesen Worten durchschritt sie die Tür.

Omid wandte sich an Albert: »Danke, Berti, du bist ja echt für 'ne Überraschung gut.«

***

Sie hatte sich lange Zeit nicht gerührt. Nachdem Stella Guntzel zunächst den Weg hinuntergerannt war, hatte sie eine der Dünen erklommen und sich dort ins hohe Gras gesetzt. Sie hasste sie alle. Es war so ungerecht. Sie war immer die Beste, die Schlauste und die Schnellste. Sie gewann die meisten Wettbewerbe, egal ob in der Leichtathletik oder beim Schießen. Sie war besser als die meisten Mädchen, die viel älter als sie waren. Und arbeitete sie nicht hart dafür? Wenn es jemand verdient hatte, zu gewinnen, dann sie, Stella Guntzel. Es war nur gerecht. Sie hatte den Willen, zu gewinnen. Und niemand wusste, was sie das kostete. Niemand verstand, wie einsam es machte, immer die anderen im Blick zu behalten. »Den Gegner fest im Auge«, sagte ihre Mutter immer. Sie hatte keine Freunde, aber sie wusste, wie man die anderen dazu brachte, einem zu folgen. Sie *musste* die Führung übernehmen, weil sie dazu geboren war.

Sie wollte es beweisen, sie bewies es täglich, dass sie die Erwartungen, die ihre Eltern in sie gesetzt hatten, erfüllte. Dafür gab Stella Guntzel alles. Und jetzt? Jetzt war ihr Leben von einem Tag auf den anderen zerstört. Wie sollte ihr Körper ohne ihren Geist, der durchhielt, wenn ihr Körper versagen wollte, die Höchstleistungen erreichen, zu denen sie fähig war? Sie würde ihre Eltern enttäuschen. Ihre Eltern würden annehmen, dass sie eine Versagerin ist. Eine, die es nicht schafft. Wie die anderen. Zwangsläufig. Früher oder später. Tränen stiegen in ihre Augen. Für einen Moment lang erschien ihr ihr ganzes bisheriges Leben sinnlos und eine Frage formte sich in ihr, die sie mit aller Macht niederkämpfte, weil sie sich vor der Antwort fürchtete: Würden ihre Eltern sie noch lieben, wenn sie nicht mehr die Stella war, die sie kannten? Stella schluckte. Es musste diese verfluchte Insel sein, die ihr diese Gedanken einflößte. Sie musste sich zusammennehmen. Entschlossen wischte sie sich die Tränen aus den Augen.

Nur wenige Meter entfernt, ohne dass sie einander wahrnahmen, blickte Anita Pröhlberg aufs Watt. Sie saß dort schon sehr lange. Es war Nacht geworden und wieder Tag und dennoch löste sie sich nicht aus der Starre, die sie nach dem ersten Ausbruch unbändiger Wut befallen hatte. Ihre Gedanken waren düster und voller Hass. Hatte sie nicht in den letzten Jahren alles unternommen, um diese Schule voranzubringen? Was hatte sie nicht alles geopfert, um weiterzukommen. Jahrelang hatte sie daran gearbeitet, endlich die Position zu erreichen, die ihr zustand, die ihr einen Zuwachs an Macht sichern konnte. Auch Anita Pröhlberg dachte an ihr Leben, daran, dass sie immer das getan hatte, was von ihr erwartet wurde. Ihre Eltern hatten sie genötigt, den Beruf der Lehrerin zu ergreifen, weil sie »so gut mit Kindern konnte«, wie sie meinten.

Dabei hatte sie schon als kleines Kind die anderen Kinder verabscheut. Sie war immer ein braves Kind gewesen und musste oft auf die Jüngeren aufpassen. Am Anfang empfand sie es als Last, bis sie bemerkte, welche Genugtuung es bereiten konnte, andere zu beherrschen. So hatte sie angefangen, Spiele mit den Kindern zu spielen, Spiele, in denen *sie* bestimmte, wer welche Rolle hatte und wo sie diejenigen bestrafen konnte, die ihr widersprachen. Anita Pröhlberg hatte ihre Liebe zur Macht entdeckt.

All die Jahre zog sie aus dem Streben nach diesem Machtgefühl ihren Arbeitseifer. Sie hatte ausgeklügelte Systeme entwickelt, um Kinder, die ihr besonders zuwider waren, effektiv zu schikanieren. Jetzt saß sie vor den Scherben ihrer Bestrebungen, alles, was kurz zuvor zum Greifen nahe gewesen war, zerfiel. Sie schien in einen bodenlosen Abgrund zu fallen und die Erinnerung an die Vergangenheit holte sie ein. Finsternis umfing ihren Geist und Gelüste nach Rache. Rache an all denen, die ihr Unrecht getan hatten, an denen, die sie gedemütigt hatten, die ihr nichts zugetraut hatten, weil sie immer die unscheinbare Brave gewesen war. Die, die niemand wahrnimmt. Insbesondere Rache an der Grabstatt. Sie dachte an die unsägliche Nacht, in der sie von der Grabstatt betrogen worden war.

Inzwischen war ihr klar, dass die Grabstatt darauf gesetzt hatte, dass dieser widerspenstige Linus sie mit durch die Pforte riss.

Aber etwas hatte die Grabstatt übersehen. Ein Lächeln umspielte jetzt das Gesicht von Anita Pröhlberg und ließ sie noch etwas unangenehmer aussehen als sonst. Tom Denda, ausgerechnet Tom Denda, der schreckliche Junge, hatte es geschafft, der Grabstatt zu entkommen. Und die Grabstatt hatte es augenscheinlich nicht bemerkt. Sie hatte sich unter den noch schlafenden Jugendlichen am Morgen genau umgesehen und da fehlte er. War es nicht eine Ironie des Schicksals, dass ausgerechnet der widerliche Tom Denda ihre Rettung sein konnte? Und wenn sie diese Insel verlassen würde, dann konnte die Grabstatt um Gnade flehen, wie sie wollte, sie würde sie vernichten.

Etwas entfernt hörte sie plötzlich ein Rascheln des Grases. Sie duckte sich etwas tiefer in das Dünengras, da sie nicht die Absicht hatte, einem der Bälger zu begegnen. Vorsichtig spähte sie zwischen den langen Halmen durch und erkannte Stella Guntzel, die langsam auf sie zukam. Stella Guntzel, ein Mädchen, das sie immer an sich selbst erinnerte. Mittelmäßig begabt, aber mit der Fähigkeit ausgestattet, sich hervorragend anzupassen, wenn es nötig war. Zudem hatte sie den gleichen Ehrgeiz wie sie selbst, den Willen, über andere Macht zu gewinnen, und die Bereitschaft, Opfer zu bringen, um die eigenen Ziele zu erreichen. Ja, wenn es überhaupt ein Kind gab, das sie einigermaßen ertrug, dann war es Stella Guntzel.

»Und vielleicht«, dachte sie, als sie sich aus dem Gras erhob, »ist Stella Guntzel, diejenige, die mir noch sehr nützlich sein kann.« Sie blickte ihr in die Augen. »Schön, dich zu sehen, Stella. Es ist Zeit, dass wir beide miteinander reden.«

17 Riskante Erkundungen

Sie hatten die Rallye erfolgreich überstanden. Toms und Saras Ausführungen wurden am frühen Nachmittag mit einem befriedigten Nicken zur Kenntnis genommen.

Für den Nachmittag war ein Wettbewerb unter dem Motto »Leistung lohnt sich« geplant, bei dem es darum ging, in Gruppen einzelne Stationen im Dorf und Umgebung abzuklappern, an denen die Lehrer sich postierten und Aufgaben stellten. Sara wurde aufgrund ihres Unfalls davon befreit und hatte stattdessen die Aufgabe bekommen, für den am letzten Tag geplanten Ausflug in die nahegelegene Stadt für alle Schüler Stadtpläne zurechtzuschneiden und Routen zu markieren. Nachdem sie sich beschwert hatte, dass sie ja wohl die ödeste Aufgabe hatte, gab ihr die Pröhlberg umgehend zu verstehen, dass sie, falls sie ihre Arbeit schlampig machte, zur Strafe vom Ausflug ausgeschlossen würde. Als sie den Speisesaal verließen, um sich für den Wettbewerb fertig zu machen, flüsterte Sara Tom zu: »Das ist ja wie in einem schlechten Film.«

»Genau. Und deshalb solltest du unbedingt diese Arbeit schlecht machen, denn dann hast du morgen früh Gelegenheit weiterzusuchen, falls du nichts findest, während die anderen beim Stationslauf sind.«

»Ach, und was machst Du?« Sara blickte ihn kritisch an.

»Ich versuche zu erkunden, was der alte Petersen vom Ausflugskutter noch weiß, vielleicht kann das nützlich sein.«

Tom sprach plötzlich laut: »Ich würde mir an deiner Stelle mal Mühe geben. Schließlich muss jeder hier seinen Anteil für die Gemeinschaft leisten!«

»Richtig, Denda! Vielleicht wird doch noch was aus dir.«

Die Grabstatt erschien hinter Toms Rücken und Sara schluckte herunter, was sie gerade hatte erwidern wollen. Als die

Grabstatt in Richtung Mädchenzimmer verschwand, meinte sie: »Das ist ja schon unheimlich, wie du dich da reinfindest.« Tom zwinkerte ihr zu. »Viel Glück bei der Durchsuchung.«

***

Die Teams waren nach Zimmerzugehörigkeit zusammengestellt worden und Tom war darüber einigermaßen unglücklich, weil er den Moment fürchtete, wo seine Freunde ihn verraten würden, wenn sie mitbekamen, dass er nicht vorhatte, an dem Wettbewerb teilzunehmen. Vor dem Aufbruch zur ersten Station überlegte er daher fieberhaft, wie er sich von der Gruppe entfernen konnte.

Jedes Team hatte unterschiedliche Laufpläne, damit es keinen Stau bei den einzelnen Stationen gab. Seine Gruppe sollte bei Station zwei am Hafen ankommen. Tom hoffte inständig, dass er Petersen dort vorfinden würde. Immerhin war zu diesem Zeitpunkt noch Ebbe, was ihn einigermaßen optimistisch stimmte, weil das Ausflugsschiff dann auf jeden Fall im Hafen lag.

Die Jungen zogen los. Unterwegs beratschlagten sie, was die günstigste Strategie sei, um zu gewinnen. »Ganz klar. Wir müssen unsere Stärken ausspielen«, warf Albert de Breun ein. »Dazu müssten wir erstmal wissen, was uns erwartet«, erwiderte Linus.

Tom hörte nur mit halbem Ohr zu, wie die anderen nun versuchten, besondere Stärken der Einzelnen herauszuarbeiten. Albert sollte vor allem Wissensfragen übernehmen, Omid und Viktor waren für »Kampfsportauseinandersetzungen« eingeplant, während Linus für Denksportaufgaben eingeteilt wurde. Als sie plötzlich verstummten, blickte Tom auf. Sie sahen ihn alle unverwandt an und Omid bemerkte kritisch: »Was kannst du eigentlich gut?«

Es war seltsam, aber Tom hatte beobachtet, dass sich in den letzten zwei Tagen zunehmend eine Art Graben zwischen ihm und den anderen aufgetan hatte. Während die anderen, wenn sie auf ihrem Zimmer waren, sich immer häufiger über Schulangelegenheiten unterhielten oder darüber, wie man irgendetwas noch besser machen könnte, fühlte er sich nicht in der Lage, sich an diesen Diskussionen zu beteiligen. Es fiel Tom leicht, bei den Lehrern so zu tun, als sei er wie die anderen. Aber bei seinen Freunden gelang es ihm nicht, zumal er das Gefühl hatte, dass sie, wenn er es versuchte, sein Bemühen dahinter bemerkten und ihm zunehmend misstrauten.

»Ich kann eigentlich nichts besser als ihr. Vielleicht sollte ich einfach im Hintergrund bleiben, damit ich euch nicht den Sieg verderbe.«

De Breun kniff misstrauisch die Augen zusammen. »Ich weiß nicht, eigentlich soll ja jeder einen Beitrag leisten. Da musst du ja wohl auch was tun.« Tom überlegte kurz, ihre erste Station war bei einer Kuhweide. »Also, ich kann ganz gut mit Tieren umgehen. Vielleicht ist das ja gefragt.«

»Okay. Dann machst du das.« Linus nickte und die Sache schien auch für die anderen erledigt zu sein, die sich jetzt weiter darüber austauschten, was sie möglicherweise bei den Stationen erwarten würde.

Sie erreichten die Kuhweide, an deren Rand die Lübke stand und irgendwelche merkwürdig gefleckten Lumpen in der Hand hielt.

»Wir müssen noch auf eure Konkurrenten warten.« Die Lübke reichte ihnen ein Lumpenpaket. »Das muss der von euch anziehen, der sich gleich auf die Kuhwiese traut.« Sie grinste. Toms Gruppe schaute ihn prüfend an und Tom nahm bereitwillig das Bündel und entfaltete es. Es stellte sich als eine Art Kuhkostüm heraus. Tom fand es lächerlich, dieses Ding anzuziehen, und meinte: »Ich kriege das sicherlich auch ohne diese Verkleidung hin.«

»Oh nein, junger Mann! Für alle gelten die gleichen Regeln. Außerdem wirst du froh sein, wenn die Kühe dich für ihresgleichen halten.«

Tom hielt es für absolut undenkbar, dass die Kühe derart dämlich waren, ihn für eine Artgenossin zu halten, aber da ihn seine Gruppe schon wieder mit diesen argwöhnischen Blicken bedachte, entschied er sich, nichts weiter zu erwidern. Er zog die unförmigen Lappen über seinen Kopf. Auf dem Kopfteil waren aus Knetmasse geformte Hörner angebracht worden.

»Woher haben Sie denn dieses originelle Kostüm?«

»Das habe ich auf meiner letzten Lehrerfortbildung zum Thema *Tiere künstlerisch thematisieren* fertiggestellt! – Schön, nicht wahr?«

Die Lübke strahlte. Die anderen Jungen gaben zustimmende Laute von sich.

Tom richtete die Knethörner an seinem Kopf aus. Er war froh, dass wenigstens das Euter fehlte, hielt sich aber zurück, darauf hinzuweisen, weil er fürchtete, dass die Lübke sonst ein Paket Knetmasse aus der Tasche ziehen würde.

Hinter sich hörte er Stellas Stimme: »Oh Gott, Denda, endlich siehst so intelligent aus, wie du bist.«

Die Guntzel traf mit ihrer Zimmergruppe ein. Tom hätte sie liebend gerne in dem dämlichen Kostüm gesehen, war sich aber sicher, dass sie bei diesem Wettkampf nicht persönlich in den Ring steigen würde. Und tatsächlich wurde die arme Arjell dazu auserkoren.

Die Lübke drückte nun Arjell und Tom einen Eimer in die Hand. Vom anderen Ende der Weide sah Tom einen ziemlich dicken Mann mit Gummistiefeln, brauner Hose und Hosenträgern über einem karierten Hemd heranstapfen.

»Also«, hob die Lübke an, »eure Aufgabe lautet nun, von mindestens zwei verschiedenen Kühen so viel Milch zu ergattern, wie es geht. Ihr habt dafür genau sechs Minuten Zeit.«

»Frau Lübke, ich glaube, da kommt der Bauer. Ich weiß nicht, ob dem das recht ist.«

Tom zeigte auf den fast kahlköpfigen, rotgesichtigen Mann, der nur noch etwa 15 Meter entfernt war. Die Lübke drehte sich um: »Natürlich ist ihm das recht. – Huhu, Bauer Hinrichs. Schön, Sie zu sehen!«

Der Bauer betrachtete kurz die beiden in ihren Anzügen und fing schallend an zu lachen.

»Das is' ja mal 'n Ding. Na, wenn da mal nicht die Milch sauer wird. Hohoho.«

Er fand seinen Witz sehr gelungen. Niemand von den anderen lachte mit, sie sahen ihn nur stumm an und die Lübke guckte leicht gekränkt.

»Also, dann mal los. Auf drei!« Die Lübke holte jetzt auch noch eine Kuhglocke aus der Tasche und während sie zählte, wurden Tom und Arjell nochmals von ihren Zimmergenossen über die beste Strategie in Kenntnis gesetzt. Auf drei bimmelte die Glocke und die beiden kletterten über den Zaun auf die Weide.

Arjell, die durch den Hof ihrer Eltern Erfahrung mit Kühen hatte, ging schnurstracks auf eine der Kühe zu, die allerdings, da sie Arjell ja nicht kannte, auswich. Tom kniete sich etwas abseits am Rand ins Gras und versuchte, die Kühe mit frisch gepflücktem Klee zu ködern.

Vom Rand waren Anfeuerungsrufe zu vernehmen. Rufe von Omid: »Los, Tom, melken!« und von Linus: »Mach schon!« vermengten sich mit den schrillen Schreien von Stella Guntzel: »Mann! Bist du nun Bauerntochter, oder was?«

Arjell verunsicherte das Gebrüll ihrer Mitstreiterinnen, wogegen Tom versuchte, sich nur auf die Kühe zu konzentrieren.

»Kommt, ja … ist ja gut.« Tom lockte die Kühe in eine Ecke

und näherte sich, nachdem er die Kühe gefüttert hatte, in der Hocke langsam dem Kuheuter einer besonders zutraulichen Kuh.

Im Hintergrund hörte er, wie die Guntzel und Nina auf Arjell einschrien. Erfreulicherweise hielt seine Gruppe jetzt den Mund, wahrscheinlich waren sie klug genug zu bemerken, dass eine gewisse Ruhe durchaus vorteilhaft für das Melken war. Über all die Geräusche hinweg hörte man das dröhnende Lachen des Bauern.

Tom hatte tatsächlich etwas Milch in seinen Eimer bekommen, als die Lübke schrie: »Nur noch zwei Minuten. Denkt daran, mindestens zwei Kühe!!!« Während Tom sich nach einer weiteren geeigneten Kuh umschaute, stieß er fast mit Arjell zusammen.

»Nimm die Kuh, die ich gerade hatte, die ist total geduldig.«

Arjell schaute ihn mit einem fassungslosen Blick an, der in Misstrauen umschlug: »Du willst nur, dass ich verliere, oder?«

Mit diesen Worten wandte sie sich eilig einer anderen Kuh zu. Tom konnte es kaum glauben, seufzte aber nur. Als er im Hintergrund Linus' Stimme hörte: »Mach schnell, Denda«, zögerte er nicht und versuchte es bei der nächstbesten Kuh. Er war diesmal zwar nicht so erfolgreich wie zuvor, aber als die Lübke abpfiff, hatte er immerhin zwei Kühe gemolken und insgesamt 130 Milliliter Milch zusammen, was deutlich besser war als bei Arjell.

»Nich' schlecht für'n Anfang, Junge.« Eine schwielige Hand legte sich auf seine Schulter. Der Bauer grinste. »Die alte Rieke war 'ne gute Wahl, die lässt sich auch von so 'nem merkwürdigen Lumpen nich' verschrecken, hohoho.«

Die Lübke, die Letzteres gehört hatte, sog hörbar die Luft ein.

»Na ja, Herr Hinrichs, Kunst ist ja hier auf dem Dorf wohl eher unbekannt.«

Mit leicht säuerlicher Miene widmete sie sich den Ergebnissen.

»Also, 130 Milliliter für die Jungs und 90 Milliliter für die Mädchen, allerdings nur mit einer Kuh!«

»Ja, aber das wären dann ja bei zwei Kühen 180 Milliliter! Also haben eigentlich wir gewonnen!«, schnappte Stella Guntzel.

Die Lübke guckte irritiert und überlegte verunsichert, ob sie jetzt was falsch gemacht hatte.

»Ja, aber nur, wenn ihr dafür auch doppelt so viel Zeit gehabt hättet. Außerdem war die Bedingung zwei Kühe.« De Breun hatte nicht vor, sich den Gewinn der Gruppe streitig zu machen.

»Ruhe jetzt.« Die Lübke war jetzt vollkommen durcheinander. »Doppelt so viel Zeit? Unsinn, Albert, die Mädchen hatten genau wie ihr sechs Minuten Zeit.«

»Eben, und da hätten wir bei zwei Kühen eben 180 Milliliter Milch zusammengehabt«, beharrte die Guntzel.

Die Gruppe der Jungen stöhnte auf.

»Psst! Ich muss nachdenken.« Frau Lübke legte die Stirn in Falten. »Ich fürchte, Stella hat Recht. Also, da habe ich mich wohl kurz vertan.« Sie kicherte. »Na, dann haben wohl doch die Mädchen gewonnen.«

Sie notierte etwas auf ihrem Klemmbrett.

Der Bauer tippte sich an die Stirn und mit einem »Oh Mann, diese Rechnung is' ja man zu hoch für mich« verabschiedete er sich wieder und lief zurück über die Weide.

Die Jungen protestierten, aber die Lübke winkte ab. Die Guntzel grinste siegessicher und die Mädchengruppe stolzierte davon. Grimmig machten sich auch die Jungen zur nächsten Station auf.

Sie ignorierten Tom, der fast den Eindruck hatte, als würden sie ihn dafür verantwortlich machen, dass die Lübke den Mädchen den Sieg gelassen hatte. Tom, der sich unwohl fühlte, blickte Linus von der Seite an und meinte: »Tut mir leid, aber für die Blödheit der Lübke kann ich nichts.«

Linus reagierte unterkühlt: »Wenn du besser gemolken hättest, dann hätte sich das Problem wohl nicht gestellt.« Tom verlor um ein Haar die Fassung, doch bevor er etwas entgegnen konnte, hörte er Omids Stimme hinter sich.

»Wir sollten uns nicht aufregen. Wenn unsere Lehrerin feststellt, dass die Mädchen gewonnen haben, dann wird das auch stimmen. Wir müssen uns da vertan haben.«

Omid blickte zu den anderen. Als kein Widerspruch folgte, fügte er hinzu: »Und du, Denda, solltest auch einsehen, wenn du versagt hast.«

Linus grunzte zustimmend. Tom schluckte mühsam seinen Zorn herunter und versuchte sich damit zu beruhigen, dass sie ja nichts dafürkonnten. Er ließ sich etwas zurückfallen. Omid und Albert tauschten sich bereits wieder darüber aus, welche Herausforderungen womöglich auf sie warteten. Linus und Viktor liefen schweigend vor ihm her.

Schließlich erreichten sie die zweite Station, bei der es sich um die kleine Touristeninformation am Hafen handelte, vor der bereits Anita Pröhlberg wartete.

***

Sara hatte sich mit dem Stapel Stadtpläne an den kleinen Tisch in ihrem Zimmer gesetzt und ein paar davon zurechtgeschnitten und Strecken darin markiert. Sie hatte gewartet, dass es ruhiger in der Herberge wurde, dann hatte sie aus dem Fenster des Mädchenzimmers geschaut und beobachtet, wie Brobank es sich an seinem »Richtertisch«, wie er das alte Lehrerpult nannte, das jetzt auf dem Hof stand, gemütlich machte. Brobank war als Einziger neben Frau Fleischmann in der Herberge geblieben, um Station vier zu beaufsichtigen, die aus den sportlichen Wettkämpfen Tauziehen, Wettlaufen und irgendeinem dubiosen Wurfspiel mit Holzklötzen bestand, die er auf dem Vorhof der Herberge aufgebaut hatte. Jetzt saß er, eine Schiffsglocke neben sich, hinter seinem Tischchen und kaute auf irgendwelchen Bonbons herum, die er aus einer Tüte zog. Die ersten beiden Mannschaften wurden gerade von ihm instruiert, um dann nacheinander die drei Stationen im Wettkampf zu absolvieren. Sara markierte schnell ein paar Wegrouten auf den Plänen.

Eigentlich hatte sie vorgehabt, möglichst zügig in das Zimmer der Grabstatt einzudringen, aber als sie auf den Flur geschaut hatte, lief die Fleischmann vor ihr mit dem Feudel in der Hand und wischte den Boden. »Du bleibst in deinem Zimmer, klar? Der Flur ist gesperrt!« Sara hatte genickt und war zurück ins Zimmer gegangen.

Draußen wurde es wieder stiller. Sara schaute abermals aus dem Fenster. Inzwischen saß Brobank allein an seinem Tisch und starrte auf den leeren Hofplatz. Wahrscheinlich hatte er Pause, weil die nächste Gruppe noch nicht da war. Gerade als Sara überlegte, ob sie mal in den Flur schauen sollte, sah sie die Fleischmann über den Hof kommen. »Oh, Herr Brobank. So alleine?« Sara kicherte in sich hinein, die Fleischmann, die sonst wie ein gequälter Frosch klang, flötete nun fast.

»Aaah, Frau Fleischmann, ja, ja, muss auf die nächsten Gruppen warten. Das dauert wohl noch ein bisschen.«

»Na, das wäre doch vielleicht eine gute Gelegenheit für einen kleinen Imbiss?«

Sofort begann das Gesicht von Brobank zu leuchten und Sara sah, wie er unruhig vor Erwartungsfreude anfing, auf dem Stuhl hin und her zu rutschen.

»Ich hätte da noch einen ganz feinen Kartoffelsalat mit Frikadellen – hausgemacht!« Sie lächelte den Brobank an, der begeistert nickte.

»Na, das ist ja mal eine Idee!«

»Habe ich extra für Sie gemacht - die andern wissen das ja gar nicht zu schätzen.«

»Aber ich, Frau Fleischmann, aber ich! Es geht doch nix über wahre Hausmannskost!«

Jetzt guckte die Fleischmann fast selig und soweit das auf den dicken Holzsandaletten machbar war, trippelte sie in Richtung Küche, winkte und rief: »Bin gleich zurück!«

Jetzt oder nie! Sara schlich sich auf den Flur hinaus. Der Boden war noch etwas rutschig von der Wischerei, sodass es schwierig für sie war, sich mit den Krücken sicher voranzubewegen.

Sie erreichte die Tür von Grabstatts Zimmer, die, wie sie bereits angenommen hatte, abgeschlossen war. Sie stocherte mit der Haarnadel, die sie mitgenommen hatte, zunächst hilflos in dem Schloss herum, bis es ihr nach einigen Versuchen endlich gelang, den Draht richtig zu biegen und das Schloss zu öffnen.

Zu ihrer Überraschung war es ein ziemlich unordentliches Zimmer. Schmutzige Kleidungsstücke waren achtlos über den Stuhl und die Bettkante geworfen worden. Schreibutensilien lagen auf dem Tisch verstreut und benutzte Taschentücher zierten den Boden. Auch das Bett war nicht gemacht. »Vielleicht ist das gar nicht so schlecht«, dachte Sara, dann würde die Grabstatt auch nicht so leicht darauf kommen, dass sie hier gewesen war. Das Hauptproblem war, dass sie, mal abgesehen von der Kugel, nicht genau wusste, wonach sie suchen musste.

***

Dieses Mal hatte Toms Team die Gruppe von Bente und seinen Freunden als Gegner. Die Aufgabe bestand darin, dass der Leiter des Touristenbüros ihnen einen Haufen von Fragen stellte, die korrekt zu beantworten waren. Jede Gruppe wählte einen Kandidaten aus, der im Wettbewerb mit dem Gegner diese Fragen möglichst schnell beantworten sollte. Zu Toms großem Glück war es sehr eng in dem kleinen Büro. An der Theke stand der Leiter, der die Fragen stellte, neben Frau Pröhlberg. Vor dem Tresen hatten sich die beiden Kandidaten und ihre Zimmergenossen aufgestellt, die zwischen Postkartenständern und Werbematerial kaum Platz fanden. Tom drückte sich zunächst ganz in der Nähe der Tür hinter Ansichtskarten versteckt herum und wartete, dass das Spektakel begann. Er hatte bereits bei ihrer Ankunft zum Hafenbecken gespäht und das Ausflugsschiff dort liegen sehen, jetzt musste nur noch Petersen an Bord sein.

»In welchem zeitlichen Abstand genau liegen Ebbe und Flut voneinander entfernt?« Er war schon auf den Stufen, die zur Tür der Touristeninformation führten, als er de Breun antworten hörte.

So schnell er konnte, lief Tom zum Ausflugsschiff. Er blickte sich um. An Deck war niemand zu sehen. Tom kletterte auf das Boot und sein Herz machte einen Hüpfer, als er eine dicke Teetasse auf einer der Bänke stehen sah.

»Na, junger Mann, Interesse an der Seefahrt?«

Tom schaute auf. Ole Petersen kam die kleine Treppe, die zur Brücke hinaufführte, heruntergestiegen. Tom hatte sich bereits vorher überlegt, dass er kaum Zeit dafür haben würde, um den heißen Brei herumzureden, deshalb antwortete er schnell: »Vor allem habe ich ein Interesse, nämlich zu erfahren, was Sie über den Tod von Elaf Grabstatt wissen.«

Ole Petersen sah ihn eindringlich an. Er hatte eisblaue Augen und sein Gesicht, das zunächst einen gemütlichen Eindruck gemacht hatte, war in diesem Moment sehr ernst.

»Bitte, es geht um meine Freunde … Ich muss sie retten, das müssen Sie verstehen.« Tom hatte keine Wahl. Ole Petersen betrachtete Tom.

»Auch Elaf wollte seine Freunde retten.« Er winkte Tom, sich auf die Holzbank zu setzen, und ließ sich neben ihm nieder. Sie konnten jetzt auf den Hafen sehen, wo die Masten der wenigen Segelschiffe im Wind schwankten. Ole Petersen seufzte. »Meine Mutter, sie hieß Alma Tietjen, kannte Elaf und auch seinen kleinen Bruder Fjörn, der bei meinen Großeltern aufwuchs, weil seine Eltern gestorben waren.«

Er runzelte die Stirn, als dächte er über etwas nach, was ihm jetzt merkwürdig erschien, sagte aber erstmal nichts weiter. Dann fuhr er fort: »Bevor meine Mutter vor einigen Jahren starb, erzählte sie mir eine Geschichte. Damals glaubte ich zumindest, dass es nur eine Geschichte war, aber heute denke ich, dass es die Wahrheit war. Meine Mutter war als Kind in der Schule der alten Deichgraf. Du musst wissen, die Deichgraf war gefürchtet, weil sie sehr grausam sein konnte. Die Deichgraf konnte meine Mutter nicht leiden und war zu ihr besonders schlimm. Meine Mutter weinte sehr viel und wurde unter der Tyrannei immer kränklicher. Eines Tages nahm Elafs Großvater sie ins Watt hinaus. Es war in der Nacht, und er brachte sie auf die geheime Insel. Meine Mutter wusste von den Gerüchten um die Insel, aber sie vertraute Elafs Großvater, weil er immer ein sehr gütiger Mann gewesen war. Er trennte ihre Seele von ihrem Körper, um diese vor der Deichgraf zu schützen, und versprach ihr wiederzukommen, um ihre Seele zu befreien, wenn die Zeit reif war und sie die Schule verlassen konnte. Alma war glücklich auf der Insel, aber sie hatte auch Angst, weil sie wusste, dass Elafs Großvater schon alt war und sie sich davor fürchtete, auf der Insel für alle Zeit gefangen zu sein, wenn er unerwartet sterben würde. Elafs Großvater musste dasselbe gespürt haben, denn er weihte seinen Enkel in das Geheimnis ein. Meine Mutter sagte, er hätte immer ein kleines schwarzes Buch dabeigehabt, in das er genau aufschrieb, was Elaf zu tun hatte. Das war natürlich auch ein

Risiko, denn zuvor wurde das Geheimnis immer nur mündlich von Generation zu Generation weitergegeben, aber da Elafs Eltern gestorben waren, blieb nur noch Elaf als Geheimnisträger übrig, und der war ja noch ein Kind.

Meine Mutter Alma erzählte, dass sie mit anderen geretteten Kindern auf der Insel war, als Elafs Großvater starb. Du musst wissen, dass die Deichgraf Elaf und seinen Großvater verabscheute und danach trachtete, das Geheimnis, von dem viele im Dorf hinter vorgehaltener Hand sprachen, zu lüften. Es muss ihr schließlich gelungen sein, denn sie war zusammen mit Elaf auf der Insel. Entweder hatte sie ihn gezwungen oder aber sie war ihm gefolgt. Elaf muss darüber verzweifelt gewesen sein, er wollte unbedingt meine Mutter und die anderen Kinder vor der Deichgraf retten. Es gelang ihm schließlich auch, indem er sein eigenes Leben opferte.

Meine Mutter war totunglücklich, als Elafs toter Körper gefunden wurde, aber sie war sich auch sicher, dass seine Seele auf der Insel geblieben war. Ob das stimmt, kann ich nicht sagen.« Ole Petersen seufzte.

»Wie konnten die Seelen wieder zurückfinden?«

»Ich weiß es nicht. Meine Mutter erzählte mir, dass die Insel zwei Pfade hat, die beide von zwei verschiedenen Seiten der Insel zu einem kleinen Haus in der Mitte führen. Ein Pfad ist mit Lebensbäumen gesäumt, der andere mit Todesbäumen. Wer durch den Pfad der Todesbäume die Insel verlässt, lässt seine Seele zurück, wer dagegen den anderen Pfad wählt, kehrt unbeschadet als Körper und Geist von der Insel zurück. Auf diesem Weg findet auch die Seele zum Körper zurück, wenn sie vorher voneinander getrennt waren.

So erzählte meine Mutter, dass es bei ihr und den Kindern der Fall war, deren Seelen vor der Deichgraf für eine Zeit lang geschützt worden waren und die in der Nacht, als Elaf und die Deichgraf starben, zurückkehrten.« Wieder ruhten die prüfenden Augen auf Toms Gesicht. »Du kennst die Insel, nicht wahr?« Tom nickte nur. Ole Petersen blickte auf den Hafen und darüber hinweg in die Ferne. »Vor allem die Alten hier im Dorf ahnen, dass die Grabstatt nichts Gutes im Schilde führt, wenn sie ihre Schüler hierherbringt. – Es ist merkwürdig, denn Philonia war nicht immer so, wie sie jetzt ist.«

»Wer hat eigentlich nach der Deichgraf in der Herberge gewohnt?« Tom war in diesem Moment eingefallen, was Linus von dem Mädchen und der unheimlichen Gestalt erzählt hatte.

Petersen runzelte die Stirn.

»Es war auch nach der Deichgraf noch das Schulhaus. Ihre Tochter, die Mutter von Philonia, hat es, als sie erwachsen war, weitergeführt. Sie und Philonia haben dort viel Zeit verbracht. Aber gewohnt hat da sonst keiner.«

Er schwieg in Gedanken an eine offenbar andere Zeit. Tom wurde unruhig, es war höchste Zeit zu gehen.

»Es tut mir leid, ich muss jetzt gehen, bevor die anderen merken, dass ich weg bin.«

»Die anderen haben schon bemerkt, dass du fehlst, Denda.« Es war die Stimme von Anita Pröhlberg, die hinter ihnen von der Anlegestelle ertönte. Tom stockte das Herz, als er sich umdrehte und sie mit den anderen Jungen dort stehen sah.

»Ach, Frau Pröhlberg. Schön, Sie zu sehen. Nehmen Sie es dem Jungen nicht krumm. Seefahrt hat schon viele junge Kerle begeistert. Aber meistens reicht ein Praktikum an Bord, um die Jungs davon zu heilen.«

Ole Petersen knuffte Toms Arm und erhob sich.

»Na, Junge, lern mal lieber ordentlich was bei Frau Pröhlberg und Frau Grabstatt, da kommst du weiter als hier auf dem Kutter.«

»In der Tat, Petersen, da sagen sogar Sie mal was Richtiges«, bemerkte die Pröhlberg bissig. »So, jetzt los mit dir zur nächsten Station, Denda. Und glaub bloß nicht, dass ich das vergesse. Darüber reden wir noch, wenn wir zurück sind.«

Die Jungen verließen den Hafen. Ole Petersen schaute ihnen nach und nicht nur er fragte sich besorgt, wie viel Anita Pröhlberg zu hören bekommen hatte.

***

Sara fluchte vor sich hin. Die Unordnung, die ihr zuvor als Segen erschienen war, entpuppte sich inzwischen als Fluch. Auf dem Tisch und in der großen Tasche hatte sie nichts gefunden. Der Schrank wurde offenbar von der Grabstatt nicht genutzt, daher musste sich Sara auch durch den Koffer quälen, was mit Krücken einigermaßen schwierig war. Sie hatte zudem in mindestens sechs der unterschiedlichen Jacken- und Hosentaschen der rumliegenden Kleidungsstücke nachgesehen und abwechselnd in alte Taschentücher, verklebte Bonbonreste und einmal sogar in einen alten Apfelrest gegriffen.

Entnervt drehte sie sich im Zimmer um. Wo würde sie etwas derart Wichtiges verstecken? Sara war frustriert, sie hatte angenommen, dass die Grabstatt wenigstens die Kugel irgendwo im Zimmer herumliegen lassen würde. Sie spürte, dass die Zeit knapp wurde, sie musste schon mindestens eine halbe Stunde hier sein. Hin und wieder lauschte sie nervös, wenn sie meinte, Geräusche zu hören.

Ihr Blick blieb plötzlich an der Tür hängen. Hinter einem grau verwaschenen Frotteebademantel sah sie den Ärmel des Regenmantels, den die Grabstatt in der Nacht der Wanderung getragen hatte. Sara humpelte darauf zu. Ihr Herz klopfte schneller, als sie die Taschen durchwühlte. Alte Taschentücher, schon wieder, und ein eingewickelter benutzter Kaugummi. Sie stöhnte, aber als sie die Hand aus der Tasche zog, hörte sie, wie etwas im Mantel dumpf gegen die Tür schlug. Aufgeregt tastete sie den Mantel ab und fand in einer Innentasche ein kleines schwarzes Buch. Mit zitternden Händen öffnete sie es. Die Schrift war klein und schwer leserlich, weil der Text in Sütterlin verfasst war. Aber das würde sie hinkriegen. Aufgeregt blätterte sie darin und schnappte die Worte Kugel und Weg dabei auf. Sie steckte das Buch unter ihren Pullover in die Hose. Draußen hörte sie Schritte. Jetzt musste sie schnell hier raus. Sie schloss gerade die Tür hinter sich, als sie die Fleischmann den Gang hinaufkommen sah.

»Was machst du hier? Hatte ich dir nicht gesagt, dass du auf deinem Zimmer zu bleiben hast? Guck dir den Boden an!« Die Fleischmann kam wie eine Furie auf sie zugeschossen und deutete auf die Schlieren und Fußabdrücke, die eindeutig von Saras Zimmer zu dem Zimmer der Grabstatt führten. »Oh, Verzeihung, ich musste auf Toilette. – Aber ich bringe das in Ordnung. Ich hole den Wischmopp.« Die Fleischmann blickte sie scharf an.

»*Ich* hole den Feudel. Sonst machst du mir hier noch mehr dreckig. Aber DU wirst hier alles wieder in Ordnung bringen!«

Sie stob davon und Sara hatte für einen Moment das Gefühl, dass sie haarscharf an einer Katastrophe vorbeigeschlittert war.

Während sie auf die Fleischmann wartete, versuchte Sara verzweifelt, die Tür mit dem Draht wieder abzuschließen, was ihr aber nicht gelang. Hitze stieg in ihr auf. Was, wenn die Grabstatt es bemerkte. Sie hörte die Fleischmann mit dem Wischmopp nahen und zog den Draht aus dem Schloss.

»So, jetzt aber dalli. Das muss hier auch alles wieder trocknen, bevor die Gören zurück sind.« Die Fleischmann nahm Sara die Krücken ab und drückte ihr den Feudel in die Hand. Sie blieb mit verschränkten Armen vor ihr stehen. Sara mühte sich unter dem kritischen Blick der Fleischmann ab. Endlich hatte sie es geschafft. Sie humpelte in ihr Zimmer zurück und zog das versteckte Buch hervor. Vom Hof schallten Anfeuerungsrufe durchs Fenster herein. Sara guckte hinaus. Die vorletzten Gruppen traten gegeneinander an. Sie sah Toms Gruppe gegen Jungen aus der Nachbarklasse spielen. Die Mädchen aus ihrem Zimmer würden als letzte Mannschaft zu Brobank kommen. Damit blieb ihr noch etwa eine dreiviertel Stunde, um das Buch zu durchforsten und das Wichtigste zu notieren.

***

Die Jungen waren wütend auf Tom. De Breun hatte bei dem Quiz haushoch gewonnen, doch die Pröhlberg hatte dem Team den Gewinn mit der Begründung abgesprochen, dass sie gegen die Regeln verstoßen hätten, weil ein Gruppenmitglied beim Quiz fehlte. Auch die Erwiderung von Omid, dass Tom doch gar nichts dazu beigetragen hätte, ließ die Pröhlberg erwartungsgemäß nicht gelten. Er war hinter ihnen her zur dritten Station an der Herberge gestapft, nachdem sie ihn gemeinsam runtergemacht hatten. Neben unkameradschaftlichem Verhalten hatten sie ihm allerlei andere Bosheiten mit einer Aggressivität an den Kopf geworfen, die ihn entsetzte. Es wurde höchste Zeit, an die Kugel zu kommen und sie zu befreien. Tom wusste, dass er diese Situation nicht mehr lange würde ertragen können. Er dachte an seine Mutter und an seinen Abschied und wie er sich auf die Fahrt gefreut hatte. Es schien ihm eine Ewigkeit her zu sein und er fragte sich, was er sich damals eigentlich unter einem Abenteuer vorgestellt hatte.

Jetzt traten Omid und Viktor beim Tauziehen gegen zwei Jungen aus dem Nachbarzimmer an. Es fiel ihm schwer, sie mit anzufeuern, weil ihm Omids Anschuldigungen noch immer durch den Kopf gingen. Die anderen Jungen waren stärker und entschieden das Tauziehen für sich. Beim Wettrennen konnte immerhin Omid den Gewinn holen. Als Letztes mussten sie gemeinsam Mannschaft gegen Mannschaft antreten in einem

Spiel, bei dem sie mit Holzstäben versuchen mussten, irgendwelche gegnerischen Holzklötze runterzuschießen. Tom holte sich unzählige blaue Flecken, weil alle sehr aggressiv spielten und es ständig zu Kollateralschäden kam, da anstelle des Klötzchens der Gegner den Holzstab abbekam. Er biss die Zähne zusammen, als ihm Linus neben ihm auch noch ans Schienbein trat, nachdem er einen Wurf vermasselt hatte. Tom versuchte, an Sara zu denken, und hoffte inständig, dass sie gefunden hatte, was sie so dringend suchten.

Die Preisverleihung fand nach dem Abendbrot statt. Toms Gruppe hatte nochmals an der letzten Station punkten können, wo die Grabstatt mit Unterstützung des Pfarrers auf dem Friedhof eine Art Schnitzeljagd vorbereitet hatte. Der Pfarrer war zu Toms großem Erstaunen hellauf begeistert gewesen über diese Art von Wettkampf und hatte sie mit den Worten begrüßt: »Immer reinspaziert, hier erwartet euch ein Event, das euch zeigt, wie modern und cool Kirche sein kann.«

Tom hatte inständig gehofft, dass der Pfarrer ihn nicht auf seinen Besuch ansprach, aber der Geistliche war erfreulicherweise zu sehr mit sich selbst und dem Ereignis beschäftigt gewesen und hatte Tom gar nicht weiter beachtet. Linus und Omid mussten gegen zwei Konkurrentinnen aus einem der Mädchenzimmer antreten. Die Grabstatt hatte Rechenaufgaben vorbereitet, die im Kopf zu lösen waren und deren Ergebnis jeweils das Todesdatum auf einem der Grabsteine darstellte, der passend dazu identifiziert werden musste. Omid war über die Grabstellen gehechtet, während Linus ihm die Lösungen zugerufen hatte. Tatsächlich hatte seine Gruppe am Ende »den Schatz«, den die Grabstatt versteckt hatte, zuerst gefunden, der zu Toms Entsetzen aus der Glaskugel bestand, die Sara im Zimmer von der Grabstatt suchen sollte. Natürlich hatte die Grabstatt die Kugel am Ende wieder einkassiert, sodass Tom keine Chance gehabt hatte, sie an sich zu bringen. Jetzt wusste er wenigstens, wo sie suchen mussten.

***

Die Grabstatt hatte sich vor den Schülern aufgestellt und verlas die Platzierungen der insgesamt acht Zimmer. Toms Zimmer hatte den siebten Platz belegt. Nur Bentes Gruppe schnitt noch schlechter ab. Für die ersten drei Plätze gab es klobige Medaillen, auf denen ihr Schulgebäude abgebildet war. Guntzels Mannschaft gewann, was Tom überhaupt nicht überraschte. Wahrscheinlich hatten sie noch an anderen Stationen betrogen. Die Grabstatt lobte gerade die Guntzel für ihr Durchsetzungsvermögen, was in dem Holzklötzchenspiel bei Brobank dadurch zum Ausdruck gekommen war, dass sie sämtliche Gegnerinnen so lange mit den Holzstäben traktiert hatte, bis diese freiwillig Abstand genommen hatten. Sara hatte ihm das vor dem Abendessen erzählt, als sie einen geheimen Treffpunkt für den späteren Abend verabredet hatten.

Die Siegerehrung war beendet. Die Pröhlberg kündigte für den nächsten Tag bereits das Programm an. Als sich die Schüler müde auf den Weg zu ihren Zimmern aufmachten, hörte er ihre Stimme in seinem Ohr: »Denda und Curdt, ihr bleibt hier.« Ihm schwante Böses. Sara und Tom standen mit gesenkten Köpfen vor dem Lehrerpult, das wieder an seinem angestammten Platz stand. Die Lübke schüttelte den Kopf: »Ich verstehe das nicht, Tom. Du hast doch so schön bei den Kühen mitgemacht.«

Die Pröhlberg sah ihn scharf an. »Er denkt wohl, er könne Seemann werden. Das ist ja lächerlich, Denda. Du hast deinen Pflichten in der Schule nachzukommen und dich nicht mit heruntergekommenen Kreaturen aus dem Hafen zusammenzurotten.«

Die Grabstatt, die vorher aus dem Fenster gesehen hatte, sah ihn plötzlich aufmerksam an.

»So, so, Interesse an Ole Petersen und seinen Geschichten?« Es war Brobank, der ihn aus der misslichen Situation rettete. »Ach was! Der Petersen hat mir erzählt, dass er ab und zu Landeier als Praktikanten nimmt. Tja, Philonia, das verstehst du eben nicht, dass so 'n Junge auch mal vom Meer träumt. Stimmt's, Denda? Aber denk dran, das Essen ist knapp an Bord!« Er lachte vergnügt.

»Jedenfalls ist für ihn die Fahrt morgen gestrichen. Genauso wie für die Curdt, die ja auch meint, ihre Aufgabe nicht anständig erledigen zu müssen.«

Und mit diesen Worten hob die Pröhlberg mit spitzen Fingern einen der Stadtpläne hoch und deutete auf die krakeligen Linien, die Sara in den Plan gemalt hatte.

»Na, dann habe ich ja noch eine kleine Aufgabe für euch beide.« Die Grabstatt lächelte. »Ihr werdet hier schön allein sitzen und die Pläne alle nochmal schneiden und anmalen. Vorher kommt ihr nicht ins Bett. Und morgen werden wir sicherlich auch eine erbauliche Strafarbeit für euch finden.«

Sie wandte sich an die Pröhlberg: »Anita, du wirst die beiden beaufsichtigen.«

»Natürlich, Philonia, natürlich, aber ich sollte doch noch die neue Kugel fertig machen lassen. Der Ständer, du weißt doch.«

»Das kann Holger erledigen.« Brobank knurrte unwillig, sagte aber nichts.

Die Lehrer verließen den Raum. Tom und Sara saßen allein in der Mitte des Raumes und warteten auf die Pröhlberg, die neue Karten holen wollte. Sara nutzte die Zeit, um Tom im Flüsterton zu informieren.

»Ich habe das Buch gefunden!«

Sie erzählte Tom, dass der Weg in dem Buch nur sehr knapp

beschrieben war und wahrscheinlich nur denen etwas sagte, die sich sehr gut im Watt auskannten. Aber die Formeln, um die Kugel zu öffnen und zu schließen, hatte sie gefunden. Sie berichtete auch von den zwei verschiedenen Wegen.

»Ja, das hat der Petersen auch gesagt«, erwiderte Tom, »Lebensbäume und Todesbäume. Wobei ich nicht weiß, was er damit gemeint hat. Den Weg muss ich dann wohl mithilfe meiner Aufzeichnungen finden.« Tom war etwas mulmig bei dem Gedanken daran, nur auf der Grundlage seiner Notizen das Watt in der Nacht zu durchqueren. »Aber vorher müssen wir die Kugel holen. – Der Petersen hat noch was erzählt von diesem Mädchen, das Linus gesehen hat …«

An der Tür hörten sie ein Rascheln. Sie drehten sich um.

»Ach, Frau Fleischmann, das ist aber nett, so eine kleine Wegzehrung. Da sag ich nicht nein.« Die Fleischmann druckte gerade Brobank einen in Butterbrotpapier gewickelten Klumpen in die Hand.

»Erkälten Sie sich bloß nicht, Herr Brobank, ist 'ne steife Brise draußen. – Kommen sie danach noch zu mir rein, dann mache ich uns 'nen Grog!«

»Danke, Frau Fleischmann, danke! Nun, jetzt muss ich aber mal los.« Sie sahen Brobank kurz an der Tür zum Speisesaal vorbeigehen, in der einen Hand hielt er das Paket, in der anderen Hand die Kugel. »Die stecke ich wohl mal lieber in die Tasche. Bis später.«

Sie hörten, wie die Haustür geöffnet wurde. Nur wenige Sekunden später erschien die Pröhlberg mit den angekündigten Karten. Sie pfefferte Karten und Stifte auf den Tisch und zog sich dann auf das Podest zurück, um an irgendwelchen Tests zu arbeiten. Tom und Sara wurde untersagt, miteinander zu sprechen, und sie waren heilfroh, dass sie das Wichtigste ausgetauscht hatten. Sie saßen ewig an der Arbeit, zumal die

Pröhlberg zweimal alles wieder mit den Worten zerriss: »So eine Schlamperei braucht ihr gar nicht erst abzuliefern! Nochmal!« Zwischendurch fürchteten sie, dass sie die ganze Nacht dort würden schneiden und malen müssen, aber offensichtlich wollte die Pröhlberg auch irgendwann zu Bett gehen, und so ließ sie den dritten Versuch mit ein paar mürrischen Kommentaren gelten.

Brobank war zwischen Versuch zwei und drei zurückgekommen. Er hatte aber nichts gesagt, sondern war gleich Richtung Küche marschiert.

18 Begegnungen im Dunkeln

Insel

Lona war unruhig. Sie musste mit Elaf endlich reden. Lange hatte sie es hinausgezögert, aber sie musste ihm endlich die Wahrheit sagen. Es war Nacht und nach wie vor war das Wetter sehr unbeständig. Lona ging hinaus an den Anfang des Weges, den sie vor vielen Jahren mit ihrer Mutter hinaufgestiegen war. Und wie in vielen Nächten davor, starrte sie in die Dunkelheit auf das Meer hinaus, das sich langsam zurückzog und die Sandbänke freilegte, die, als der Wind die Wolken auseinanderfegte, hell im Mondlicht aufleuchteten.

Morgen, nahm sie sich vor, würde sie mit ihm sprechen. Es waren so viele Jahre vergangen. Es war wie eine geheime Verabredung zwischen ihnen gewesen, an die sie sich, ohne es jemals zu erwähnen, hielten. Keiner sprach über die Vergangenheit, über ihre Familien und was wirklich geschehen war. Eine Zeitlang war es gut gegangen, aber in den letzten Jahren fühlte sich Lona zunehmend wie ausgehöhlt und hatte den Eindruck, dass sie den einzigen Freund, den sie in der Welt noch besaß, betrog. All das ging ihr durch den Kopf, als sie auf das Meer blickte und unerwartet eine Bewegung auf einer der nahen Sandbänke wahrnahm. Zunächst dachte sie, dass es sich um eine Robbe handeln müsse, aber als die Wolke, die gerade den Mond bedeckte, vorüberzog, konnte sie eine Figur erkennen, die ihr zugewandt war. Lona stand auf. Die Figur kam langsam näher, sie sah wie eine Frau in einem langen Kleid aus. Lona ging, soweit sie es vermochte, an den Inselrand und wartete. Jetzt konnte sie bereits ein Gesicht erkennen. Etwa 15 Meter von ihr entfernt blieb die Frau stehen. Sie sah sie lange an, dann hörte Lona eine Stimme, die aber eher aus ihrem eigenen Kopf zu kommen schien und nicht von der Frau.

»Lona, du hast die Möglichkeit, dein Leben und das Leben vieler anderer zum Besseren zu wenden. Aber dazu musst du Elaf vertrauen. Wenn es euch nicht gelingt, die Gräben eurer Familie zu heilen, dann kann es niemand. Und es wird für alle böse enden.«

Lona wollte etwas erwidern, aber die Gestalt wurde bereits von Dunkelheit eingehüllt und verschwand vor ihren Augen in der Nacht.

***

Auch Linus konnte nicht schlafen und wanderte in der Nähe des Hauses umher, bis er sich unweit des Weges auf eine kleine, mit Strandgras bewachsene Kuppe setzte. Ihn beschäftigte das, was er am Morgen im Sand gelesen hatte. Der Geist hatte viel geschrieben, aber da das Schreiben und Lesen im Sand mühsam voranging, hatte er sich auf das Wichtigste beschränkt und Linus versuchte nun zu verstehen, was er über die Veränderung geschrieben hatte, die mit dem Teil von ihnen, der zurzeit in Dunkelsreed war, möglicherweise vor sich ging.

Linus fröstelte bei dem Gedanken, dass er vielleicht schon, manipuliert von der Grabstatt, die ja auch nicht sie selbst war, ein anderer wurde. Am Anfang war er davon überzeugt gewesen, dass der körperliche Teil von ihm sicherlich Tom helfen konnte. Nachdem, was aber der Geist über Philonia Grabstatt geschrieben hatte, zweifelte er daran. Was, wenn sie alle, sie, seine Freunde, Tom das Leben schwermachten? Was, wenn es durch ihre Schuld unmöglich wurde, dass Tom und Sara die Wahrheit herausfanden und sie retteten?

Er blickte auf das Haus. Gerade war die Tür aufgegangen. Linus erkannte Arjell, die sich in den letzten beiden Tagen auf der Insel deutlich verändert hatte. Vielleicht war das einst die eigentliche Bestimmung des Zaubers gewesen, überlegte er, gedrückten Seelen wie der von Arjell oder auch Bente einen Platz zu geben, an dem sie sich selbst fanden. Arjell hatte ihrerseits Linus entdeckt und schritt auf ihn zu. Wortlos hockte sie sich neben ihn. Eine Weile schwiegen sie. Linus und Albert hatten am Nachmittag einigen Mitschülern, denen sie vertrauten, berichtet, was sie in Erfahrung gebracht hatten.

»Ich weiß, dass alle gerne zurück möchten.« Arjell sah ihn an. Er bemerkte zum ersten Mal, dass sie sehr schöne kluge Augen hatte, die ihn jetzt ruhig und konzentriert anblickten.

»Aber für mich und vielleicht sogar für Bente ist das anders.« Sie zögerte einen Moment. »Wir haben nichts, wonach wir uns zurücksehnen. Wir haben kein Leben, wie ihr es habt.« Sie lächelte ihn an und Linus musste schlucken. Arjell sah hinüber zum Haus. »Ich finde, dass dies ein schöner Ort ist. Man könnte auf ein paar der Anwesenden verzichten, aber an sich ist es ein wundervoller Ort.«

»Arjell, ich weiß gar nicht …«

Sie unterbrach ihn: »Ich weiß, dass Tom und Sara es schaffen werden. Du musst keine Angst haben. Und ich verstehe, dass es für euch gut ist, zurückzugehen. Vor allem ist es gut, wenn *sie* zurückgeht.« Sie überlegte einen Moment. »Ich bin mir nur nicht sicher, ob es zu spät für die Seele der Grabstatt ist. Außerdem nehme ich an, dass sie eine eigene Kugel hat, oder?«

Linus nickte. »Ja, wahrscheinlich. Aber was ich meinte … – Hast du denn keine Angst davor, was sie aus dir macht, wenn deine Seele hier ist?«

Arjell begann zu lachen. »Linus, meine Mutter macht seit Jahren etwas aus mir, das ich nicht bin, und das ganz ohne eine Kugel zu haben.«

***

Omid und Viktor waren sich am Abend darüber einig gewesen, dass sie nur eine »begrenzte Portion Albert de Breun« am Tag ertragen konnten, und hatten beschlossen, die Nacht unter freiem Sternenhimmel zu verbringen. »Einen Vorteil hat es ja, wenn man Geist ist. Man friert nicht, kann sich nicht erkälten und hat keinen Hunger oder Durst.« Viktor lag auf dem Rücken und blickte zu den Sternen hoch, die ab und zu mit etwas Glück zwischen den Wolken sichtbar wurden.

»Also, das mit dem Hunger stimmt zwar, aber ich kann dir gar nicht sagen, wie sehr ich die Küche meiner Eltern vermisse.« Omid begann, eine Reihe seiner Lieblingsgerichte aufzuzählen, bis Viktor ihn unterbrach: »Das reicht, versuch lieber die Sterne zu zählen, bevor du noch vor Sehnsucht vergehst.« Sie unterhielten sich daraufhin über Sternenbilder, gaben Prognosen darüber ab, welcher Stern sich als Nächstes zeigen würde, und versuchten sich vorzustellen, wie öde es jetzt zusammen mit der Grabstatt und der Pröhlberg in Dunkelsreed war.

»Na ja, du darfst nicht vergessen, dass wir die Alte hier ja auch am Hacken haben.« Omid sah Viktor an. »Ich frage mich sowieso, wo die geblieben ist. Vielleicht hatte sie ja noch eine Art Geheimrezept und konnte die Insel verlassen.«

»Glaube ich nicht, die wartet wie eine Spinne im Netz darauf, dass sich hier was tut.« Sie schauten noch eine Weile in die Sterne, irgendwann verstummte ihre Unterhaltung und sie hingen ihren Gedanken nach.

»Es ist entscheidend, Stella, dass du das nicht durcheinanderbringst.« In unmittelbarer Nähe von ihnen ertönte unvermittelt Pröhlbergs Stimme. Omid und Viktor guckten sich an. Augenblicklich drückten sie sich flach ins Gras, um nicht entdeckt zu werden, und lauschten.

»Und Sie sind sicher, dass das klappt?« Stella Guntzel war jetzt zu vernehmen. »Ich habe keine Lust, dass ausgerechnet diese Idioten hier rauskommen und ich am Ende hierbleibe. Vor allem der Denda soll weg!«

»Keine Sorge, erst kriegen wir den Denda und am Ende kriege *ich* die Grabstatt.« Die Stimme der Pröhlberg entfernte sich wieder.

Viktor pfiff durch die Zähne. »Na, das ist ja mal interessant.« Omid stand auf. »Ich glaube, es wird Zeit, dass wir uns ein bisschen ins Geschehen einmischen.«

***

Sie trafen sich im Haus. Als sie einander in die Augen blickten, wussten beide, dass der Moment gekommen war, das Schweigen zu brechen.

»Elaf, ich muss mit dir über deine, über unsere Familie reden.« Lona schaute Elaf an. »Dein Bruder Fjörn ist mein Vater.« Lona seufzte. »Ich konnte dir nicht sagen, dass meine Mutter deinen Bruder geheiratet hat, weil ich, nun ja, weil ich wusste, dass du meine Großmutter gehasst hast.« Sie atmete aus.

»Ich weiß es, Lona.«

Lona sah ihn erstaunt an.

»Ich werde dir erzählen, warum ich es weiß, aber bitte sag du mir zuerst, wie es dazu kam.« Lona nickte und begann zu erzählen.

»Als meine Großmutter gefunden wurde, da entdeckte mein Großvater in ihren Taschen eine Kugel. Er ahnte wohl, um was es sich dabei handelte, da aber bis auf den kleinen Fjörn alle Grabstatts gestorben waren, war er sich sicher, dass nun mit ihnen auch das Geheimnis der Insel für alle Zeiten begraben sei. Er versteckte die Kugel also zunächst, auch weil er nicht wollte, dass der Pfarrer ihn verdächtigte, mit dem Teufel im Bunde zu sein.

Meine Mutter war damals noch klein und ihr Vater kümmerte sich wenig um sie. Stattdessen nahm sich der Pfarrer, der meine Großmutter verehrt hatte, ihrer an. Er beeinflusste sie stark in ihrem Wesen, sodass aus ihr eine strenge, gläubige Frau wurde, die alles fürchtete, was anders und für sie eben *teuflisch* war.

Als ihr Vater starb, fand sie die Kugel, ein paar krakelig beschriebene, verknitterte Blätter und den Umhang ihrer Mutter unter seinen Sachen. Sie zeigte die Kugel dem Pfarrer, der erbost war und sie aufforderte, dieses Teufelswerk zu zerstören. Meine Mutter versprach, dies zu tun, konnte es aber am Ende nicht übers Herz bringen, weil es die einzige Erinnerung an ihre Mutter war.

Die Kugel übte eine starke Faszination auf sie aus und sie begann, den Gerüchten im Dorf nachzugehen. Sie wusste natürlich einiges über das alte Zerwürfnis der Familie Grabstatt, anderes aber auch nicht. Sie war fast besessen von diesem Geheimnis und so lernte sie meinen Vater Fjörn näher kennen, der inzwischen erwachsen war und in das Haus deines Großvaters zurückgezogen war, das er geerbt hatte. Auch er hing an der Vergangenheit und hatte sich vorgenommen, die Glaswerkstatt wieder zu neuem Leben zu erwecken. Er kniete sich in die Arbeit und versuchte, aus allen Hinweisen und Notizen, die er fand, das Handwerk zu lernen, das ihn mit seiner toten Familie verband. Er war unglaublich talentiert und bald sahen viele in ihm das Ebenbild des ersten Glasmachers Johann. Meine Mutter interessierte sich sehr für ihn, weil ihr im Verlauf ihrer Nachforschungen klargeworden war, dass die gläserne Kugel der Schlüssel zu dem Geheimnis war. Sie bemühte sich daher um Fjörn, der es nicht gewohnt war, dass eine Frau um ihn warb, er war ja die meiste Zeit über mit den Gedanken bei seiner Arbeit. Schließlich entschied meine Mutter, ihn zu heiraten, und er willigte ein.

Ich glaube, dass es nur kurze Zeit dauerte, bis sie ihr wahres, verbissenes Gesicht enthüllte. Ich erinnere mich noch gut, dass ich schon als kleines Kind hörte, wie sie ihn ständig drängte, endlich das Geheimnis des Zaubers zu finden. Sie schikanierte ihn, indem sie ihm sagte, dass er wohl doch kein so guter Glasbläser war wie seine Vorväter, weil er sonst schon längst in der Lage sein müsste, das zu vollbringen, was sie konnten.

Sie muss sich den Weg Stück für Stück aus den Notizen meiner Großmutter zusammengereimt haben. Es fehlte ihr letztendlich nur noch der Zauber selbst, von dem sie annahm, dass mein Vater ihn kannte.

Im letzten Jahr, bevor sie mich zur Insel brachte, quälte sie ihn damit eines Tages so sehr, dass er ein Buch nach ihr warf. Sie hob es auf und entdeckte darin den Schlüssel zu dem Zauber der Insel. Mein Vater versuchte es ihr wieder abzunehmen, aber sie trickste ihn aus. Ich denke, das war der Moment, als sie auf die Idee kam, den Zauber an mir auszuprobieren.«

Lona verstummte. Sie sprachen eine Weile nicht, bis Lona schließlich fortfuhr: »Es tut mir leid, Elaf. Ich konnte es dir nicht erzählen. Am Anfang glaubte ich immer, dass sie Recht hatte und alles, was dein Urgroßvater geschaffen hatte, Teufelswerk sei. Ich dachte auch, dass sie mich nach einer gewissen Zeit zurückholen würde.« Sie sprach jetzt sehr leise. »Es hat Jahre gedauert, bis mir klar wurde, dass sie das niemals vorhatte.«

Eine Weile lang saßen sie nur nebeneinander. Schließlich ergriff Elaf das Wort:

»Das ist noch nicht die ganze Wahrheit. Auch ich habe dir verschwiegen, was ich wusste. Aber es betrifft leider nicht die Vergangenheit.«

Elaf zögerte, Lona schaute ihn durchdringend an. »Du weißt, dass du jetzt mehr als 50 Jahre alt bist, Lona. Aber du weißt nicht, was deine Mutter aus dir gemacht hat, seitdem sie deine Seele an diesen Ort gebracht hat.« Es fiel Elaf schwer, weiterzusprechen, aber er musste es um ihretwillen tun. Also erzählte er ihr von Philonia Grabstatt, die so ganz anders war als Lona, ihre Seele. Lona war entsetzt, er konnte es an ihren weit aufgerissenen Augen sehen.

»Ich habe lange gezögert, es dir zu erzählen, weil ich dachte, dass wir für immer auf dieser Insel gefangen wären, aber wenn es sich ändern könnte, wenn du befreit wärst, dann hättest du die Chance, Lona Grabstatt zu werden, verstehst du?«

Lona blickte ihn für einen Moment verständnislos an. »Glaubst du, dass ich dieses Leben noch will?«

19 Überraschende Entwicklungen

Die gesamte Klassenstufe war am Morgen mit einem Bus in die etwas entfernte Kleinstadt gefahren. Tom und Sara blieben zurück. Die Grabstatt hatte sie dazu verdonnert, den gesamten Tag der Fleischmann zur Hand zu gehen, die sie beaufsichtigen sollte. Beim Frühstück hatte Tom mitbekommen, wie die beiden eine Auseinandersetzung darüber hatten. Die Grabstatt hatte sie zudem angewiesen, mit Sara nochmals zum Arzt zu gehen, der angerufen hatte und sich ihren Fuß ansehen wollte. Die Fleischmann war alles andere als begeistert über diese Flut von Aufträgen, hatte aber nach ein paar missmutigen Widerworten klein beigegeben. Ihre Laune, die an sich schon meist zu wünschen übrig ließ, hatte sich dadurch nicht gerade verbessert.

Missgelaunt hatte die Fleischmann sie im Folgenden durch die Lehrertoiletten gejagt, die sie auf Hochglanz polieren mussten, dann war der Speisesaal drangekommen. Zwischendrin war sie mit einer kompletten Putzausrüstung in Brobanks Zimmer verschwunden. Sara und Tom hatten sich angegrinst, vor allem, als sie Frau Fleischmann beim Putzen das Lied von den zwei Königskindern hatten singen hören. Beide bemühten sich, zügig die Aufgaben abzuarbeiten. Sie hatten geplant, dass Tom, während die Fleischmann mit Sara zum Arzt ging, heimlich den alten Grabstatt aufsuchen sollte.

Es war inzwischen früher Nachmittag und sie saßen in der großen Küche auf Stühlen neben einem Berg von zu schälenden Kartoffeln. Vor sich hatten sie einen riesigen Topf mit Wasser stehen, in den sie die geschälten Kartoffeln reinplumpsen ließen. Es sollte am Abend eine warme Mahlzeit geben, weil die Lehrer mit den Schülern den ganzen Tag in der Stadt verbringen wollten.

Die Fleischmann hatte Gulasch auf die Speisekarte gesetzt und beschäftige sich gerade mit der Vorbereitung des Fleisches. Tom und Sara guckten leicht angewidert, als sie mit viel Fett und Sehnen durchsetzte, graue Fleischbrocken aus dem Kühlschrank holte und mit einem Fleischklopfer auf sie eindrosch, bevor sie diese in klobige Stücke schnitt. Tom betrachtete seine mit zahlreichen Keimen ausgestatteten Kartoffeln und bemühte sich, die schwarzen Augen einigermaßen zu entfernen, was eine Herausforderung war, weil am Ende nur wenig von der Kartoffel übrigblieb.

»Junge, bist du wahnsinnig?«

Die Fleischmann riss ihm das Schälmesser aus der Hand. »Du kannst doch nicht die ganze Kartoffel in den Müll schmeißen!« Sie durchwühlte mit ihren dicken Fingern den Kartoffelabfall und warf einige der Stücke zurück ins Wasser. Tom wurde leicht übel.

»Wir sind ja hier kein Luxushotel.« Sie ging zu Saras Abfallhaufen und durchwühlte auch diesen.

Sara verdrehte die Augen.

»Nur Arbeit hat man mit euch Gören. Zu nichts taugt ihr. Und dann muss ich auch noch mit dir zum Arzt. Und wer macht das Essen, hat sich das mal jemand überlegt?« Sie schimpfte vor sich hin, während sie zwischen den Schalen herausgeschnittene Kartoffelstücke suchte. »Und ob ich auf meinen armen Beinen noch so weit laufen kann, fragt natürlich auch niemand.«

»Ich kann ja Sara zum Arzt begleiten«, warf Tom ein. Er witterte eine Chance, mit Sara aus der Küche zu entkommen. Frau Fleischmann sah ihn mit zusammengekniffenen Augen an. »So, kannst du das?«

Sie überlegte angestrengt, Tom konnte förmlich sehen, wie sie zwischen der Aussicht auf einen ruhigen Nachmittag und dem möglichen Ärger mit der Grabstatt abwog. Schließlich richtete sie sich auf und verkündete mit drohender Stimme: »So, jetzt passt mal genau auf. Ihr werdet zusammen zum Arzt gehen, und zwar ohne zu trödeln. Ist das klar?« Tom und Sara nickten.

»Und wenn ihr schon auf dem Weg seid, dann könnt ihr auch gefälligst die Bestellung von eurer Direktorin vom alten Grabstatt abholen. Ein bisschen Bewegung kann ja wohl nicht schaden.« Wieder nickten die beiden zustimmend. »Aber eins sage ich euch«, Frau Fleischmann beugte sich bedrohlich zu ihnen herunter, »wenn ich höre, dass auch nur ein einziges Wörtchen davon zu einem der Lehrer durchdringt, dann werdet ihr euch wünschen, nie geboren zu sein.« Wie um das Gesagte zu untermauern, ließ sie den Fleischklopfer von einer Hand in die andere fallen.

»Wir sagen kein Wort.«

»Na, dann los.« Sie scheuchte die beiden von ihren Stuhlen und gab Sara noch die letzten Anweisungen: »Wo der Arzt ist, weißt du ja. Der alte Grabstatt wohnt die Hauptstraße runter am Dorfausgang links. Da führt ein Pfad hin. – Kann man kaum laufen, weil der Alte es ja nicht nötig hat, den Weg ordentlich in Stand zu halten.« Sie hatte sich schon wieder ihrem Fleisch zugewandt und schimpfte noch immer vor sich hin, als Sara und Tom erleichtert die Küchentür hinter sich schlossen.

***

»Wundert mich, dass der am Samstag Sprechzeit hat.« Tom und Sara liefen Richtung Dorfkern. Sara lachte. »Wenn du den Arzt kennenlernst, dann wundert dich nichts mehr.« Der Tag war grau und regnerisch. Tom dachte, dass es kein Wunder war, dass die Fleischmann keine Lust hatte rauszugehen. Sie hatten beschlossen, den Arztbesuch schnell hinter sich zu bringen, um genügend Zeit für den alten Grabstatt zu haben. Erst hatten sie überlegt, sich aufzuteilen, hatten das aber wieder verworfen, weil sie fürchteten, dass der Arzt vielleicht doch nochmal in der Herberge anrief und sie dann ein Problem hatten.

Zu Toms Überraschung war der Arzt ein Tierarzt, der auch am Samstag eine Sprechstunde für seine tierischen Kunden anbot. Seine Helferin schien keineswegs überrascht darüber, menschliche Kundschaft zu bekommen, und schob Sara zwischen eine fußlahme Bulldogge und den Hausbesuch bei einem hustenden Schwein ein. Sara erklärte Tom im Wartezimmer, dass es in Dunkelsreed keinen normalen Arzt in der Nähe gäbe, weshalb die Leute bei kleineren Sachen hierherkämen. Sie saßen im Wartezimmer und wichen der ab und zu auf die Krücken zuschießenden Bulldogge aus, die früher oder später durch eine mit Knopfdruck einziehbare Leine von ihrem ebenfalls bulligen und ähnlich kampflustig aussehenden Besitzer wieder zurückgerissen wurde. »Is' gut, Moses, lass dich nicht von denen ärgern, sonst wird's mit deiner Pfote nur schlimmer.« Das Gesicht des Besitzers war von vielen roten Adern durchzogen und er warf den beiden einen aggressiven Blick zu. Sara versuchte noch weiter in die Ecke des Raumes zu rücken.

»Moses?« Sara zog die Augenbrauen hoch. Die Bulldogge hatte nicht ohne einen letzten Angriffsversuch endlich das Wartezimmer mit heiserem Röcheln verlassen. Kurz darauf kamen sie an die Reihe und Sara durfte am Ende ihre Krücken in der Praxis lassen. Doktor Willebrandt war sehr zufrieden mit dem Zustand von Saras Fuß und fragte die beiden, ob sie eine schöne Zeit in Dunkelsreed verbracht hätten. »Ooch ja, ist ja 'ne schöne Gegend hier.« Tom wollte möglichst schnell gehen, doch Doktor Willebrandt meinte: »Du bist zwar wieder gut zu Fuß, aber wir sollten es nicht übertreiben. – Ich muss jetzt sowieso zu Bauer Hinrichs. Da kann ich euch an der Herberge vorbeibringen.«

»Danke, aber wir müssen vorher noch was bei Herrn Grabstatt abholen.« Sara war schneller als Tom, der den anstehenden Besuch lieber verschwiegen hätte.

»Kein Problem, dann mache ich einen kleinen Umweg.«

Das Auto des Arztes wirkte wenig vertrauenserweckend, aber er bemerkte fröhlich: »Auf die alte Kiste lass ich nichts kommen, Kinder. Die ist original landgeprüft.« Sie wurden auf dem Rücksitz ziemlich durchgerüttelt, weil, wie Doktor Willebrandt bemerkte, die Stoßdämpfer den Anforderungen des Landlebens nicht gewachsen waren.

Sie fuhren zunächst durch den Ort und hielten erst ganz am Ende des Ortsausgangs, wo ein etwas breiterer Pfad abging, dessen Ende sie aufgrund der zahlreichen Büsche und Bäume, die die Sicht verdeckten, nicht erkennen konnten. Doktor Willbrandt ließ sie am Anfang des ungepflasterten, ziemlich matschigen Weges mit den Worten stehen: »Da kann ich leider nicht durch. Der alte Grabstatt tut alles dafür, dass er möglichst keinen Besuch bekommt. Der Weg zum Haus ist der reine Albtraum. Also, viel Glück dann.« Mit diesen Worten gab er Gas und fuhr unter lautem Röhren davon.

»Na, so ein Glück. Jetzt haben wir doch richtig viel Zeit gespart.« Sara wirkte zufrieden.

»Ich weiß nicht«, gab Tom zu bedenken, »wenn er doch noch mit der Grabstatt spricht, dann haben wir ein Problem.«

»Ach, du machst dir viel zu viele Gedanken. Wir gehen da jetzt rein, holen die Kugel und heute Nacht befreien wir alle wieder.«

Tom konnte Saras Optimismus nicht teilen.

»Also, ganz so einfach ist das nicht. Zunächst müssen wir die Kugel bei der Fleischmann abgeben und danach wiederbeschaffen. Darin sehe ich ein großes Problem. Zweitens halte ich es für nicht besonders einfach, den Weg durchs Watt zu finden. Und du kannst da auf keinen Fall mit, weil du mit deinem Fuß noch nicht fit bist für so eine lange Wanderung. Und letztlich müssen wir dann hoffen, dass wir das in dem Buch auch alles richtig verstanden haben. Ganz zu schweigen davon, dass ich die Herberge verlassen muss, ohne dass mein Verschwinden bemerkt wird.«

Tom seufzte. »Ich finde, wir haben eine Menge Probleme.«

20 Das Haus des Kugelmachers

Sie stapften den mit tiefen Schlaglöchern versehenen Weg entlang. Teilweise war er gänzlich von den hereinragenden Büschen zugewachsen und sie mussten sich zwischen den Ästen durchkämpfen, um weiterzukommen. Sara dachte darüber nach, wie sie wenigstens das Kugelproblem lösen konnten. »Vielleicht hat der Grabstatt noch andere Kugeln rumliegen. Ich habe mein Taschengeld nicht ausgegeben, da können wir vielleicht eine kaufen und die Kugeln nachher vertauschen.« Der Pfad schlängelte sich nun zwischen großen Bäumen hindurch und sie stellten fest, dass es noch ein ziemliches Stück zu laufen war, um zu dem abseits gelegenen Haus zu gelangen. Die Bäume standen jetzt zunehmend dichter beieinander, was dazu führte, dass Tom den Eindruck hatte, der Weg würde schmaler werden.

Endlich konnten sie in einiger Entfernung zwischen den zahlreichen Büschen und Bäumen ein kleines Fenster erkennen sowie den Teil einer roten Tür, die zwischen den jungen grünen Blättern aufblitzte. Hinter der nächsten Biegung versperrte ihnen eine Pforte, die offensichtlich zum Garten des Hauses führte, den Weg zum Haus. Links und rechts der Pforte wuchsen zwei riesige Koniferen, die sich leicht im Wind bewegten.

Der Regen hatte nachgelassen, die Sonne sendete schwache Strahlen zwischen den Wolken hindurch und vor ihnen schien sich die Luft zu bewegen. Als sie die Koniferen passierten, hatten sie den Eindruck, als würden sie ein Seufzen hören, gleichzeitig schien das Licht rapide abzunehmen. Ein Windstoß öffnete die kleine gusseiserne Pfortentür, die laut quietschend zur Seite schwang.

Sara fuhr erschrocken zusammen. Vorsichtig gingen sie auf dem Weg weiter auf das Haus zu, das sie jetzt vollständig sehen konnten. Es war ein altes, reetgedecktes, rotes Fachwerkhaus, das krumm und schief in einem verwilderten Garten stand. Tom bei dem das Haus und die Pforte Erinnerungen an die Insel hervorriefen, stieß Sara an: »Das ähnelt ziemlich dem Haus auf der Insel – Ist natürlich viel größer, aber auch diese hohen Büsche …«

An sich wirkte der Garten nicht unfreundlich und unter anderen Umständen wäre Tom auf Entdeckungstour gegangen. Jetzt aber mussten sie wachsam sein. Sie konzentrierten sich auf ihre Aufgabe, versuchten sich nochmals genau zu erinnern, welche Geschichte sie dem alten Grabstatt erzählen wollten, dann klopften sie an die rote hölzerne Tür, in deren oberes Drittel ein kleines Fenster in Form eines Rhombus eingelassen war. Sie warteten und lauschten. Es waren keine Schritte oder anderen Geräusche zu hören und Sara fragte sich, ob der alte Grabstatt überhaupt da war. Sie stellte sich auf die Zehenspitzen und versuchte, durch das Fenster ins Innere des Hauses zu blicken. Die Sonne spiegelte sich im Glas und sie musste die Hände um ihr Gesicht legen, um besser sehen zu können. Plötzlich schrie sie auf, als sie unvermittelt in die Augen eines sehr alten, graubärtigen Mannes sah. Er sah sie durchdringend an und schrie ebenfalls, wobei sie den Eindruck hatte, dass er sie nachäffte, was sie ärgerte. Dann riss er die Tür auf und fuhr sie barsch an:

»Wieso schreist du so? – Wen hast du denn erwartet zu sehen, wenn du hier schon klopfst?«
   Ein keuchendes Lachen, das in einem scheußlichen Hustenanfall mündete, beendete seine Ausführung. Er spuckte etwas Undefinierbares in den Garten. Sara wurde leicht übel. Mit zusammengekniffenen Augen musterte er die beiden.
   »Immer noch da? Oder hat es euch die Sprache verschlagen?«

Sara fühlte, wie Wut in ihr aufstieg. »So ein widerlicher Typ«, dachte sie, »kein Wunder, dass da als Tochter nur die Grabstatt rauskommen konnte.«

»Ganz im Gegenteil«, antwortete sie, bemüht darum, ihm nicht gleich das an den Kopf zu werfen, was sie über ihn dachte. Tom stieß sie mit dem Ellbogen an, um sie daran zu erinnern, dass sie freundlich sein mussten, und fuhr fort: »Wir haben gehört, dass Sie ein bedeutender Glasmacher sind, und wollten fragen, ob wir uns Ihre Glasskulpturen einmal ansehen dürften.«

»Hmm.« Der Alte blickte sie misstrauisch an, machte aber keine Anstalten, sie ins Haus zu lassen.

Er war ziemlich groß und hager und trug eine bekleckerte hellbraune Cordhose, auf der Tom meinte, Flecken von Eigelb erkennen zu können. Sein wahrscheinlich ehemals blaues Hemd war an den Ärmeln verschlissen und es fehlten zahlreiche Knöpfe, an deren Stelle er offensichtlich Blumendraht benutzt hatte, um das Hemd zusammenzuhalten. Seine Haare standen in alle Richtungen und er verströmte einen leicht ranzigen Geruch. Der Alte richtete jetzt den Blick über den Kopf von Sara und Tom hinweg und schien auf den Weg zu schauen, der vom Haus wegführte.

»Hmmm ... das ist unerwartet ... na, ja ...« Er schien jetzt mehr mit sich selbst zu sprechen und sie gar nicht mehr wahrzunehmen. Er seufzte. »Na dann, was soll's.«

Der alte Grabstatt drehte sich um und ging schlurfend ins Haus. Sara und Tom blieben an der Tür stehen und fragten sich gerade, ob das jetzt die höfliche Einladung war, einzutreten, als sie seine knurrige Stimme vernahmen:

»Angewachsen, oder was?«

Sie betraten den dunklen Flur, der den gleichen ranzigen Geruch verströmte wie der Alte selbst. An der holzgetäfelten

Wand hingen alte Friesennerze und mehrere Paare Gummistiefel lagen dreckig übereinandergeworfen auf dem Dielenboden. Rechts ging es offenbar zur Küche ab, Tom konnte eine alte Keramikspüle durch die halb geöffnete Tür sehen, in der sich schmutziges, angeschlagenes Geschirr stapelte. In die weiß gekachelte Küchenwand waren in regelmäßigen Abständen blaue Bilder von Schiffen, die in tosenden Wellen schwankten, eingelassen, die Tom meinte schon einmal gesehen zu haben, auch wenn er nicht wusste wo.

Vor ihnen führte eine Treppe steil in den oberen Teil des Hauses und hinter der Garderobe war eine zweite Tür nach links geöffnet, durch die sie jetzt den Rücken des Alten sehen konnten.

Sie betraten den dunklen, langen und niedrigen Raum. Offenbar war der Raum früher mal das gewesen, was man die gute Stube nannte. Eine Gruppierung von verblichenen Sitzmöbeln, bestehend aus einem alten Sofa und mehreren Stühlen um einen alten Tisch neben einem großen eindrucksvollen Büfett, ließen darauf schließen. Allerdings hatte die aktuelle Nutzung des Raumes als Werkstatt offenkundig die gute Stube verdrängt, denn auf sämtlichen freien Flächen stapelten sich Werkzeuge, Glasfiguren, Bücher, Stifte, Zettel und Skizzen und quollen aus hohen Regalen mit zahlreichen Schubläden, die wiederum den langgezogenen Raum in zwei Hälften teilten. Der Alte war stehen geblieben und schien scheinbar unschlüssig, ob er es damit gut sein lassen und sie die Glasfiguren, die auf dem Tisch und in den Regalen standen, ansehen lassen sollte. Sara ging vorsichtig zu einem der Regale und betrachtete die Figuren. Es gab anmutig weidende Pferde und Hunde, die scheinbar fröhlich durch Wiesen liefen. Kinder, die in Gruppen zusammenstanden und unsichtbare Spiele spielten.

Sie betrachtete die Gestalt eines rennenden Kindes. Sie war überrascht, wie echt die Figur wirkte, wie sie sofort erkannte, dass der Junge an einem Strand durch den Wind lief, obwohl er aus Glas gemacht war.

»Wie wunderschön …«

»Nix anfassen! Machen alles kaputt, diese Kinder …«

Die knurrige Stimme des alten Grabstatt holte Sara aus dem Zauber der Figurenwelt zurück. Tom blickte sich um, konnte aber keine Glaskugeln entdecken, was allerdings auch kein Wunder war, denn der Raum an sich glich einem dieser mit Details überladenen Bilder, die es in Kinderbüchern manchmal gab.

Der Alte bemerkte seinen suchenden Blick. »Was verloren?« Er lachte wieder sein röchelndes Lachen.

»Nein, es ist nur so, dass wir auch noch einen Auftrag erledigen müssen.« Tom stockte kurz. »Unsere Schulleiterin hat uns beauftragt, die Kugel abzuholen, die Sie für sie gemacht haben.«

Der Alte guckte jetzt sehr aufmerksam, aber auch misstrauisch auf Tom und Sara.

»Philonia hat euch geschickt?«

Tom hatte schon vorher gefürchtet, dass der alte Grabstatt, wenn er seine Tochter kannte und wusste, was sie tat, das kaum glauben würde. Er blickte Tom immer noch prüfend an. »Philonia schickt keine Schüler, höchstens diesen verfetteten Pauker.«

Er lachte ein freudloses Lachen.

»Wir haben gehört, dass Sie auch Glaskugeln mit Inselmotiven herstellen. Und weil ich etwas am Fuß hatte, konnte ich heute nicht mit auf den Ausflug. Der Doktor hat mir erzählt, dass er bei Ihnen ganz wunderschöne Kugeln gesehen hat.«

Sara bemühte sich, die Situation zu retten, und hoffte inständig, dass er tatsächlich auf diese, wie sie zugeben musste, etwas bemühte Fährte ansprang.

»Aha, Leuchttürme in Kugeln, was? Touristenschnickschnack? Da gehst du wohl besser in einen dieser parfümierten

Läden im Ort, die Leuchttürme in Plastikkugeln verkaufen.«
Er wies mit einem knochigen Finger auf die Tür.

»Ich meinte keine Leuchttürme, sondern eher Kugeln, denen
es gelingt, den Zauber des Meeres einzufangen …«

Sara stockte, das hatte sie so eigentlich nicht sagen wollen.
Besorgt versuchte sie, in dem Gesicht des Alten zu ergründen,
ob sie sich verraten hatte.

Der schien allerdings schon wieder in anderen Welten zu
schweben. Seine Augen blickten ins Leere und er nahm sie
offensichtlich kaum noch wahr, sondern murmelte etwas Undefinierbares vor sich hin, bevor er sich umdrehte und zwischen
den Regalen im hinteren Teil des Raumes etwas zu suchen
begann.

Sara und Tom schauten einander unsicher an. Es war schwer
einzuschätzen, was er ihnen glaubte und was nicht.

»So, so, du hast was am Fuß. Aber er ja wohl nicht.«

Der Alte hatte sich überraschend schnell umgedreht und fixierte sie wieder mit einem argwöhnischen Blick.

»Schätze, du hast der guten Philonia einen Streich gespielt,
hmmm? Kann wie ihre Mutter sein, leider …« Er wandte sich
wieder dem Regal zu und zog einen Pappkarton hervor, mit
dem er zu dem überfüllten Tisch ging.

Tom, der in der Nähe des Tisches stand, war verunsichert
und wusste nicht, was er tun konnte, um ihre Geschichte
glaubhaft zu machen. Der Alte stellte den kleinen Karton auf
den Tisch und wandte sich Tom zu. Er näherte sich seinem
Gesicht und flüsterte fast, als er sprach: »Bist du sicher, dass
du nicht durch die Eiben gekommen bist?«

Tom antwortete darauf nicht, sondern erwiderte nur stumm
den Blick des Alten, der jetzt weniger feindselig und eher neu-
gierig wirkte. Der alte Mann ließ eine lange Zeit seine Augen
auf Tom ruhen, als ob er über etwas nachdenken müsse, dann
nickte er langsam.

»Nun gut, Jungchen, dann gebe ich euch die Kugel, die ihr verlangt.«

Er öffnete den Karton und zog die Kugel hervor, die Tom sofort wiedererkannte, nur dass sie inzwischen noch einen kleinen hölzernen Ständer mit der Jahreszahl bekommen hatte. Er wickelte sie vorsichtig in ein Tuch und reichte sie Tom, der sie in seinem Rucksack verstaute.

»Du musst vorsichtig sein, Junge. Du weißt nicht, mit wem du dich anlegst.«

Seine Augen hatten einen traurigen Ausdruck angenommen. Er ging zum Büfett, öffnete die untere Tür, zog einen zweiten, gleich aussehenden Karton daraus hervor und winkte Sara, zu ihm zu kommen.

»Den werdet ihr brauchen. Sie wird den Unterschied nur merken, wenn sie die Kugel herausnimmt.«

Sara wirkte verdattert, sie hatte nicht erwartet, dass er ihnen helfen würde. Sie wollte etwas sagen, doch der Alte drehte sich plötzlich um, als hätte er einen Entschluss gefasst, und schritt auf den abgetrennten Teil des Raumes zu.

»Kommt mit!«

Er sagte es in einem Ton, der keinen Widerspruch duldete, und Tom und Sara folgten ihm zögernd. Als sie zwischen den Regalen hindurchtraten, in einen Bereich, der das Chaos des ersten Teils noch deutlich übertraf, schaute der Alte Tom unvermittelt ins Gesicht und fragte: »Hast du meine Tochter gesehen?« Sara fand diese Frage überaus befremdlich und war sich nicht sicher, ob bei ihm noch alles richtig im Kopf war. Bevor Tom antworten konnte, hatte er sich jedoch bereits wieder abgewandt und damit begonnen, in einer großen Holzkiste, die in einer Ecke stand und mit einem schmuddeligen Segeltuch bedeckt war, zu kramen.

»Es ist gut, dass du kommst, ja … die Zeit ist da … Wo habe ich nur …« Tom und Sara schnappten Satzfetzen auf, die für sie wenig Sinn ergaben. Endlich richtete er sich auf. Er hielt etwas in den Händen, das in einen alten Lappen gewickelt war.

Vorsichtig entfernte er das Tuch von dem Gegenstand. Tom und Sara stockte der Atem. In seiner Hand hielt er eine wunderschöne gläserne Kugel, die so ganz anders war als jene, die sie aus dem Zimmer der Direktorin kannten. Auch auf dieser war für einen kurzen Moment zwischen Dünen das Bild eines kleinen roten Hauses zu sehen, das umgeben von hohen Bäumen auf steinernem Boden zu stehen schien. Aber aus irgendeinem Grund veränderte sich die Kugel fortwährend.

Sara sah in schneller Abfolge Wolken und blauen Himmel sich abwechseln, dann wurde es Nacht und Sterne waren zu erkennen, wieder folgte Tag, der Himmel verdunkelte sich und ein Sturm schien über die Oberfläche der Kugel zu fegen. Plötzlich wandelte sich die Szenerie und die Kugel füllte sich mit dichtem Nebel.

Auch der alte Mann hatte auf die Kugel in seinen Händen gestarrt, jetzt sah Sara zu ihrer Überraschung Tränen in seinen Augen glitzern.

»So endet es immer. Im Nebel. Ich habe es nie geschafft …, kenne den Weg nicht … vielleicht muss ein Kind … « Mit zitternden Händen reichte er Tom die Kugel. »Sei vorsichtig. Es ist nicht alles, wie es scheint. Und manchmal muss man schützen, was verdammenswert erscheint …, denn nur so kannst du sie retten, so wie Elaf sie gerettet hat. Ja, das hat er.«

Sara verstand nicht, was er meinte. Tom nahm ihm die Kugel behutsam ab, wickelte sie wieder in das Tuch und legte auch sie vorsichtig zur ersten Kugel. Als sie aufblickten, war er weg. Sie drehten sich um und sahen ihn zwischen den Regalen verschwinden.

»Halt, warten Sie. Was ist mit den anderen Kugeln? Wie hängen sie zusammen? Kommt es auf die Reihenfolge an?« Tom hoffte, dass er ihnen helfen konnte.

Doch der Alte drehte sich nicht um, sondern ging weiter in den Flur und die Treppe hinauf.

»Es ist nur eine Täuschung …, Pfusch …, das wahrhaft Große hältst du in den Händen …« Mit diesen Worten verschwand er, sie hörten eine Tür ins Schloss fallen und wussten, dass er nichts mehr sagen würde.

21 Ein Geheimnis findet
einen Zuhörer

Auf dem Rückweg vom alten Grabstatt hatten die beiden genau besprochen, wie sie am besten vorgehen konnten. Dabei hatten sie sich auch gefragt, was es mit der anderen Kugel auf sich hatte.

»Was, wenn das die Kugel ist, mit der das Mädchen, das Linus in der Nacht gesehen hat, zur Insel gebracht worden ist?«, überlegte Tom. »Dann würden wir, wenn Ole Petersen Recht hat, mit dieser Kugel Philonia Grabstatt befreien.«

Sara schaute ihn erschrocken an. »Ich weiß nicht, ob das eine gute Idee ist. Was der Alte gesagt hat, war doch total merkwürdig. Wer weiß, was passiert, wenn wir diese Kugel, die ja viel mächtiger aussieht, öffnen? - Und mal ehrlich, hast du 'ne Ahnung, wie Philonia in Wirklichkeit ist? Vielleicht ist deren Seele noch schwärzer, als wir uns überhaupt vorstellen können.«

Tom seufzte. »Frag mich nochmal die Sprüche ab.«

Sara schaute in das kleine Buch und Tom ratterte die Worte herunter, die notwendig waren, um die Kugel zu öffnen. Er hoffte nur, dass nicht noch andere geheime Bewegungen oder bestimmte Abfolgen zu beachten waren, die er nicht kannte, um den Zauber zu lösen. Auch die Frage, welcher Weg auf der Insel der mit den Lebensbäumen und welcher der mit den Todesbäumen war, trieb ihn um. Zudem benötigte er noch den Gezeitenplan, den Sara zwar von der Kutterfahrt mitgebracht hatte, aber leider auf ihrem Zimmer hatte liegen lassen.

»Na, habt ihr getrödelt? Ich dachte schon, ihr kommt nie zurück.« Frau Fleischmann hatte die Tür aufgerissen, nachdem sie das dritte Mal geklingelt hatten. Sara überreichte ihr den Karton mit der falschen Kugel, den sie grunzend entgegennahm. Unter dem Vorwand, auf die Toilette zu müssen, verschaffte sich Tom ein paar Minuten Zeit. Es war inzwischen schon kurz vor sechs und seine Mitschüler konnten jederzeit zurückkommen.

Tom holte zunächst die Aufzeichnungen für den Weg zur Insel aus seinem Zimmer und steckte diese in eine Innentasche seines Rucksacks. Sara hatte ihm auf dem Rückweg ihre Abschriften aus dem Buch gegeben. Sie hatte gehofft, dass sie am Tag eine Gelegenheit fand, das Buch selbst zurückzubringen, hatte aber bislang kein Glück gehabt.

Er nahm seinen Rucksack und seine Taschenlampe, zusätzlich stopfte er die Kleidung rein, die er für die Nacht brauchte, dann verließ Tom das Zimmer.

Im Waschraum führte ein Fenster nach draußen. Er öffnete es und blickte hinaus. Vor dem Fenster standen hohe Brennnesseln, dahinter lag der rückwärtige Hof des Hauses mit den Mülltonnen in der einen Ecke und einem Berg Sperrmüll, der aus alten, durchweichten Matratzen und kaputten Möbelstücken bestand, auf der anderen Seite. Er ließ den Rucksack vorsichtig zwischen die Brennnesseln direkt an der Hauswand hinuntergleiten und schloss das Fenster wieder, dann ging er zügig zurück in den Speisesaal.

Als er den Vorraum durchquerte, fiel sein Blick auf das Foto und er erinnerte sich an Linus' Begegnung mit dem Geist. Er trat näher. Petersen hatte gesagt, dass die Mutter von der Grabstatt das Schulhaus geführt hatte. Er las den aufgeklebten Text neben dem Bild: *Schulleiterin Frieda Grabstatt mit ihrer Tochter.* Also hatte Linus tatsächlich Philonia Grabstatts Kindergestalt gesehen. Tom lief ein Schauer über den Rücken, als er plötzlich Stimmen von der Haustür nahen hörte. Schnell ging er in die Küche, wo ihn die Fleischmann anwies, die riesigen Töpfe mit Gulasch und gekochten Kartoffeln auf einem Servierwagen in den Speisesaal zu fahren. Ein starker Geruch von gekochten

Zwiebeln und muffigen Kartoffeln schlug ihm entgegen, als er die Deckel abnahm. Er wollte sich gerade unauffällig in die Reihe derer, die auf ihr Gulasch warteten, einreihen, als die Pröhlberg ihn mürrisch zu sich heranwinkte. Sara, die gerade die Tische gedeckt hatte, stand bereits neben ihr und sie mussten nach vorne zum Lehrertisch gehen, wo sich die Grabstatt mit der Fleischmann unterhielt.

»Mit den Kindern von heute kann man nichts Vernünftiges anfangen, da kann man froh sein, dass es heute Abend überhaupt was zu essen für alle gibt«, jammerte die Fleischmann in ihrer üblichen Art vor sich hin.

»Haben sie nicht anständig gearbeitet?«, mischte sich die Pröhlberg ein.

»Nu lass doch mal stecken, Anita. Sieht doch alles gut aus. Frau Fleischmann hat das sicherlich prima mit den beiden hingekriegt. Und die zwei haben bestimmt ordentlich gearbeitet«, intervenierte Brobank und zwinkerte Sara und Tom zu. Das führte zu zweierlei: Zunächst bekam die Fleischmann wegen des Lobes von Brobank rote, hektische Flecken in ihrem mopsigen Gesicht. Als Zweites wollte sie ihm offensichtlich auf gar keinen Fall widersprechen und sagte: »Da hat Herr Brobank Recht. Das hat schon alles geklappt, wie es sein sollte.«

Die Pröhlberg blickte fragend zur Grabstatt, die der Unterhaltung aufmerksam gefolgt war und sich nun äußerte:

»Denda, Curdt, ihr geht jetzt essen und danach verschwindet ihr ins Bett. Und ich will bis zur Abfahrt morgen keinen Ärger mit euch, ist das klar?«

Sara und Tom nickten. Sie dachten daran, dass die Grabstatt gar nicht ermessen konnte, wie viel Ärger sie ihr noch zu machen gedachten.

Nachdem Tom und Sara am Mittag gesehen hatten, woraus das Essen genau bestand, war es ihnen unmöglich, die ganze

Portion hinunterzuwürgen. Tom fürchtete beim Schlucken immer wieder, dass das, was er so qualvoll hinuntergewürgt hatte, einfach wieder raus wollte. Er gab am Ende den Kampf gegen die letzten fünf grauen Fettbrocken auf und wickelte sie auf dem Weg zur Tellerabgabe unauffällig in ein Taschentuch ein. Anschließend verschwand er zügig auf der Lehrertoilette, die durch ihre Lage im Vorraum strategisch günstig lag. Er wartete neben der Tür, bis Sara aus dem Speisesaal kam, und flüsterte: »Mülltonnen, ich brauche die Gezeitentabelle.« Sara nickte kurz und ging weiter.

Neben Tom tauchte unvermittelt Linus auf und musterte ihn mit einem strengen Blick. »Mach uns nicht schon wieder Ärger, klar? – Du bist eine Schande für unser Zimmer.«

»Ich denke, ich werde mal schauen, ob bei uns allen die Mülleimer ordentlich geleert worden sind«, antwortete Tom mühsam. Linus nickte langsam, ging aber nicht weiter, offenbar wartete er darauf, dass Tom kam. Der versuchte ein möglichst gleichgültiges Gesicht aufzusetzen und machte sich Richtung Jungentrakt auf.

In ihrem Zimmer angekommen, beschäftigte sich Tom, indem er so tat, als sammele er noch Papierreste auf. Linus beobachtete ihn dabei. Erst als Albert kam und sein Waschzeug holte, griff endlich auch Linus nach seinem Zahnputzzeug und verschwand Richtung Waschraum.

Tom nahm den Müllbeutel aus dem Papierkorb. Im Flur war niemand zu sehen. Er machte sich Sorgen darüber, dass vielleicht noch andere Mitschüler misstrauisch werden könnten. Zügig verließ er das Gebäude durch die Tür, die auf den Hinterhof führte. Von Sara war nichts zu sehen. Unruhig lief er vor den Mülltonnen hin und her und zuckte bei jedem Geräusch zusammen. Endlich sah er sie mit grimmigem Gesicht auf ihn zu stapfen.

»Die Guntzel hat mich beobachtet, als ich den Tidenplan

rausgeholt habe, deshalb musste ich so tun, als wollte ich ihn in den Müll schmeißen.« Sie holte mehrere zerrissene Teile des Plans raus. Sara versuchte sie auf dem Boden zusammenzulegen, aber es war zu dunkel.

»Lass uns da drüben ans Waschraumfenster gehen.« Tom deutete auf das Fenster des Jungenwaschraumes, das hell erleuchtet war. Es gelang ihnen, den Plan zusammenzufügen und die richtige Uhrzeit zu ermitteln.

»Der Petersen vom Schiff hat gesagt, dass man nur insgesamt eineinhalb Stunden Zeit hat, also 45 Minuten vor und nach dem Niedrigstand, wenn man so weit rausgeht. Danach wird ein Großteil des Weges relativ schnell wieder überspült. Etwa 500 Meter vom Strand entfernt, da, wo die lange Sandbank liegt, ist man schon etwa dreieinhalb Stunden vor dem Hochwasser wieder vom Festland abgeschnitten. Du hast also für den ganzen Weg nicht mehr als knapp zwei Stunden pro Richtung, weil du ja auch Zeit auf der Insel brauchst. Deshalb solltest du spätestens …«

Sie unterbrach sich. Beide hatten ein Geräusch gehört und drehten sich um. Es war nichts zu sehen. Tom winkte Sara zurück zu den Mülltonnen.

Er flüsterte: »Ich habe ein ungutes Gefühl. Ich versuche gegen spätestens halb elf wegzukommen. Lass uns jetzt zurückgehen, bevor die anderen noch misstrauischer werden.« Als die Tür zum Gebäude hinter ihnen zuschlug, schloss sich unbemerkt von ihnen ein Fenster des Jungenwaschraums.

Insel

Linus saß am unteren Ende des Eibenweges und wartete. Diese Nacht war die letzte, bevor die Grabstatt mit dem ersten Jahrgang zurückfahren würde, und er setzte alle Hoffnungen in diese eine Nacht. Im Laufe des Samstags hatten sie nochmals mit dem Geist kommuniziert. Er hatte ihnen gesagt, dass es wichtig sei, dass sich alle in der Nacht im Haus versammelten, damit sie, egal welchen Weg Tom wählte, zügig mit ihm den Weg zum Strand durch die Koniferen nehmen konnten. Linus hatte lange überlegt. Er war sich nicht sicher, ob Tom herausbekommen hatte, welchen Zweck die Tore hatten. *Wenn* er es wusste, würde er wahrscheinlich eher die zweite Pforte wählen, wo die Grabstatt gewartet hatte, um ihre Seelen von ihren Körpern zu trennen. Deshalb hatte er sich schließlich entschieden an dieser Pforte auf Tom zu warten.

Omid und Viktor waren, wie sie es nannten, »in geheimer Mission« unterwegs und Arjell und Bente waren die Einzigen neben Linus und Albert, die wussten, was sie planten. Alle anderen warteten im Haus, selbst die Guntzelgetreuen, mit einer nach Stella jammernden Nina im Schlepptau, hatten am Ende beschlossen, bei diesem Versuch mitzumachen, schließlich hatten sie nichts mehr zu verlieren. Vor etwa drei Stunden war die Sonne untergegangen und Linus schätzte, dass sie ebenso lange Zeit haben würden, bis die Ebbe ihren niedrigsten Stand erreicht hatte. All ihre Hoffnungen ruhten nun auf Tom und den kommenden drei Stunden.

***

Elaf hatte Lona angefleht, wenigstens in dieser Nacht im Haus zu bleiben, falls der Junge mit der Kugel käme. Sie war am Anfang sehr unwillig gewesen, aber er hatte sie beschworen, doch mit ihm zu sprechen, falls er kommen würde. Schließlich hatte sie eingewilligt. Elaf hatte die Hoffnung, dass wenn sie in der Nacht die Mädchen und Jungen sehen würde, sie erkennen würde, wie wichtig es war, in ihr Leben wieder einzutreten, auch wenn sie dieses verabscheute.

Als sie mit dem letzten Licht des Tages vor seinen Augen verschwand, hatte sie nachdenklich gewirkt. Im Nachhinein wurde ihm bewusst, dass er an all jene gedacht hatte, die auf dieser Insel gefangen waren, ohne an sich selbst zu denken. Was wurde aus *ihm*? Wollte er diese Insel verlassen? Würde er vergehen, wenn er es tat? Er dachte lange nach. Irgendwann tauchte ein Bild der Erinnerung in ihm auf und schlagartig erkannte er den Weg, der sein eigener war.

Herberge

Als Tom zurück ins Zimmer kam, fand er bereits Linus und Albert vor. Albert schrieb irgendetwas in sein Buch, Linus saß auf seinem Bett und Tom hatte abermals das ungute Gefühl, dass er jede Bewegung von ihm beobachtete. Schnell nahm er seine Sachen und verdrückte sich in den Waschraum. Viktor und Omid standen vor den Waschbecken. Sie blickten auf, als er kam, wandten sich dann aber demonstrativ von ihm ab.

Tom seufzte. Er hörte, wie Omid und Viktor tuschelten. Er wühlte in seinen Sachen, als er einen heftigen Stoß in die Seite bekam, das Gleichgewicht verlor und auf die Fliesen schlug. Viktor hatte ihn gerammt und stand jetzt über ihm. Verachtend blickte er auf ihn herab.

»Du solltest aufpassen, wo du stehst, Denda.«

Tom rieb sich seine schmerzenden Rippen und sah ihn an. Im Spiegel über den Waschbecken sah er das gleichgültig dreinblickende Gesicht von Omid, der teilnahmslos das Geschehen verfolgte. Keine Regung von Mitgefühl, keine Freundschaft. Was sollte er diesem Viktor sagen, der so gar nichts mehr mit dem Viktor gemein hatte, den er kannte. Und obwohl er wusste, dass es keinen Sinn hatte, konnte er in diesem Moment nicht anders, vielleicht weil es einfach einmal zu viel war.

»Lass mich einfach in Ruhe, Viktor. Macht doch, was ihr wollt, aber lasst mich in Frieden.« Er stand auf, aber Omid versperrte ihm jetzt den Weg.

»Du hörst endlich auf, uns Ärger zu machen, klar?« Omid funkelte ihn an.

»Ach, Omid, hör doch auf, wer hat denn endlos Süßigkeiten gehortet, um uns alle vor den Kochkünsten der Fleischmann zu retten?«

Es sprudelte aus Tom heraus, obwohl eine innere Stimme ihn fortwährend warnte und ihm zuschrie: »Halt doch endlich die Klappe, Tom! Mach es nicht noch schlimmer!«

Viktor schob sich vor Omid und baute sich vor Tom auf. »Omid hat für seinen Fehler bezahlt! Wir alle haben in den letzten Tagen viel gelernt.«

»In der Tat«, dachte Tom, »viel zu viel für meinen Geschmack.«

Viktor fuhr unbeirrt fort: »Es geht hier um etwas Größeres, Denda. Und wer nicht mitzieht, der hat keinen Platz in der Gemeinschaft. Überleg dir, wo du stehst.«

Mit diesen Worten drehten sie sich um und packten ihre Waschsachen zusammen. Was Tom fast noch schlimmer fand als ihre Kälte zuvor war, dass sie ihr Gespräch darüber, wie man dazu beitragen konnte, dass ihr Jahrgang am Ende des Schuljahrs besonders gut abschneiden würde, unvermittelt wiederaufnahmen, als sei nichts geschehen, als existierte er überhaupt nicht.

Die Jungen lagen in ihren Betten. Sie hatten nicht mehr mit ihm gesprochen, als er zurückgekommen war. Schweigsam gingen sie ihren Tätigkeiten wie lesen oder schreiben nach. Dennoch hatte Tom das ungute Gefühl, fortwährend unter Beobachtung zu stehen. Als er von seinem Bett aus zu Albert aus seiner Nachbarklasse schielte und ihn dabei beobachtete, wie er in seinem Büchlein sorgsam Tabellen darüber führte, welche Schwächen Linus und andere Mitschüler aus Toms Klasse hatten und wie sich diese als Vorteil für das Abschneiden seiner eigenen Klasse erweisen konnten, spürte er den Blick von Linus auf sich ruhen. Tom sah ihn an, doch Linus senkte bereits scheinbar gleichgültig den Kopf und tat so, als ob er in sein Buch vertieft sei.

Tom überlegte, was Linus sagen würde, wenn er wüsste, was de Breun gerade über ihn schrieb. Aber wahrscheinlich würde er eiskalt behaupten, dass es gut sei, die eigenen Schwächen zu kennen, um diese erfolgreich zu bekämpfen.

Tom spürte einen Knoten in seinem Magen. Er war wütend und enttäuscht. Seit der Auseinandersetzung im Waschraum hatte er Mühe, das Bedürfnis zu unterdrücken, seine Freunde einen nach dem anderen durchzuschütteln, um sie wieder zur Besinnung zu bringen. Und obwohl er wusste, dass sie nichts dafür konnten, spürte er zusehends die Enttäuschung darüber, dass sie gar nicht versuchten, sich gegen die unsinnigen Befehle und selbstzerstörerischen Anweisungen, die ihnen die Grabstatt gab, zu wehren.

Er fühlte vielmehr, wie ihm langsam, aber sicher die Bilder entglitten und die Erinnerungen an ihre lachenden Gesichter, an ihre Wärme und ihre Leidenschaft verblassten.

Wie lange dauerte es, bis das neue Bild eines Menschen das alte komplett überlagerte und jede Erinnerung vernichtet hatte?

Es war genau 21 Uhr, als Omid das Licht löschte und sich alle schlafen legten. »Hoffentlich«, dachte Tom, »halten sie sich so akribisch an den Schlafbefehl wie an alles andere.«

Er horchte in die Stille. Anfangs war noch das Geräusch von Bettdecken und quietschenden Sprungfedern zu vernehmen, aber nach und nach wurde es still im Zimmer.

***

Tom zählte die unruhigen Atemzüge von Albert de Breun. Er kam inzwischen bis etwa Atemzug 15, bevor Albert sich stöhnend und ächzend im Bett drehte. Albert wälzte sich nun bereits seit über einer Stunde hin und her, Tom wurde langsam unruhig, weil er fürchtete, dass er nie einschlafen würde. Linus, dessen Kopfende an sein Kopfende stieß, atmete dagegen ruhig. Unter seiner Bettdecke prüfte Tom vorsichtig die Uhrzeit. Es war bereits halb elf, er musste dringend los. De Breun war immer noch nicht zur Ruhe gekommen, aber er hatte keine andere Wahl, er musste es jetzt riskieren.

Vorsichtig kletterte er die Leiter herunter. Als er fast die Tür erreicht hatte, hörte er eine Stimme in seinem Rücken.

»Wo willst du hin?«

Es war Linus.

»Aufs Klo, wohin denn sonst.«

Tom versuchte, so locker wie möglich zu klingen, und verließ langsam das Zimmer. Sein Herz klopfte wie wild, als er über den Gang zum Waschraum eilte. Jetzt bloß nicht stehen bleiben. Der Waschraum war leer. Er ließ vorsichtshalber das Licht aus, eilte direkt zum Fenster und öffnete es. Als er den Rucksack hochziehen wollte, griff er in die Brennnesseln. Für einen Moment fürchtete er, der Rucksack könne weg sein, aber dann fand seine Hand, was sie suchte. Schnell zog er die Hose und den Pullover über den Schlafanzug und schlüpfte in die

Schuhe. Dann kletterte er hinaus, zog die Jacke an und hievte sich den Rucksack über die Schulter. »Bloß schnell weg«, dachte er und eilte über den Hof, am Sperrmüll vorbei, um das Haus herum, dorthin, wo es einen Pfad hinunter zum Strand gab. Er wollte erst den Strand erreichen, bevor er die Taschenlampe und seine Aufzeichnungen rausholte. Er hatte kaum die ersten Schritte auf den Pfad gemacht, als ein Stück entfernt hinter ihm ein Fenster hell erleuchtet wurde. Jemand hatte im Jungenwaschraum das Licht eingeschaltet.

***

Linus ging auf das Fenster zu. Es war nur zugezogen worden, der Fensterhebel war geöffnet. Er zog es auf und schaute hinaus. Es war niemand zu sehen. Linus schaute nach unten und sah, dass die Brennnesseln zum Teil platt getreten waren. Zur Sicherheit, um keinen Fehlalarm auszulösen, prüfte er jede Toilette, aber alle Kabinen waren leer. Er ging wie selbstverständlich, ohne Hast, aber zielsicher über den Flur des Jungentrakts. Sekunden später klopfte es an die Tür von Anita Pröhlberg.

***

Philonia Grabstatt saß auf ihrem Bett. Aus irgendeinem Grund fühlte sie sich ausgelaugt. »Wahrscheinlich zu viele Bälger«, dachte sie. Die Wattwanderung nebst Umerziehung kostete sie immer einiges an Kraft und der Ärger mit der Pröhlberg hatte es nicht besser gemacht. Sie war froh, morgen wieder zurück zu sein. Wenigstens die Fleischmann hatte gespurt. Auf dem Tisch stand der Pappkarton. »Mal sehen, ob der Alte seine Arbeit anständig gemacht hat«, dachte sie und öffnete den Karton.

Es dauerte genau 18 Sekunden, bis sie, nachdem sie die falsche Kugel an die Wand geworfen hatte, vor Elsa Fleischmann stand, die in einem Frotteenachthemd, das mit kleinen Würstchen bedruckt war, einer laut hämmernden Philonia Grabstatt ihre Zimmertür geöffnet hatte.

22 Eine Verzweiflungstat

Sie tobte. Elsa Fleischmann versuchte sich zu rechtfertigen, aber Philonia Grabstatt hörte blind vor Wut gar nicht zu. »Bist du wahnsinnig, diese Gören zu schicken? Erst lässt du meine Zimmertür nach dem Putzen unverschlossen und jetzt lässt du die Bälger an die Kugel.«

Elsa Fleischmann war irritiert. In diesem Zustand fühlte sie sich meist hilflos und Hilflosigkeit konnte sie wiederum gar nicht leiden. Sie spürte, wie sich ihr Kiefer verkrampfte, als ob sie sich in etwas verbissen hatte, und keifte zurück:

»In deinen Saustall kriegen mich keine zehn Ackergäule, Philonia. Wenn du dein Zimmer nicht absperrst, bist du selbst schuld.«

Zu ihrem Erstaunen und ihrer höchsten Genugtuung verstummte Philonia Grabstatt augenblicklich.

»Man muss nur öfter mal Paroli bieten«, dachte Frau Fleischmann befriedigt, als Philonia Grabstatt auf dem Absatz kehrtmachte und zu ihrem Zimmer zurücklief.

Sie riss die Tür auf und fegte die Kleider von den Stühlen. Wo hatte sie diesen verdammten Regenmantel? Hinter ihr fiel die Tür ins Schloss. Sie drehte sich um und sah ihn hinter dem Bademantel hängen. Eilig durchwühlte sie die Taschen und fand, was sie suchte. Sie atmete tief durch. Das Buch, es war noch da. Gut. Dann hatten die Biester nur die Kugel gestohlen, schlimm genug, aber es war nichts verloren. Wahrscheinlich steckte sowieso nur diese kleine Curdt dahinter. Denda erschien ihr eigentlich inzwischen, abgesehen von seinem kleinen Ausrutscher als verhinderter Seemann, durchaus auf dem richtigen Weg.

»Nun, das werden wir rausfinden.« Sie straffte ihre Schultern und ging über den Flur zu dem Mädchenzimmer, in dem Sara untergebracht war.

***

Sara lag wach auf ihrem Bett. Ihr Atem ging schnell und sie versuchte sich zu beruhigen.

Nachdem alle auf ihre Zimmer schlafen gegangen waren, hatte sie keine Ruhe finden können, weil sie immer an Tom denken musste und daran, ob er es schaffen würde, ungesehen aus der Herberge zu kommen.

Es war etwa halb elf gewesen, als sie einen Knall gehört hatte. Kurz darauf hatte sich die Zimmertür der Grabstatt geöffnet. Sara hatte es an den nachfolgenden Schritten erkannt, die, dem Stampfen nach zu urteilen, auf einen schweren Wutanfall hinwiesen. Zuerst hatte sich Sara instinktiv die Decke über den Kopf gezogen, dann war ihr das Buch eingefallen und ohne weiter nachzudenken hatte sie die Gelegenheit ergriffen und war über den Flur zum Zimmer der Direktorin geeilt. Sara hatte die Tür geöffnet und das Buch zurück in den Mantel gesteckt. Dabei waren ihr die offene Schachtel auf dem Tisch und die Scherben der Kugel auf dem Boden ins Auge gefallen. Mit Herzrasen und dem Gefühl von Panik war sie zurück auf ihr Zimmer geflohen. Kurz darauf war die Grabstatt zurückgekommen und nun schien alles still. Was hatte das zu bedeuten? Sie wollte gerade anfangen, darüber nachzudenken, als die Tür geöffnet wurde und eine knochige Hand nach ihrem Arm griff, sie aus dem Bett und nach draußen auf den Flur zog.

»Wo ist die Kugel?« Die Grabstatt zischte ihr die Worte zu.

Saras Gedanken rasten. Sie musste unbedingt Zeit gewinnen, Zeit für Tom. »Ich habe keine Ahnung, wovon Sie sprechen.«

»Na, dann komm mal mit.«

Die Grabstatt packte sie jetzt im Nacken und schleifte sie durch den Flur Richtung Hauptgebäude. Sie klopfte an eine Tür, die von der Küche abging, und rief: »Los, Elsa, mach auf.« Im Türrahmen erschien die plumpe Gestalt von Elsa Fleischmann.

»Was ist denn nun schon wieder, Philonia?«

»So, du sagst mir jetzt, wo die Kugel ist, Sara Curdt, die du und der Denda heute abgeholt habt.«

»Die haben wir Frau Fleischmann gegeben.«

»Ihr habt die falsche Kugel abgegeben. Wo ist die richtige?« Die knochige Hand schloss sich fester um Saras Nacken.

Sara wimmerte: »Ich habe keine Ahnung, wovon Sie sprechen. Vielleicht hat sich Herr Grabstatt vertan.«

»Mein Vater vertut sich nie. Es sei denn, er führt etwas im Schilde. Also raus mit der Sprache. Hat er irgendetwas gesagt?«

Sara schwieg. Es hatte keinen Sinn, irgendetwas zu entgegnen. Die Wahrheit zu sagen war ausgeschlossen und alles andere hätte die Grabstatt sowieso nicht geglaubt. Die knochige Hand schüttelte sie jetzt und das Gesicht der Grabstatt nahm einen leicht fanatischen Ausdruck an. Im Vorraum des Haupthauses hörte Sara das Schlagen einer Tür.

»Nun gut, mal sehen, was der Denda zu sagen hat.«

»Der Denda sagt nichts mehr, weil er abgehauen ist.« In der Küchentür stand eine keuchende Anita Pröhlberg. Vor sich schob sie Linus her, der mit ausdruckslosem Gesichtsausdruck Sara anblickte.

Sara hätte am liebsten laut geschrien. Wie konnte er das seinem Freund antun, der alles tat, um ihn zu retten? Sie ertrug diesen Moment, der sich wie eine Ewigkeit hinzuziehen drohte, kaum mehr und hatte das Gefühl, als würde sie daran ersticken. Doch der Moment ging vorüber und mit einem Mal ging alles ganz schnell.

»Linus, geh sofort wieder ins Bett.« Linus nickte gehorsam

und drehte sich wortlos um, um zurück auf sein Zimmer zu gehen.

»Anita, du kommst mit mir. Und du …«, die Grabstatt blickte bedrohlich auf Sara hinunter, »kommst auch mit. Wollen doch mal sehen, ob du uns nicht doch zu deinem Freund führst.«

»Und ich?« Die Fleischmann war empört. »Kann ich jetzt endlich mal meinen wohlverdienten Schlaf bekommen? Mich fragt ja keiner, wann ich morgen wieder hochmuss.«

»Ja, Elsa, schlaf du nur. Da kannst du auch weniger anrichten.« Philonia Grabstatt spie ihr die Worte ins Gesicht, bevor sie mit Sara und Anita Pröhlberg die Küche verließ.

**

Tom hatte den Strand erreicht. Hastig zog er die Aufzeichnungen und seine Taschenlampe hervor. Das Wasser hatte sich schon zurückgezogen und im Dunkel konnte er vage die Sandbank in einiger Entfernung erkennen. Sie waren bei der Wanderung ein Stück weiter unten am Strand auf das Watt hinausgegangen und so folgte er zunächst dem Strandverlauf. Als er die Sandbank in gerader Linie vor sich liegen sah, schlug er den Weg ins Watt ein, geradewegs auf die Sandbank zu. Es war kaum Wind zu spüren, nur ein leichter Nieselregen hatte eingesetzt.

Er schaute immer wieder auf seine Aufzeichnungen. Den Kompass hatte er an seinem Jackenärmel befestigt. Er erreichte die Sandbank. Hier hatten sie den Kurs erstmals geändert. Er richtete den Kompass aus, glich den Kurs mit seinen Aufzeichnungen ab und zählte die Schritte bis zur nächsten Kursverschiebung. So arbeitete er sich Stück für Stück voran. Er wusste, dass die Zeit drängte, aber ihm war auch klar, dass Ungenauigkeit verheerend sein konnte und ihn in die Irre führen würde. Er hatte auf diese Weise ein ganzes Stück zurückgelegt, als er meinte, etwas gehört zu haben, etwas wie einen menschlichen Schrei oder Ruf. Er blickte sich um. Weiter entfernt sah er die Sandbank, die er vor einigen Minuten selbst passiert hatte. Im Schein einer Taschenlampe konnte er dort drei Gestalten erkennen. Eine kleinere und zwei größere. Er zögerte nur einen Moment, dann wusste er, dass er wegmusste, weg, bevor sie ihn sehen würden. Sofort schaltete er seine Lampe aus, drehte sich um und lief auf das Watt hinaus, nur weg, weg von den Blicken der Gestalten, die ihn zu entdecken drohten.

***

Sara fror. Die Pröhlberg und die Grabstatt hatten ihr nicht erlaubt, sich abgesehen von ein Paar Schuhen und einer Jacke über dem Nachthemd etwas anzuziehen, während die beiden vollständig angezogen und in Jacken gehüllt durch die kühle Nacht stapften. Sie hatten den gleichen Weg genommen, den Sara und Tom zuvor ausgewählt hatten. »Natürlich«, dachte Sara verzweifelt, »die Grabstatt kennt ja auch den Weg.«

Nach einer Weile blieben sie stehen. Die Grabstatt blickte aufs Watt hinaus, aber niemand war zu sehen.

»So, wo ist denn nun dein kleiner Freund, hmmm?« Sie fixierte Sara mit zusammengekniffenen Augen.

»Ich weiß es nicht. Ich hatte keine Ahnung, dass er weglaufen will. Vielleicht war sein Wunsch, zur See zu fahren, doch stärker …« Sara verstummte, sie spürte, dass dies ein kaum überzeugender Versuch war.

Die Grabstatt lachte höhnisch. »Ach wirklich? Und das soll ich glauben? Schade, dass uns die liebe Anita da nicht weiterhelfen kann, nicht? Oder erinnerst du dich noch an die Insel, Anita?«

Die Pröhlberg guckte verunsichert. »Ich weiß nicht, was du meinst, Philonia. Aber ich bin sicher, dass die Curdt mit dem

Denda etwas ausgeheckt hat. – Vielleicht braucht sie nur ein bisschen Nachhilfe, um sich daran zu erinnern.«

Die Grabstatt lächelte plötzlich auf eine Art und Weise, die Sara kalte Schauer über den Rücken jagte.

»Vielleicht braucht sie das. In der Tat. – Komm!« Philonia Grabstatt packte Sara erneut am Genick und stieß sie vor sich her weg vom Strand Richtung Watt. Sie steuerte auf die Sandbank zu, die langgestreckt vor ihnen lag.

Die Grabstatt ließ das Licht der Taschenlampe über den Boden gleiten. »Spuren. Er war hier.« Sie drehte sich zu Sara um, die laut aufgeschrien hatte und nun von der Pröhlberg im Schwitzkasten festgehalten wurde. »Wie dumm seid ihr? Hat euch mein schwachsinniger Vater versucht weiszumachen, dass man mit der Kugel auf die Insel spaziert und dann ist alles vorbei?«

Das Gesicht von Anita Pröhlberg nahm einen etwas dümmlichen Ausdruck des Erstaunens an. »Von welcher Insel redest du da eigentlich immer, Philonia?«

»Halt einfach den Mund, Anita«, fuhr die Grabstatt sie an. »Du weißt genau, wovon ich rede, nicht wahr?« Sie näherte sich Sara, sodass diese ihren Atem in ihrem Gesicht spüren konnte. Schadenfreude glitzerte in ihren Augen, als sie fortfuhr: »Selbst wenn dein kleiner Freund den Weg finden sollte, was ich sehr bezweifle, wird er nichts, gar nichts erreichen.«

Sie drehte Sara herum, sodass sie auf das dunkle Watt blickte.

Philonia Grabstatts Stimme war jetzt nur noch ein Flüstern: »Siehst du, wie dunkel es da draußen ist? Ein dunkles und bald auch nasses Grab. Ich werde sagen, dass ich nichts dafürkonnte. Dass du ihn zu diesem Unfug von irgendeiner Insel angestiftet hast.«

Sara zitterte inzwischen am ganzen Leib und sah verzweifelt ins Dunkel, innerlich betend, dass Tom fand, was er suchte. Die Grabstatt lächelte unheilvoll. Plötzlich wechselte sie den Tonfall und wurde wieder laut:

»Was hat mein Vater euch erzählt? Sag es, dann werde ich versuchen, diesen dummen Jungen vor sich selbst zu retten.«

Sara überlegte fieberhaft, vielleicht hatte die Grabstatt Recht. Vielleicht war es unmöglich, die anderen zu befreien, vielleicht ging Tom geradewegs in den Tod hinein und sie war daran schuld. Tränen stiegen in ihr auf.

»Es gibt ja auch Möglichkeiten, sie zu zwingen, Philonia. Möglichkeiten, mit denen wir bislang immer Erfolg hatten.« Die Pröhlberg guckte begierig zur Grabstatt und es war genau dieser Satz, der für Sara in seiner ganzen Grausamkeit befreiend wirkte.

»Nein«, dachte sie, »sie wird wieder andere finden und quälen. Alles wird weitergehen wie bisher, unsere Freunde werden verloren sein und Tom und ich auch.« Sie blickte die beiden Lehrerinnen mit Todesverachtung an.

»Was immer ich auch weiß, ich werde es nicht verraten.«

»Ganz, wie du willst. Dann werden wir wohl ein kleines Stück weitergehen müssen. Anita gib mir den Strick.«

***

Als Tom endlich völlig außer Atem anhielt, konnte er niemanden mehr sehen. Der Strand war längst im Dunkel verschwunden und auch von den drei Gestalten war nichts mehr zu erkennen. Während er langsam zu Atem kam, tauchte ein neuer Gedanke in ihm auf: »Vielleicht waren es nur Spaziergänger.« Er hatte ja niemanden wirklich erkennen können. Vielleicht war er vollkommen umsonst kopflos in die Dunkelheit gerannt.

Ein zweiter Gedanke machte sich in seinem Inneren breit und erfüllte ihn mit Schrecken. Der Weg. Er hatte die Route verlassen. Panisch knipste er das Licht an und sah sich um. Er hatte nicht die geringste Ahnung, wo er war. Tom versuchte sich zu beruhigen, seine Spuren waren noch deutlich zu sehen. Er bemühte sich, die Richtung, in die er gelaufen war, mit Hilfe des Kompasses festzustellen. Demnach war er deutlich zu weit nach Westen gelaufen, falls er in einer geraden Linie gelaufen war. Er überlegte kurz. Jetzt hatte er noch die Möglichkeit, seine Spuren zurückzuverfolgen und zurückzukehren. Einen kurzen Moment lang war er in Versuchung, dann sah er die Gesichter von Omid und Linus in ihrer Ausdruckslosigkeit und Fremdheit vor sich. Er hörte wieder das Keuchen seines Freundes in der Nacht, als er von der Pröhlberg zurück zur Insel geschleppt worden war, und erinnerte sich an sein eigenes Versprechen. Er richtete sich auf. Er musste nur ein Stück nach Nordosten laufen, dann würde er auf den Priel stoßen und den richtigen Weg wiederaufnehmen können. Tom lief eine Weile Richtung Nordost und tatsächlich traf er auf einen Priel. Er versuchte anhand seiner Aufzeichnungen nachzuvollziehen, wo er genau war, aber es gab keine weiteren Anhaltspunkte, also lief er einfach weiter. Es war inzwischen bereits Mitternacht und noch immer war keine Insel in Sicht. Er wusste, dass er ein Problem hatte, wenn er die Insel in der nächsten halben Stunde nicht fand. Die Zeit lief im davon und obwohl es eine kalte Nacht war, schwitzte er vor Anstrengung und Angst.

Eine weitere halbe Stunde ging dahin und noch immer fand er nicht die Furt, die er hätte finden müssen. Zudem war es inzwischen sehr dunstig geworden. Er las nochmals die Aufzeichnungen, von denen er wusste, dass sie ihn nicht weiterbrachten, weil er vom Weg abgekommen war. Verzweifelt leuchtete er mit der Taschenlampe seine Umgebung ab. Irgendetwas stand dort in der Ferne. Er leuchtete nochmals in dieselbe Richtung und erschrak heftig. Eine Gestalt stand in etwa 20 Meter Entfernung vor ihm. Sein erster Gedanke war, dass es die Grabstatt sein musste. Aber irgendetwas in ihm sagte ihm, dass dem nicht so war, und er konnte selbst nicht beschreiben, was ihn dazu brachte, weiterzugehen, direkt auf die Gestalt zu. Wenige Meter bevor er sie erreichte, konnte er erkennen, dass es eine Frau war, die Kleidung trug, wie man sie vor mehr als 100 Jahren getragen hatte. Sie sah ihn mit einem freundlichen Gesicht an und wies mit ausgestrecktem Arm auf eine Stelle hinter sich.

Tom eilte weiter. Vor sich sah er die Furt, die er so verzweifelt gesucht hatte. Er drehte sich um und wollte sich bedanken, aber es war niemand mehr zu sehen.

23 Die Welten verschwimmen

Insel

Die Ebbe war gekommen, aber Tom war nicht mit ihr auf die Insel gekommen. Linus starrte stumm aufs Watt hinaus und wartete darauf, dass die einsetzende Flut die Reste seiner Zuversicht und seines Sehnens hinwegwaschen würde. Bente und Arjell waren inzwischen auch da, also war Tom auch nicht über den anderen Weg gekommen. Arjell legte ihm tröstend die Hand auf die Schulter, sagte aber nichts. Linus stand auf, er musste sich zum Haus aufmachen und den anderen sagen, dass Tom nicht kommen würde.

Auf der anderen Seite der Insel raschelte es zwischen den Gräsern und ein Gesicht schob sich zwischen den Dünen hervor. »Ich kann ihn sehen«, zischte eine Stimme und das Gesicht verschwand. Kurz darauf kletterte ein Mädchen behände die Düne herunter und lief an das Ende des Weges, wo sie auf den herannahenden Jungen wartete.

Nachdem Tom die Furt erreicht hatte, war es nicht mehr so schwer gewesen. Die letzten Aufzeichnungen waren eindeutig und so hatte er schließlich gefunden, was er schon fast aufgegeben hatte zu suchen. Vor ihm stiegen die Umrisse der Dünen auf. Er war unendlich erleichtert, wenngleich er sich bewusst war, dass ihm kaum Zeit für seinen Auftrag und die Rückkehr blieb. Als Tom auf die Insel zuschritt, sah er den Anfang des Pfades und die ersten Koniferen erhoben sich vor ihm. Er hatte gehofft, jemanden anzutreffen, aber niemand war zu sehen. Er blieb direkt vor dem Weg stehen und setzte seinen Rucksack auf den Boden, verstaute seine Aufzeichnungen und den Kompass darin und zog zunächst die Kugel heraus, die seine Freunde gefangen hielt. Vorsichtig hielt er sie in den Händen und sprach die Zauberformel. Direkt vor ihm wurde die Gestalt eines Mädchens sichtbar. Tom traute seinen Augen nicht, als er sie erkannte.

Sara fror. Nur Kälte und Furcht umgaben sie und sie wusste nicht, was sie tun konnte, um sich oder die anderen zu retten. Ein ganzes Stück hinter ihr auf der Sandbank hörte sie, wie hin und wieder die Grabstatt und die Pröhlberg miteinander sprachen, konnte aber nicht verstehen, was sie sagten.

Sie hatten sie ein Stück hinter die Sandbank in das etwas tiefer gelegene Watt gebracht und an eine Boje festgebunden. Anfangs hatte Sara trotz ihrer Angst angenommen, dass sie ihre Drohungen nicht wahrmachen würden, sondern das Ziel vor allem darin bestand, dass sie die anderen verriet. Inzwischen war sie sich nicht mehr so sicher. Die Pröhlberg hatte letztlich keinen eigenen Willen und führte nur aus, was die Grabstatt ihr sagte. Diese wiederum schien fast besessen davon, zu verhindern, dass irgendjemand entdeckte, was sie im Verborgenen tat. Vielleicht würde sie am Ende Tom und Sara opfern, wenn sie dadurch ihr Geheimnis bewahren konnte. Sara überlegte, was die Grabstatt wohl ihren Eltern erzählen würde. Eine Geschichte von ungehorsamen Schülern, die dumm genug waren, sich nachts aus der Herberge zu schleichen? Linus würde es sicher bestätigen.

Die Zeit verging. Inzwischen musste der Punkt erreicht sein, wo das Wasser wiederum die Richtung wechselte und zurückkam. Wie lange hatte sie noch Zeit, bevor die zurückkehrende Flut sie erreichte?

»Nun, wird dir schon bange?« In ihrem Rücken tauchte die Pröhlberg auf und prüfte die Stricke.

»Sie können mich gar nicht hierlassen. Was meinen Sie, was die Polizei sagt, wenn sie ein totes Mädchen an einer Boje festgebunden findet?«

»Ach, können wir das nicht?« Übel riechender Atem nach Zwiebeln und Gulasch schlug Sara ins Gesicht. »Na, dann lass dich mal überraschen. Du denkst immer, dass du so schlau bist. Viel schlauer als ich, was? Aber jetzt sieht es doch irgendwie anders aus, oder?«

Sie starrte sie mit ihrem verkniffenen Gesicht an, bis von hinten die Stimme der Grabstatt ertönte, die sie aufforderte, zurückzukommen.

Stella Guntzel. Sie war zugegebenermaßen die Letzte, mit der Tom gerechnet hatte. Sie guckte freundlich und versuchte zu lächeln, was Tom nach all seiner Erfahrung mit ihr gruselig fand.

»Hallo, Tom. Gut, dass du da bist. Alle warten schon auf dich. Hast du die Kugel?«

»Wo sind denn die anderen, Stella?«

»Die warten im Haus. Du musst erst den Weg zu ihnen hochgehen und dann auf der anderen Seite wieder runter, sonst funktioniert es nicht.«

Tom wusste, dass es wichtig war, den richtigen Ausgang zu nehmen, fragte sich aber auch, woher Stella Guntzel das wusste. Er fühlte Misstrauen gegenüber Stella, andererseits, so überlegte er, veränderte die Insel vielleicht auch die Seelen derart, dass sie zu sich fanden. Vielleicht wollte sie ihm ja tatsächlich nur helfen. Tom war erschöpft und müde und wollte ihr glauben, weil er sich nichts sehnlicher wünschte, als dass nun alles ein Ende haben würde.

Er steckte die erste Kugel zurück in den Rucksack und griff nach der anderen, bevor er den Rucksack vor sich auf den Weg hinter der nun geöffneten Pforte abstellte. Tom war sich kurz unsicher, ob es eine gute Idee war, auch den Zauber der anderen Kugel zu lösen.

»Komm jetzt endlich. Wir haben keine Zeit.«

Stella Guntzel klang ungeduldig und Tom erkannte schon fast ihr ihm vertrautes Selbst wieder.

»Warte noch. Ich bin noch nicht fertig.«

Er blickte auf die zweite Kugel. Sie war etwas größer und schwerer und irgendwie dunkler. Wieder bewegten sich die Wolken und Sterne in der Kugel, als er auf sie herabsah, wieder sprach er die Worte, die er erlernt hatte, aber diesmal war es anders. Es war, als würde ein tiefes Seufzen die Luft erfüllen und einen Moment überkam ihn Schwindel. Das Nächste, was er hörte, war ein Keuchen. Vor ihm stob Stella Guntzel ein Stück den Weg hoch und verschwand, den Rucksack über ihrer Schulter, zwischen zwei Büschen im Dunkel. Es dauerte einen Augenblick, bis Tom zu sich kam. Was um Gottes Willen hatte sie vor? Er stürzte ihr nach und stolperte zwischen den Büschen hindurch in die Nacht, die andere Kugel fest in der Hand.

Ein paar Meter hinter ihm teilten sich von ihm unbemerkt die Zweige und eine Frau beschritt den Pfad. Sie lachte leise, als sie die Insel verließ, die sie so sehr verabscheute.

»Warte nur, Philonia, ich komme zurück und es wird kein freudiges Wiedersehen für dich.«

Philonia Grabstatt starrte aufs Watt hinaus. Wenn er es schaffen wollte, dann müsste er spätestens in zwei Stunden die Sandbank erreichen, danach holte sich die Flut zurück, was ihr gehörte. Sie blickte angewidert zu Anita Pröhlberg, die ihre Spielchen mit der Curdt spielte, weil sie natürlich nicht verstand, um was es hier wirklich ging.

Sie dachte an ihren Vater. Wie viel hatte er den beiden verraten? In ihren ohnehin düsteren Gedanken lauerte eine Befürchtung, die sie unruhig werden ließ, sobald sie diese zuließ.

Auf dem Totenbett ihrer Mutter hatte sie dieser einiges abgerungen. Genug, um den Weg zur Insel zu finden, genug, um zu verstehen, wie alles funktionierte. Das Buch hatte ihre Mutter immer bei sich getragen. Sie hütete es wie ihren eigenen Augapfel, aber als sie schwächer wurde, hatte Philonia Grabstatt die Gunst der Stunde erkannt und ihr das Buch entrissen.

Die Kugel zu finden war dagegen schwierig gewesen. Zunächst hatte sie ihren Vater in Verdacht, diese gestohlen zu haben. Lange hatte sie die elende Drecksbude durchforstet und ihrem Vater in den Ohren gelegen. Am Ende hatte er ihr die Kugel geben müssen. Philonia Grabstatt gab ein freudloses Lachen von sich. Er war schwach, ihr Vater, und dafür verachtete sie ihn.

Natürlich stand diese Kugel neben den anderen Kugeln, die er danach Jahr für Jahr hatte fertigen müssen, in ihrem Büro. Sie beruhigte sich. Unsinn, wie sollte er oder der Denda in ihr Büro gekommen sein. Fraglos war die Kugel noch da.

Doch wieder nagte dieser Gedanke an ihr und eine leise Stimme in ihr flüsterte: »Was, wenn er dich damals betrogen hat, Philonia? Er hätte dir auch eine falsche Kugel geben können. Du hättest es nicht bemerkt.«

Es stimmte, sie hatte die erste Kugel, mit der alles vor über 100 Jahren begonnen hatte, nur einmal in der Hand ihrer Mutter gesehen, als sie sehr klein war. Und ihre Mutter hatte sie schnell vor ihr verborgen. Erschwerend kam hinzu, dass sie ihren Vater gezwungen hatte, die Kugeln, die sie für die Schüler brauchte, für sie herzustellen. Er wäre also in der Lage gewesen, sie mit einer Fälschung zu täuschen, wenn er es gewollt hätte. Wieder hörte sie die frohlockende Stimme in ihrem Inneren.

»Was, wenn er ihnen die *eine* Kugel gegeben hat, die er dir vorenthalten hat? Ahnst du, was das für dich bedeuten würde?«

Sie erschauderte, wusste aber nicht warum. Auch sie hatte einst eine Wanderung mit ihrer Mutter durchs Watt gemacht, allein in der Nacht. Aber sie konnte sich nicht daran erinnern, die Insel damals betreten zu haben. Aber andererseits konnte sich niemand an die Insel erinnern, der dort zurückgelassen wurde. Grauen erfüllte sie plötzlich, als eine Stimme sie aus ihren Gedanken riss.

»Gib mir mal die andere Taschenlampe, Philonia.«

Die Pröhlberg stand neben ihr. Es war etwas in ihrem Tonfall, das sie aufhorchen ließ. Was wollte die schon wieder? Und warum guckte sie so derart dreist grinsend?

Tom war völlig außer Atem. Er fragte sich, ob es daran lag, dass die Guntzel auch im realen Leben über eine deutlich bessere Kondition verfügte als er, oder ob sie als Geist einfach schneller war. Er ärgerte sich darüber, dass er so dumm gewesen war, den Rucksack abzustellen. Er hätte es wissen können. Schließlich hatte er in dem kleinen Buch selbst gelesen, dass die Geistwesen auf der Insel in ihrer Welt die Dinge berühren und auch bewegen konnten. Er fragte sich nur, was sie von ihm wollte.

Er lief weiter durch die Dunkelheit, während die wenige Zeit, die ihm blieb, ihm durch die Finger rann. Vor sich sah er in der Ferne zu seiner rechten einen Saum von hohen buschartigen Eibenbäumen. Sie schienen direkt aus Dunst und Nebel zu wachsen. Vielleicht war sie auf die andere Seite zum anderen Pfad gelaufen. Nur warum? Wollte sie als Einzige fliehen? Es ergab keinen Sinn für ihn.

Stella Guntzel triumphierte. Gleich hatte sie es geschafft. Der Vollidiot war ihr in sein eigenes Verderben gefolgt. Sie hatte die Ohren gespitzt, als er die Worte sprach. Er war ja auch noch so dumm gewesen, die Sätze ein zweites Mal mit dieser komischen anderen Kugel zu wiederholen. Stella Guntzel hielt inne, um sich zu vergewissern, dass sie sich die richtige Kugel geschnappt hatte. Sie öffnete den Rucksack und betrachtete kurz die Kugel in ihrer Hand. Sie sah genauso aus wie die im Zimmer der Direktorin, außerdem war der Sockel mit der richtigen Jahreszahl versehen.

Erleichtert atmete sie aus.

Sie ließ den Rucksack in einer Senke versteckt im Dünengras liegen und lauschte einen Moment, um sicherzugehen, dass er ihr folgte. Etwas entfernt konnte sie sein Keuchen hören. Denda war wirklich unsportlich, geradezu eine Null, wenn es um sportliche Wettbewerbe ging. Befriedigt nahm sie die Kugel und lief weiter auf die Hecke zu, die vor ihr in die Höhe schoss. Sie kämpfte sich zwischen zwei Eiben durch und gelangte auf den Pfad. Noch ein kleines Stück, dann hatte sie ihre Aufgabe vollendet.

»So, Stella. Hier ist dann wohl Ende.« Arjell erschien wie aus dem Nebel gewachsen vor ihr und starrte sie feindselig an.

***

Tom hörte Stimmen auf dem Weg vor ihm. Er suchte sich einen Durchgang zwischen den eng stehenden buschigen Bäumen und gelangte auf den Eibenpfad. Die Stimmen waren ein Stück vor ihm. Er wollte ihnen folgen, als er hinter sich ein Geräusch hörte. Er drehte sich um und erblickte zu seinem Erstaunen Linus. Für einen winzigen Augenblick fürchtete Tom, *den* Linus zu sehen, der ihn vor mehreren Stunden nicht aus dem Zimmer hatte gehen lassen wollen. Doch Linus strahlte ihn an.

»Die Guntzel, sie hat die Kugel«, keuchte Tom.

»Mach dir keine Sorgen.« Linus machte eine wegwerfende Handbewegung. »Um die kümmern sich schon Arjell und Bente. Wir müssen schnell zum Haus, um die anderen abzuholen und den richtigen Weg zu nehmen. Omid und Viktor haben beobachtet, was passiert ist, und uns benachrichtigt, dass du doch noch den anderen Weg hochgekommen bist. Die sagen gerade allen Bescheid und warten im Haus auf uns. Du musst jetzt mit mir zum Haus.« Linus legte den Arm um Tom und wollte ihn zurückführen, als er die Kugel in Toms Händen sah. Er stutzte. »Ich denke, die Guntzel hat die Kugel?«

Tom ging nicht darauf ein, ihn irritierte etwas. »*Den richtigen Weg*, sagst du? Was meinst du damit? Wir müssen vom Weg des Todes zurück und über den Lebensweg die Insel verlassen.«

»Ja, mein Guter, das wissen wir auch, von dem Geist. Aber das hier ist der Todesweg. Albert de Breun, unser Genie, hat uns nämlich davon unterrichtet, dass Eiben früher als Symbol des Todes galten, während Koniferen auch Lebensbäume genannt werden. Aber lass uns jetzt schnell losgehen. Du hast keine Zeit mehr. Und erzähl endlich, was es mit dieser Kugel auf sich hat!«

***

»Er hat die Kugel gefunden und sie geöffnet.« Es war der erste Gedanke, den Elaf hatte, als langsam vor und neben ihm Gestalten erschienen. Lona, die ihm gegenüber auf dem Sofa saß, schaute ihn erschrocken an. Stumm beobachteten sie, wie die Gestalten im Raum immer deutlicher wurden. Ein Mädchen kreischte laut auf, als sie halb auf Lona sitzend in Erscheinung trat. Elaf und Lona waren zu überrascht, um inmitten der fremden, merkwürdig aussehenden Jungen und Mädchen etwas zu sagen. Auch die Jugendlichen im Raum starrten sie erstaunt und mit fragenden Augen an. Lona wirkte verschüchtert. Sie war ängstlich aufgesprungen, als ein Mädchen neben ihr erschienen war, und stand nun mit dem Rücken zur Wand gepresst. Eine Weile lag gespannte Stille im Raum.

Ein dünner, großer Junge mit blonden Haaren und einer seltsam großen Brille trat schließlich auf Elaf zu: »Bist du der Geist, mit dem wir in den letzten Tagen kommuniziert haben?«

Elaf starrte ihn an. »Kommuniert?«

Der Junge machte jetzt langsame, überdeutliche Handbewegungen, die wohl schreiben andeuten sollten.

Elaf runzelte die Stirn. »Wenn du damit ausdrücken willst, ob ich in den Sand geschrieben habe, dann ist die Antwort Ja. – Wo ist der Junge, der es nicht geschafft hat, zu fliehen?«

Elaf sah sich im Raum um, konnte ihn aber nicht finden.

»Er kommt gleich. Falls du allerdings Fragen haben solltest, dann bin sicherlich ich der Richtige, diese zu beantworten.«

Hinter ihnen wurde die Tür aufgerissen und Omid und Viktor stürmten außer Atem hinein.

»Halt die Klappe, Berti, und spiel dich nicht so auf.« Omid

grinste und streckte keuchend Elaf die Hand hin: »Ich bin Omid, die anderen sind unterwegs hierher. Es gab einen kleinen Zwischenfall.«

***

Stella Guntzel rang nach Atem. Sie hatte nicht damit gerechnet, dass sich Arjell als eine so zähe Gegnerin erweisen würde. Nachdem sie ihr den Weg versperrt und mit ihr gerungen hatte, war es ihr am Ende doch noch gelungen, sich loszureißen und weiterzulaufen. Sie hoffte nur, dass der Denda endlich folgte. Sie kannte den Weg inzwischen gut und wusste, dass nach der nächsten Biegung das Tor in Sichtweite kam. Sie würde die Kugel durch das Tor werfen. Der Denda musste ihr nachlaufen, um sie zu holen, und damit wäre er verloren, weil sie, Stella, aus dem Tor treten und die Kugel wieder verschließen würde. So war es geplant. Dann musste sie nur noch mit Frau Pröhlberg, die von der anderen Seite kam, die Insel verlassen, das hatten sie abgemacht. Komisch nur, dass sich die Pröhlberg gar nicht mehr blicken ließ.

Als sie um die Biegung kam, stockte Stella Guntzel. »Das ist ja wohl nicht wahr«, dachte sie, »was will jetzt der fette Bente hier?« Er stand vor ihr mitten im Tor und versperrte den Ausgang. Direkt vor dem Ziel. Sie kniff die Augen zusammen und herrschte ihn an:

»Du Vollidiot, mach sofort den Weg frei. Ich muss einen wichtigen Auftrag erledigen.«

»Vergiss es, Stella. Ich weiß genau, was du willst, und du wirst hier nicht durchkommen.«

»Glaubst du im Ernst, dass ich mich von solchen Nullen wie Arjell und dir aufhalten lasse?«

Bente schaute sie ganz ruhig an. Dieser Blick verwirrte Stella Guntzel. Normalerweise rastete er aus, wenn man ihn beleidigte, und genau darauf hatte sie es angelegt. Er sollte gefälligst auf sie losgehen, dann könnte sie zum Tor entwischen. Stattdessen blieb dieser Fettwanst in aller Seelenruhe stehen. Wut stieg in ihr auf. »An deiner Stelle würde ich abhauen, solange du noch Zeit hast. Wenn ich die Kugel erst verschließe, dann wirst du darin erneut gefangen sein.«

Wieder keine Reaktion. Wo nahm der plötzlich seine Gelassenheit her?

»Pech für dich, Stella. Es wäre klüger für dich, zu überlegen, ob du selbst noch zurückwillst.«

»*Du* schwafelst von Klugheit. Das ist ja lächerlich.« Stella Guntzel schnaubte.

Hinter ihr erschien jetzt Arjell, die sich offenbar wieder aufgerappelt hatte.

»Tom wird nicht kommen, Stella. Er ist von Linus gewarnt worden und den richtigen Weg zum Haus hochgeführt worden. Das hier ist nämlich der falsche Ausgang, falls du doch noch zurückwillst.«

Stella Guntzel guckte nun vollkommen perplex von einem zum anderen. Woher in Gottes Namen wussten die beiden von ihrem Plan? Bente beantwortete ihre unausgesprochenen Gedanken.

»Viktor und Omid haben eure kleine Verschwörung belauscht. Pech für dich und die Pröhlberg, die sich ja übrigens, wenn ich es richtig sehe, bereits aus dem Staub gemacht hat. Hat dich wohl reingelegt, oder?«

Er blickte auf den leeren Weg, der hinter ihr anstieg. Arjell gesellte sich zu Bente und beide beobachteten, wie sich in Stella Guntzels Gesicht Unsicherheit und Verwirrung spiegelten. Sie wirkte wie gelähmt. Arjell sah ihr gelassen in die Augen, als sie sagte: »Besser, du gehst jetzt auch zügig los, bevor es zu spät für dich ist. Ich bin mir nicht sicher, ob dein Körper ohne deinen ehrgeizigen Geist so wahnsinnig erfolgreich sein wird.«

Diese Worte hatten einen erstaunlichen Effekt auf Stella

Guntzel. Als sei sie plötzlich aus ihrer Erstarrung befreit worden, kreischte sie laut auf und schleuderte die Kugel auf Bente und Arjell. Die beiden machten reflexartig einen Schritt zurück und die Kugel landete direkt dort, wo der Pfad im Sand vor ihren Füßen endete. Stella Guntzel machte auf dem Absatz kehrt und rannte so schnell sie es vermochte den Weg zurück über die Insel und immer weiter. Sie musste das andere Tor erreichen, bevor es zu spät war.

Arjell hob langsam die Kugel auf, die unversehrt geblieben war. Dann machten auch Bente und sie sich auf zur Inselmitte.

***

Als Tom und Linus die Tür zum Haus öffneten, sahen sie zuerst den unbekannten Jungen, der in eine altmodische Hose und eine seltsamen Jacke gekleidet war und sich mit Omid und Viktor unterhielt, während die anderen mit großen Augen zuhörten, was er erzählte. Tom suchte zwischen seinen Mitschülern das Gesicht von Philonia Grabstatt. Er entdeckte sie schließlich in ihrer Mädchengestalt, an eine Wand gepresst mit erstarrtem Gesicht. Als sie ihn und die Kugel sah, konnte er Furcht in ihren Augen erkennen. Es wurde still im Raum, als Elaf sich zu den Neuankömmlingen umdrehte. Er lächelte und Tom mochte ihn augenblicklich.

»Gut, dass du da bist. Du bist spät. Wir müssen uns beeilen, damit du noch zurückkommst.«

Tom nickte nur und blickte das fremde Mädchen an. »Wirst du auch mitkommen?«

Es fühlte sich seltsam an, seine Direktorin mit *du* anzusprechen, aber andererseits war sie offensichtlich gerade erst zehn Jahre alt. Die Augen der anderen richteten sich unvermittelt auf das Mädchen. Sie hatten sie in all dem Trubel und den aufgeregten Berichten der Jungen ganz vergessen.

»Wer ist sie überhaupt? Aus deiner Zeit kann sie ja wohl kaum kommen, Elaf.«

Klara runzelte die Stirn. Elaf schüttelte den Kopf. »Nein, Lona kam viel später, wenngleich das auch schon über 40 Jahre her ist. Ihre Mutter hat sie einst hierhergebracht.«

Die Augen des Mädchens waren jetzt von Entsetzen geweitet und sie schrie in ihrer Verzweiflung: »Sag es ihnen nicht, Elaf, bitte.« Gemurmel wurde im Raum laut.

Elaf schwieg, aber Tom, den plötzlich eine Woge des Mitgefühls überkam, sagte: »Du musst keine Angst haben. Ich habe gesehen, was man Menschen antun kann, wenn sie ohne Seele sind.«

Er blickte in die Runde.

»Keiner von euch ist inzwischen mehr so, wie er war. Allein in den letzten drei Tagen hat euch die seelenlose Philonia Grabstatt so verändert, dass ihr entsetzt wärt, wenn ihr euch selbst sehen könntet.«

Er wandte sich wieder dem Mädchen zu. »Aber du kannst diese Frau, unter der wir alle leiden, verändern, Lona.«

Er benutzte absichtlich den Namen, den ihr Vater genannt hatte, weil er hoffte, er könne sie so erreichen. Aber sie schüttelte heftig den Kopf.

»Meine Mutter hat ein Monster aus mir gemacht. Das lässt sich nach 40 Jahren nicht ändern.«

Es wurde totenstill in dem kleinen Haus.

»Du bist Philonia Grabstatt?« Linus blickte sie an. »Ich habe dich in der Herberge gesehen, bevor dich deine Mutter ins Watt geführt hat.« Er schluckte. Sie tat ihm leid. Es folgte ein Stimmengewirr und einige rückten nun von dem Mädchen ab, gleichzeitig wurde die Tür aufgestoßen und Arjell und Bente betraten den Raum.

»Wir haben die Kugel zurück.«

Elaf wandte sich Linus und Tom zu.

»Ihr müsst jetzt sofort gehen, wenn nicht alles umsonst gewesen sein soll.« Er stockte und sein Blick war von Traurigkeit erfüllt. »Selbst, wenn Lona bleiben will.«

Tom schaute in die Runde. »Er hat Recht. Ihr müsst jetzt alle durch den Lebensweg zurück.«

Linus sah ihn an. »Was meinst du mit *ihr* alle?«

Tom erwiderte seinen Blick. »Ich bin zu spät, Linus. Schon als ich ankam, erinnerst du dich, war der Wendepunkt überschritten.« Er blickte auf seine Uhr. »Jetzt ist es zwei Uhr. Ich habe keine Chance, es an Land zu schaffen, bevor die Flut zurück ist. Aber soweit ich es verstanden habe, ist das für eure Seelen unerheblich. Sobald ihr das offene Tor am Inselrand passiert habt, seid ihr frei und werdet zu euren Körpern zurückkehren.«

Elaf nickte. Linus wollte auf keinen Fall Tom zurücklassen.

»Dann bleibe ich bei dir.«

»Nein!« Tom drängte sie jetzt. »Ihr müsst schnell sein. Ich weiß nicht, was …« Er zögerte einen Moment. »Linus, du hast mich heute Nacht beobachtet, als ich das Zimmer verlassen habe. Ich weiß nicht, ob du mich verraten hast. Aber wenn du das getan hast, dann ist Sara unter Umständen in großer Gefahr und ihr müsst ihr dringend helfen. Ich bleibe, bis die nächste Ebbe kommt, und komme nach. Bitte geht jetzt, schnell.«

»Und was ist mit Stella? Hat jemand mal an die gedacht?« Ninas weinerliche Stimme erhob sich. Sie hatte die Arme verschränkt und zeigte einen unwilligen Gesichtsausdruck. Arjell drehte sich zu ihr um.

»Deine Freundin Stella hat schon lange für sich selbst gesorgt. Da kannst du dir sicher sein! Es ist höchste Zeit, Nina, dass du dich auf andere verlässt.« Und mit diesen Worten wandte sie sich zum Gehen.

***

Tom blieb mit Lona allein zurück. Die anderen waren losgezogen. Elaf geleitete sie, auch Bente und Arjell, die beschlossen hatten, vorerst zu bleiben, waren zum Abschied mitgekommen.

Lona saß auf dem Boden. Tom konnte sehen, wie unglücklich sie war. Auch er setzte sich. Nach einer Weile sprach er zu ihr: »Ich habe deinen Vater gesehen, Lona. Er sehnt sich nach dir. Er hatte diese Kugel wohl versteckt.«

Sie fing an zu weinen.

»Lona, deine Mutter ist schon lange tot. Dein Vater ist einsam und verbittert. Wenn du Philonia Grabstatt nicht erlöst, dann werden viele Menschen sehr unglücklich bleiben.«

Lona hob den Blick.

»Das sagst du so. Vielleicht gibt es kein Zurück. Wie soll ich das alles je wieder gut machen?« Sie sah ihn verzweifelt an.

»Nur wenn du zurückgehst, ist es dir möglich, all die Schüler der vergangenen Jahre wieder zu erlösen. Soweit ich das verstehe, hat die Philonia Grabstatt, die da draußen wartet, sich jedes Jahr von deinem Vater eine Kugel machen lassen. Ich habe sie mit eigenen Augen gesehen, die stehen aufgereiht in ihrem Büro. Weißt du, wie viele Jungen und Mädchen das gleiche Schicksal ereilen wird wie dich? Weißt du, wie viel Unglück diese Menschen, wenn sie erwachsen sind, noch über andere bringen werden? Ist das nicht Grund genug?«

Er betrachtete sie einen Moment und sagte dann leise: »Ohne dich werde ich das niemals schaffen. Und die alte Philonia Grabstatt wird so weitermachen wie zuvor.«

Lona schluckte. Sie hob ihren Blick und sah ihn mit geröteten Augen an. »Wirst du mir helfen?«

Tom nickte. »Ich verspreche es.«

Lona erhob sich langsam und mit einer großen Müdigkeit. Schweigend folgten beide dem dunklen Pfad zum Meer. Es war nach wie vor sehr dunstig und kalt. Tom war inzwischen von der langen Wanderung erschöpft und fror erbärmlich. Sie erreichten das Ende des Weges, als sie von Klara auf den letzten Metern überholt wurden. Etwas atemlos meinte sie: »Ich musste mich noch von den Tieren verabschieden.«

Sie winkte im Vorbeilaufen den Zurückgebliebenen zu und löste sich, kurz nachdem sie den Strand betreten hatte, vor ihnen auf. Elaf stand neben Bente und Arjell, als Tom und Lona sie schließlich erreichten. Elaf schenkte Lona ein warmherziges Lächeln und trat auf sie zu. Er nahm ihre Hand und sprach leise, sodass nur sie ihn hören konnte.

»Lona. Alles wird gut, vertraue mir. Wenn du deinen Vater siehst, sag ihm, dass ich auf ihn warten werde.«

Lona umarmte ihn.

»Du wirst mir fehlen, Elaf. Danke für alles.«

Mit diesen Worten betrat sie den Strand, den Blick starr nach vorne gerichtet, und nach nur wenigen Metern wurde ihre Gestalt durchsichtig und löste sich in Nichts auf. Das Wasser war inzwischen schon wieder deutlich gestiegen und nur die Sandbänke waren noch nicht von der zurückkehrenden Flut erobert worden.

»Lass uns zurück zum Haus gehen, Tom. Dort ist es zumindest etwas wärmer. Und du kannst dich ausruhen, bevor du den Weg zurücknimmst.«

Elaf hatte beobachtet, wie Tom in der Kälte der Nacht zitterte. Der Weg zurück. Schlagartig wurde Tom bewusst, was er bislang vollkommen verdrängt hatte.

»Ich kann nicht zurück«, flüsterte er heiser. »Alle Aufzeichnungen und auch mein Kompass sind im Rucksack geblieben, den Stella mir gestohlen hat.«

24 Ein kleines Mädchen kehrt zurück

Sara war gelähmt von Angst und Entsetzen. Tom war bislang nicht zurückgekehrt. Inzwischen war es viel zu spät. Die ersten kleinen Wellen leckten bereits an ihren Füßen. Hinter sich hörte sie, wie sich die Pröhlberg und die Grabstatt miteinander stritten. Was war los mit denen? Sara verstand das alles nicht, aber als die Pröhlberg vor etwa einer halben Stunde das letzte Mal bei ihr gewesen war, hatte sie ihr etwas höchst Beunruhigendes ins Ohr geflüstert:

»Glaub nicht, dass dein kleiner Freund von der Insel zurückkehren wird. Dafür habe ich gesorgt.«

Sara dachte darüber nach, was dieser Satz bedeutete. Die Pröhlberg hatte über die Insel gesprochen, als wäre sie *dort* gewesen. Das konnte nur bedeuten, dass Tom angekommen war und die Kugel geöffnet hatte, denn sonst hätte sie sich nicht erinnern können. Dann mussten aber auch die anderen zurückkehren. Sara hoffte inständig, dass es Tom gelungen war, die anderen zu finden und zu befreien. Aber was meinte die Pröhlberg damit, als sie sagte, er würde nicht zurückkehren?

»Lass mich in Frieden, Anita. Ich muss nachdenken.« Diese Frau wurde zur Plage, außerdem hatte sie etwas in ihrem Ton, das Philonia Grabstatt überhaupt nicht gefiel. Sollte es am Ende diesem Gör gelungen sein, die Kugel zu öffnen? Aber das war nicht möglich. Schließlich war das Buch mit den Formeln noch in ihrer Tasche. Wie um sich zu vergewissern, griff sie in ihre Manteltasche. Ja, es war noch da. Ein Erinnerungsfetzen blitzte plötzlich am Rande ihres Geistes auf. Was hatte die Fleischmann gesagt? Sie hätte nicht in ihrem Zimmer geputzt?

Philonia Grabstatt wurde von Unruhe gepackt, sie musste sich Sicherheit verschaffen. Jetzt. Sie lief über die Sandbank zur Boje. Das Wasser hatte inzwischen die Boje erreicht. Sie blickte auf ihre Uhr. Es war kurz nach zwei. In etwa einer Stunde musste sie ans Ufer zurück, weil dann die Flut das Wasser um die Sandbank herum spülen würde. Die Boje wäre mit ihrem unteren Teil, an den sie die Curdt gebunden hatten, dann vollständig im Wasser.

»So, Mädchen. Jetzt reden wir mal hübsch miteinander. Du siehst ja, wie das Wasser steigt. Mehr als eine Stunde hast du nicht mehr, um zur Vernunft zu kommen.«

Sara wusste nicht, was sie tun sollte. Sie hatte Angst um Tom, Angst um die anderen und Angst um sich selbst. So wie die Grabstatt redete, konnte sie unmöglich befreit worden sein oder aber ihre Seele war genauso dunkel wie ihr seelenloses Selbst. Was konnte sie jetzt noch tun, um irgendetwas für irgendwen zum Besseren zu kehren? Die Hilflosigkeit schwappte über sie wie die herannahenden Wellen, die ihre Gummistiefel umspülten.

»Was tun Sie, wenn ich Ihnen die Wahrheit sage?«

Die Grabstatt schaute sie an. »Ich binde dich los und versuche sogar, deinen kleinen Freund zu retten.«

»Was kommt danach?«

Philonia Grabstatt lachte freudlos. »Nun, das ist ganz einfach. Du und der Denda, ihr werdet natürlich von der Schule verwiesen. Und falls ich höre, dass ihr irgendetwas von dem, was heute Nacht geschehen ist, erzählt, bin ich leider gezwungen, das an euren Freunden auszulassen, die ja noch in meiner Obhut sind.«

Sara wurde schlecht. Doch was hatte sie für eine Wahl? Sie konnte Tom nicht anders helfen und auch sich selbst nicht.

Sie schluckte.

»Gut.« Und sie begann zu erzählen, was passiert war, wie

Tom auf der Insel entkommen war, dass sie das Buch gestohlen hatte, und schließlich berichtete sie über den Besuch beim alten Grabstatt. Philonia Grabstatt sagte nichts, aber ihre Augen erschienen Sara im Schein der Taschenlampe noch dunkler als gewöhnlich.

Als Sara geendet hatte, beugte sie sich schweigend hinunter zu dem Knoten, der Sara an die Boje gefesselt hielt. Sie begann ihn im Licht der Taschenlampe zu lösen, als Sara von hinten einen Schatten wahrnahm. Im nächsten Moment sah sie eine Taschenlampe, die auf den Kopf von Philonia Grabstatt herabsauste, die betäubt nach vorne fiel.

»So, meine liebe Philonia, jetzt bin ich dran.«

Anita Pröhlberg beugte sich nach unten und zog die Knoten zu Saras Entsetzen wieder nach.

»Tja, Curdt, so kann's gehen. Sehr interessant, was du da erzählt hast. Aber eins kann ich dir verraten, dein Freund ist verloren, und zwar für immer.«

Ihr Gesichtsausdruck verriet große Befriedigung, als sie dies sagte.

»Aber, wer weiß«, sie beugte sich nah zu Saras Gesicht hinunter, bis diese ihren Atem spüren konnte, »vielleicht gibt es ja ein Wiedersehen im Jenseits. Obwohl ich es bezweifle.«

Sie brach in schallendes Gelächter aus. Als sie sich beruhigt hatte, blickte sie auf die Grabstatt herunter und trat mit dem Fuß gegen ihren Körper.

»So. Die brauchen wir ja noch. Besser, wenn ich die auf die Sandbank ziehe. Wir benötigen schließlich jemanden, der für deinen Tod verantwortlich gemacht werden kann, nicht wahr?«

Mit süßlichem Lächeln fasste sie dem regungslosen Körper von Philonia Grabstatt unter die Arme und zog ihn mühsam Stück für Stück auf die Sandbank zurück.

***

Herberge

Linus erwachte. Er war, nachdem er aus der Küche ins Zimmer zurückgeschickt worden war, in einen unruhigen Schlaf gefallen und fühlte sich jetzt im Aufwachen verstört. Es dauerte einen Moment, bis er den Schlaf abschütteln konnte. Sein erster Gedanke war, dass er geträumt haben musste. Bilder von einer Insel stiegen in ihm auf und verdichteten sich blitzartig zu einem Ganzen. Seine Seele wurde eins mit seinem Körper und beide Welten und ihre Erinnerungen verschmolzen miteinander. Mit einem Ruck setzte er sich auf. Er sah sich um. Ja, er war in der Herberge. Tom hatte ihn und die anderen gerettet. Sara. Was hatte er getan? Sein Herz raste. Sie hatten ihn ins Bett zurückgeschickt, nicht aber Sara. Wo war sie? Er schüttelte die anderen, die ruhig in ihren Betten schliefen. »Aufwachen, ihr müsst aufwachen. Etwas Schreckliches ist passiert.« Mühsam fanden die anderen einer nach dem anderen in die Realität zurück. Linus' Worte überschlugen sich fast, als er ihnen erzählte, was in der Nacht geschehen war. Sie zögerten nicht.

»Meinst du, sie sind noch in der Herberge?« Omid sah ihn an. Linus überlegte kurz. Er schüttelte den Kopf. »Nein, ich erinnere mich, dass ich, nachdem die Grabstatt mich aufs Zimmer geschickt hatte, kurz darauf nochmal gehört habe, wie jemand mit Gummistiefeln über den Gang gelaufen ist. Ich erinnere mich an das Quietschen von Gummi auf dem Boden.« Omid riss seine Jacke aus dem Schrank und stieg in die Stiefel. »Los, wir müssen uns anziehen, die Taschenlampen nehmen und sie suchen.«

»Halt, langsam.« De Breun schaltete sich ein. »Woher wollt ihr wissen, dass die nicht längst zurück sind? Wir sollten erstmal prüfen, ob Sara und die Pröhlberg in ihren Betten liegen.«

»Das mache ich.« Linus lief ohne nachzudenken los, er wollte etwas tun. Sofort. Die Konfrontation seiner Seele mit der Erinnerung an seinen Verrat an Tom und Sara verursachten ihm entsetzliche Qualen. Er rannte durch die Gänge. Es war ihm egal, ob er gesehen wurde, er wollte Sara finden, und zwar jetzt.

Er hatte den Mädchentrakt erreicht und lief über den Flur. Da er nicht wusste, welche Zimmertür die richtige war, öffnete er eine nach der anderen. Die erste Tür führte offensichtlich zum Zimmer der Grabstatt. Auf dem Boden lagen Scherben, aber er erkannte anhand der Kleidungsstücke, die herumlagen, dass es ihr Zimmer sein musste. Sie war nicht da. Er riss die zweite Tür auf. Es war dunkel und er konnte die Gesichter nicht erkennen, also schaltete er das Licht ein. Falsches Zimmer. Er hörte unwilliges Stimmenraunen, als er den Raum verließ. Auch das nächste Zimmer war falsch. Schließlich öffnete er die letzte Zimmertür auf dieser Seite des Gangs und sah, kaum dass das Licht den Raum erhellte, das leere zerwühlte Bett. Stella erwachte und Linus rannte zurück auf den Flur. Als er den Vorraum des Haupthauses erreichte, begegnete ihm die Fleischmann, die wie ein unförmiges Gespenst in ihrem komischen Nachthemd aussah.

»Was soll das? Um diese Zeit? Und noch dazu aus dem Mädchentrakt? Na warte …«

Doch Linus ignorierte sie und rannte zurück zu den anderen Jungs. Laut schimpfend folgte ihm die Fleischmann auf dem Fuße.

»Sie sind weg. Auch die Grabstatt.«

Er hatte Seitenstechen und hielt sich mit einer Hand die Rippen.

»Die Grabstatt ist auch weg. Lasst uns sofort runter zum Strand gehen. Die sind bestimmt ins Watt gegangen.«

Die anderen Jungen standen mit ihren Schlafanzügen in Gummistiefeln und Jacken bereit.

»Oh nein, das werdet ihr schön bleiben lassen!«

Die Fleischmann war am Ende des Flurs erschienen und

starrte sie zornig an. Entschlossen klopfte sie laut hämmernd an die erste Zimmertür.

»Herr Brobank, Herr Brobank. Kommen Sie sofort! Hier ist der Teufel los.«

»Lasst uns abhauen!« Die Jungen zögerten keinen Moment und liefen zur rückwärtigen Tür hinter den Waschräumen auf den Hinterhof hinaus.

Holger Brobank stolperte Momente später in einem karierten Schlafanzug mit zerzausten Haaren und irritiertem Blick auf den Flur. Vor ihm stand Frau Fleischmann, die mit einer völlig unverständlichen Geschichte über ihn herfiel.

»Nun mal ganz ruhig, liebe Frau Fleischmann. Ich verstehe kein Wort.«

Elsa Fleischmann versuchte sich zu beruhigen. Ihre Hand auf der wogenden Brust japste sie aufgeregt nach den richtigen Worten.

»Herr Brobank, die Jungen sind fortgelaufen an den Strand. Und wie ich Ihnen die ganze Zeit versuche zu erklären, fürchte ich, dass sie Frau Pröhlberg und Frau Grabstatt gefolgt sind.«

Brobank guckte sie verständnislos und etwas mitleidig an.

»Liebe Frau Fleischmann. Ich fürchte, Sie hatten einen Albtraum. Frau Pröhlberg liegt in ihrem Bett und die Jungen sind wahrscheinlich ein bisschen herumgegeistert. Alles halb so wild.«

Elsa Fleischmann wurde langsam ungeduldig, wie konnte man derart begriffsstutzig sein.

»Na, dann kommen Sie mal mit.«

Sie fasste den überraschten Brobank am Ärmel und zog ihn über den Flur. Die Tür von Anita Pröhlberg war verschlossen. Sie donnerte mit ihren wulstigen Fäusten dagegen.

Holger Brobank versuchte sie aufzuhalten.

»Um Himmels Willen, Frau Fleischmann, Sie wecken ja alle auf.«
Niemand reagierte hinter der Tür.

»Sehen Sie! Ich habe Ihnen ja gesagt, dass die alle weg sind.«
Jetzt zog sie ihn auf die andere Seite des Flurs und öffnete
das Zimmer mit der Nummer zwei. Holger Brobank stutzte.
Es war tatsächlich leer.

»Warum, um alles in der Welt, liebe Frau Fleischmann, sollten die alle in der Nacht plötzlich an den Strand wollen?«

»Na, wegen der Kugel.«

Holger Brobank blickte sie entgeistert an.

»Mein Gott«, dachte sie, »was ist der Mann beschränkt.« Sie
stöhnte: »Die Insel der Verlorenen. Sie waren doch schon so oft
hier. Da müssen Sie doch davon gehört haben! Ich sage Ihnen,
die Grabstatts sind unberechenbar!«

Offenbar hatte er jedoch nichts davon gehört, denn sein Blick
zeigte immer noch Unverständnis. Konnte der Mann überhaupt an etwas anderes als Essen denken? Dann musste sie es
ihm anders verdeutlichen.

»Herr Brobank, wenn Sie nicht vorhaben, Ihre Arbeit als Lehrer zu verlieren, dann sollten Sie endlich Ihrer Aufsichtspflicht
nachkommen und den Jungen an den Strand folgen. Am besten
wäre es, wenn Sie mal gleich jemanden hinzurufen, der ein Boot
hat! Denn in Kürze wird die Flut den Strand erreichen und die
Jungs machen im Dunkeln einen Spaziergang im Watt!«

Endlich. Diese Worte hatten offenbar seinen pädagogischen
Verstand in Gang gesetzt.

»Sie haben natürlich Recht, Frau Fleischmann! Ich ziehe
mich sofort an. Sie kennen doch hier alle! Rufen Sie jemanden
an, der ein Boot hat. Den Petersen, ja, rufen Sie den Petersen!«
Und mit diesen Worten watschelte Holger Brobank eilig in sein
Zimmer, um sich Schuhe und Jacke zu holen.

***

Das Wasser lief ihr in die Gummistiefel. Sara hing erschöpft an der Boje. Sie spürte kaum noch die Kälte. Ihre Hände waren inzwischen taub und sie war entsetzlich müde. Alles war vorbei. Sie spürte, dass nun alles zu Ende gehen würde und sie aufgeben konnte. Es war nichts mehr zu erreichen, es war nichts mehr zu ändern. Es gab keine Hoffnung mehr für sie und die anderen. Sie blickte mit letzter Kraft in die Dunkelheit auf das Wasser. Armer Tom, ob er schon von den Fluten erfasst worden war? Ging es ihm am Ende wie einst Elaf? Sie sah, wie sich in der Dunkelheit vor ihr etwas bewegte, irgendetwas formte sich vor ihr in der Nacht. Vielleicht hatte sie schon Wahnvorstellungen. Ja, sie hatte Halluzinationen, denn direkt vor ihr tauchte im Wasser eine Frauengestalt in altertümlicher Kleidung auf.

War sie vielleicht schon gestorben, ohne es zu bemerken? Vielleicht war sie bereits in der Geisterwelt. Die Frau blickte sie an. Sie sah freundlich aus. Jetzt hörte sie auch noch eine Stimme in ihrem Kopf:

»Du darfst nicht einschlafen. Kämpfe gegen den Schlaf. Du darfst jetzt nicht aufgeben.«

Die Stimme drang in sie und es schien ihr, als ob sie in ihrem Kopf den Kampf gegen die andere Stimme der Erschöpfung aufnahm, die unentwegt flüsterte: »Gib auf, Sara. Lass dich von der Kälte umarmen. Gib einfach auf.« Sara schüttelte den Kopf und versuchte die Augen zu öffnen, damit die Stimmen Ruhe gaben. Sie war so entsetzlich müde, aber die Stimmen ließen nicht locker.

Auf der Sandbank regte sich unbeholfen Philonia Grabstatt. Ihr Kopf schmerzte und sie kam nur langsam zu Bewusstsein. Wo war sie? Sie erkannte im Dunkel das Licht einer Taschenlampe ein paar Meter von sich entfernt. Jetzt richtete jemand die Lampe auf sie.

»Na, Philonia, erwacht? Wie schön, es macht auch viel mehr Spaß, wenn du siehst, wofür du verantwortlich sein wirst.«

Philonia Grabstatt versuchte sich aufzusetzen. Irgendetwas stimmte hier nicht, etwas in ihrem Kopf. Jemand oder etwas drang in sie, sie sah Bilder, die sie nicht kannte und die ihr dennoch vertraut waren. Zwei Welten schienen in ihrem Kopf miteinander zu verschmelzen und als sie aufeinandertrafen, wurde sie vom Schmerz der Erkenntnis getroffen, der den Schmerz an ihrem Kopf um ein Vielfaches übertraf.

»Was habe ich getan? Oh mein Gott. Es ist schlimmer als alles, was ich mir je vorgestellt habe.«

Ihre Stimme war nur ein heiseres Flüstern, aber Anita Pröhlberg hörte es dennoch.

»Oh, Philonia. Haben wir unerwartet Mitgefühl? Das ist doch sonst nicht so deine Art.«

Das hassverzerrte Gesicht von Anita Pröhlberg tauchte neben ihr auf.

»All die Jahre hast du mich kleingehalten und rumkommandiert. Du hast mich niemals neben dir groß werden lassen. Ja. Es war ja immer die große Grabstatt mit ihren fantastischen pädagogischen Konzepten. Und ich stand daneben und durfte applaudieren.«

»Es tut mir leid, Anita.«

Lona hatte die Macht über ihre Erinnerung und ihr Selbst wiedergefunden und versank fast in den Schuldgefühlen, die sie in sich vorfand. Doch Anita Pröhlberg spürte ihrerseits diese unbändige Wut in sich, die sie so lange hatte unterdrücken müssen. Sie erwiderte in schrillem Tonfall: »So, leid tut es dir, ja? Du weißt gar nicht, wie leid es dir noch tun wird, wenn diese Nacht vorüber ist.«

»Anita, wenn du dich an mir rächen willst, tu es, aber lass das Mädchen in Ruhe.«

Lona Grabstatt versuchte sich mühsam zu erheben. Anita

Pröhlberg hob drohend die Taschenlampe in ihrer Hand und stellte sich vor sie.

»Oh nein. Die Curdt bleibt, wo sie ist. Sie hat es nicht besser verdient. Der Junge und sie sind verloren, dafür habe ich gesorgt.«

»Der Junge wird zurückkehren, Anita. Und du wirst jetzt das Mädchen losbinden.«

Lona richtete sich auf und wich im Aufstehen gerade noch der Taschenlampe aus, die auf sie herabsauste. Mit einem Schrei stürzte sich die Pröhlberg auf sie. Lona Grabstatt rang verzweifelt mit ihr. Die Pröhlberg war stärker, als sie angenommen hatte, und in ihrer Besessenheit entwickelte sie ungeahnte Kräfte.

Ein Stück entfernt, unbeachtet von den beiden, näherte sich eine Mädchengestalt mit stampfenden und nicht minder wütenden Schritten und kam unaufhaltsam auf die kämpfenden Frauen zu.

25 Womit Frau Pröhlberg niemals rechnete

Stella Guntzel hatte nicht gezögert. Nachdem sie erwacht war und sich das Nötigste übergeworfen hatte, war sie so schnell sie konnte, an den Strand gelaufen. Sie erinnerte sich, wie die Grabstatt und die Pröhlberg die heulende Curdt gezwungen hatten, sich Gummistiefel und eine Jacke anzuziehen, um dann mit ihnen zu gehen. Stella Guntzel hatte inzwischen eins und eins zusammengezählt.

Sie wusste genau, dass sie die Pröhlberg am Rande des Ufers finden würde, schließlich wollte *die* Rache an der Grabstatt nehmen und auch Stella Guntzel war voller Rachegelüste, als sie den Schein einer Taschenlampe auf der Sandbank vor sich sah. Mit wütenden Schritten stapfte sie unaufhaltsam auf die beiden Frauengestalten zu.

Sie rangen verbissen miteinander. Lona Grabstatt war erschöpft von der Verschmelzung ihrer Seele mit ihrem Körper und fühlte sich zudem noch benommen von dem ersten Schlag mit der Taschenlampe. Dennoch versuchte sie, all ihre Kräfte gegen Anita Pröhlberg einzusetzen, um das Mädchen an der Boje zu retten. Die Pröhlberg hielt ihre Arme fest mit einer Kraft wie von zwei Schraubstöcken, als jählings eine Gestalt hinter ihr auftauchte, die schrie: »Mit mir nicht! Nicht mit einer Guntzel!« Die Pröhlberg drehte überrascht ihren Kopf nach hinten, als sie vollkommen unerwartet ein harter Faustschlag mitten ins Gesicht traf. Augenblicklich ging sie zu Boden. Ihre Hände lösten sich von Lona Grabstatts Armen, die sich die Taschenlampe schnappte und losrannte.

Sie watete durch das Wasser auf die Boje zu, die schon fast im Wasser schwamm. Als sie Sara erreichte, war diese bereits bis zur Hüfte im Wasser. Sie rüttelte an ihren Schultern. »Nicht einschlafen, Sara, bitte jetzt nicht einschlafen.« Sie war kalt, viel zu kalt. Lona befestigte die Lampe zwischen dem Tau, sodass sie nach unten leuchtete. Sie tastete nach den Knoten und fand sie. Das Seil war durch das Wasser aufgedunsen und sie mühte sich verzweifelt, die Knoten zu lösen.

***

Ole Petersen stieß sich den Kopf an der Kajütentür, nachdem er vom Klingeln des Telefons aus dem Schlaf geschreckt wurde. Elsa? Um diese Zeit? Sie klang aufgeregt und er versuchte sie zu beruhigen.

»Nu mach mal langsam, Elsa, sonst versteh ich kein Wort.« Nur ein paar Momente später legte er das Telefon auf und zögerte keine Sekunde. Er warf sich das Nötigste über, griff sich sein Messer und einen Stapel Decken und verließ das Schiff. Das kleine motorisierte Beiboot lag backbord, er löste das Tau und fuhr so schnell er konnte hinaus. Als Elsa Fleischmann berichtet hatte, dass die Grabstatt und die Pröhlberg mit dem Mädchen an den Strand gegangen waren, hatte er sich blitzlichtartig an etwas erinnert, das seine Mutter ihm einst von Trine Deichgraf erzählt hatte. Sie hatte eine besondere Strafe für die Kinder, die sie mehr als andere verabscheute: Sie hatte diese ins Watt geführt und an eine Boje gebunden. Dort mussten sie ausharren, während die Flut zurückkehrte, und Trine Deichgraf hatte sich an ihrer Todesangst geweidet, bis sie sie im letzten Moment befreite.

Auch seine Mutter Alma hatte dort einst im Wasser stehen müssen. Dieses Bild des Grauens erschien nun unmittelbar vor seinem inneren Auge, während er Kurs auf die Boje nahm, von der er wusste, dass sie gut vom Strand aus zu erreichen war.

***

»Dort hinten! Seht mal!« Die Jungen waren ein Stück den Strand entlang gerannt und sahen jetzt in der Ferne ein schwaches Licht. Eine andere Person näherte sich dem Lichtschein mit schnellen Schritten. »Wer ist das?« Albert de Breun runzelte die Stirn. »Völlig egal, lasst uns rennen.« Linus und die anderen Jungen spurteten los. Das Wasser ging ihnen bereits bis zu den Knien. Als sie die Sandbank erreichten, fanden sie die Pröhlberg auf dem Boden liegend vor und daneben eine sie wüst beschimpfende Stella Guntzel. Omid beugte sich herunter. »Die hört dich nicht, Stella. Die ist k.o.«

»Wo ist Sara?« Linus blickte panisch um sich.

»Weiß ich doch nicht! Und ist mir auch egal, selbst schuld, wenn die so blöd ist.« Stella Guntzel giftete die Jungen an, bevor sie sich weiteren Beschimpfungen gegenüber der Pröhlberg hingab.

Die Jungen leuchteten das Wasser vor ihnen ab. »Da vorne!«, rief Linus. Sein Licht fiel auf die Boje.

Sie konnte die Knoten nicht lösen. Ihre Finger waren klamm, das Seil vollgesogen, der schlaffe Körper von Sara drückte schwer gegen das Tau. Lona versuchte, Saras Arme herauszuziehen, aber die Jacke verhinderte ihre Bemühungen. Das Wasser stieg weiter, sie hatte keine Zeit mehr, ihre Kraft ließ spürbar nach und das Mädchen in ihren Armen fühlte sich so entsetzlich leblos an. Sie versuchte, ihr Wärme zu geben, obwohl sie wusste, dass es völlig unsinnig war, als sie auf einmal zeitgleich vor und hinter sich Geräusche hörte.

Stimmen riefen ihr etwas zu und vor ihr war ein Motorengeräusch zu hören. Sekunden später tauchte ein kleines Boot vor ihren Augen auf. »Ole Petersen. Hilf mir! Bitte!« Mit letzter Kraft rief sie ihm die Worte zu, aber er steuerte sein Boot bereits geradewegs auf sie zu. In der Hand hielt er ein Messer. »Mach Platz, Lona.«

Sie versuchte, ihm ein Stück des Taus entgegenzuhalten. Es gelang ihm, dieses zu durchschneiden. Und mit einer letzten Kraftanstrengung tauchte Lona nach unten und löste das Seil von Saras Beinen. Ole Petersen zog die stöhnende Sara sofort an Bord und wickelte sie in Decken.

»Dich schickt der Himmel, Petersen.« Er schien sie nicht zu hören, sondern blickte auf die Jungen, die vor ihm durchs Wasser auf sie zu wateten. »Helft eurer Lehrerin ans Ufer! Hört ihr? Und dann ruft den Notarzt! Aber nicht den Tierarzt, klar? Er soll sofort zum Hafen kommen. Schafft ihr das?«

Die Jungen nickten. Er wandte sich an Lona.

»Und du? Schaffst du es allein ans Ufer, Lona?«

Sie bejahte es und machte mit den anderen kehrt. Ole Petersen fuhr mit seinem kleinen Boot davon.

»Wir müssen Frau Pröhlberg mitnehmen.« Lona Grabstatt deutete auf den Körper der Lehrerin, die ausgestreckt auf dem Sand lag. Sie waren schweigend auf dem noch trockenen Boden angelangt. Inzwischen füllte sich auch die Seite jenseits der Sandbank zunehmend mit Wasser.

»Die soll hier ruhig verrotten. Diese Verräterin!« Stella Guntzel stellte sich vor den Körper ihrer Lehrerin, die offensichtlich immer noch ohnmächtig war.

»Was um alles in der Welt ist denn hier los?« Die vertraute Stimme von Holger Brobank mischte sich ein.

»Philonia, wie siehst du denn aus? Und was ist denn …?«

Er sah die Pröhlberg am Boden liegen.

»Ach du liebe Zeit. Schnell. Ihr geht jetzt alle mal ratzfatz ans Ufer! Ich trage Anita.«

Er schob die von seinem Auftreten vollkommen überrumpelte Stella Guntzel aus dem Weg und wollte sich gerade Anita Pröhlberg über die Schulter hieven, die offensichtlich wieder zu sich kam, denn sie murmelte Unverständliches, als Linus sich einmischte: »Herr Brobank! Wir benötigen einen Notarzt, dringend! In den Hafen!«

Holger Brobank hob erstaunt die Augenbrauen und sah seine Direktorin fragend an. Sie nickte nur, sagte aber nichts weiter. Einen Moment lang war er überfordert von der Situation und schaute nur einen nach dem anderen ungläubig an, bis endlich Omid die allgemeine Erstarrung durchbrach und ihn anschrie: »Das ist doch nicht so schwer. Telefon! Notarzt! Oder wollen Sie, dass eine Schülerin stirbt?« Das reichte, um den schwerfälligen Brobank auf Trab zu bringen, und er watete mit ausholenden Schritten in seinen Gummistiefeln durch das noch seichte Wasser zurück ans Ufer. Er fluchte dabei laut, weil seine karierten Schlafanzugbeine vom Wasser durchtränkt wurden.

Stella Guntzel folgte ihm leise vor sich hin schimpfend.

»Na, typisch, jetzt müssen wir auch noch die Pröhlberg schleppen …« Omid, der als Einziger die Situation überblickte, ergriff die Initiative. »Los, Berti, Viktor, packt mal an.« Zu dritt schleppten sie die Pröhlberg an den Strand. Linus und Lona Grabstatt bildeten das Schlusslicht.

»Wird Sara es schaffen?« Linus wollte eigentlich überleben sagen, brachte das Wort aber nicht heraus. »Ja, Linus. Ich denke schon. Sie ist unterkühlt, aber sie lebte, als Petersen sie in sein Boot holte. Es tut mir so unendlich leid, was ich euch angetan habe.«

Linus sah seine Lehrerin mit ernstem Gesichtsausdruck an.

»Ich weiß, wie es sich anfühlt, wenn man sich wünscht, dass man die Zeit zurückdrehen könnte.«

Lona Grabstatt erwiderte seinen Blick mit ihren dunklen Augen, die eine Wärme zeigten, die ihre Schüler nie zuvor darin gesehen hatten.

»Ich bin an dem schuld, was du fühlst, Linus. Nicht du.« »Na ja«, mischte sich Omid vor ihnen ein, »Sie waren ja offensichtlich auch nicht Sie selbst in den letzten 40 Jahren. Da sollte man die Schuldfrage möglicherweise außen vor lassen. Und vielleicht könnten Sie es jetzt einfach mal besser machen?«

Omid guckte sie verschmitzt an.

»Versprochen. Wir fangen am besten mit euren Essensvorräten an, oder?«

Die Jungen lachten wie von einem düsteren Schatten befreit auf. Und für einen Moment rückte die Sorge um Sara und Tom in den Hintergrund.

Sie hatten jetzt den Strand erreicht. Auch Lona Grabstatt und die Jungen froren inzwischen bitterlich in ihren nassen Kleidern. Als sie den Pfad hoch zur Herberge stiegen, sahen sie am oberen Ende einen alten Mann, der am Zaun der Herberge stand und wartete. Lona Grabstatt verlangsamte ihre Schritte.

»Geht schon mal rein, Jungs, und nehmt am besten eine heiße Dusche, ja? Ich sorge dafür, dass nachher jeder noch einen heißen Kakao bekommt.«

Die Jungen gingen an dem Alten vorbei in die Herberge.

Sie standen einander zunächst schweigend gegenüber. Als Fjörn Grabstatt schließlich seine Tochter in die Arme schloss, sagte er nichts weiter als: »Endlich bist du zurück, mein Kind.«

***

Holger Brobank wies die Jungen an, die Pröhlberg auf einen der Tische im Speisesaal zu legen, weil ihm nichts Besseres einfiel. In seinem Bett wollte er sie nicht haben und ihre Tür war leider abgeschlossen. Sie murmelte benommen vor sich hin. Er beauftragte Stella Guntzel, auf sie aufzupassen, während er die Fleischmann holen wollte.

Stella Guntzel betrachtete voller Abscheu das Gesicht von Anita Pröhlberg, deren rechtes Auge bis runter zur Nase eine deutliche Schwellung vom Faustschlag aufwies.

»Mein Kopf. Was soll das alles …« Anita Pröhlberg öffnete mühsam die Augen und erblickte zuerst das hämische Gesicht von Stella Guntzel, das sich über sie beugte.

»DUUU! Na warte, bis ich wieder auf den Beinen bin!«

Sie setzte sich ruckartig auf, was sich als ungünstig erwies, denn sofort erfasste sie ein Schwindel, dem Übelkeit folgte.

»Mir ist schlecht. Oh mein Gott, ist mir schlecht.«

Sie ließ sich über die Seite vom Tisch rollen und stürzte taumelnd aus dem Saal in den Flur zur Lehrertoilette.

Nur wenige Augenblicke danach war ein gellender Schrei zu vernehmen, der dazu führte, dass Elsa Fleischmann und Holger Brobank augenblicklich aus der Küche stoben und die Klotür aufrissen, während Stella Guntzel langsam aus dem Speisesaal geschlendert kam, um nachzuschauen, ob sich etwas für sie Interessantes ereignet hatte.

Der Brobank und die Fleischmann sahen eine laut schreiende Anita Pröhlberg sich fortwährend vor dem Lehrerklo im Kreis drehen. Anita Pröhlberg hatte es offenbar eilig gehabt, zur Toilette zu kommen, weil sie sich übergeben musste, und sich unmittelbar vor das Toilettenbecken gekniet. Dabei hatte sie nicht bemerkt, dass sie um diesen Platz mit einer Ratte konkurrierte, die sich für den Inhalt der von der Fleischmann aufgestellten Rattenfalle direkt hinter der Toilette interessierte. Die Ratte hatte den Kniefall der Pröhlberg ihrerseits als Angriff interpretiert, war hinter dem Klo hervorgeschossen und hatte sich dann am Hinterteil der Pröhlberg in deren Hose festgebissen. Elsa Fleischmann, die einen fachmännischen Blick für derartige Vorkommnisse hatte, erkannte sofort, dass die Ursache für das wahnhafte Hüpfen in der Ratte lag. Ohne zu zögern, griff sie nach dem Schrubber in der Ecke und drosch auf die Ratte und damit natürlich auf die sie nun wüst beschimpfende Pröhlberg ein.

Tatsächlich aber ließ die Ratte locker, taumelte noch einen kurzen Moment, bevor sie mit einem gewagten Sprung im Toilettenbecken verschwand.

***

Lona Grabstatt erreichte die Herbergstür. Sie musste sich überwinden, sie zu öffnen, weil sie sich vor dem fürchtete, was unweigerlich kommen musste. Sie straffte ihre Schultern und atmete tief durch, bevor sie den Schlüssel ins Schloss steckte. Die Tür war schwer und dennoch konnte sie verschiedene, aufgebrachte Stimmen im Flur hören. Als sie die Herberge betrat, sah sie gerade noch, wie Anita Pröhlberg im Jungenflügel verschwand. Holger Brobank und Elsa Fleischmann sahen sie an.

»Ach du meine Güte, wie siehst denn du aus, Philonia?« Elsa Fleischmann schlug die Hand vor den Mund.

»Ich weiß, Elsa. Kannst du bitte für uns alle einen heißen Kakao kochen? Die Jungen haben ja hoffentlich eine heiße Dusche genommen.« Holger Brobank nickte bestätigend.

»Gut, wir kommen zu dir in die Küche, Elsa, wenn du nichts dagegen hast?«

Elsa Fleischmann war angesichts dieser vollkommen ungewohnt freundlichen Ansprache fassungslos und starrte Philonia Grabstatt mit aufgerissenen Augen an.

»Lona, bist du es?«

Lona lächelte. Das hatte eine erstaunliche Wirkung auf Frau Fleischmann, deren Busen sich augenblicklich unter heftigen Schluchzern hob und senkte, als sie Lona Grabstatt in die Arme riss.

»Ich dachte, du wärst für immer verloren. Nein aber auch, dass du tatsächlich wieder da bist.«

Sie wischte sich die Augen.

»Ja, Elsa, auch wenn es viel zu spät ist, fürchte ich.« Holger Brobank verstand nichts von dem, was um ihn herum passierte. »Na, liebe Frau Fleischmann. Also, so lange war sie ja nun auch nicht weg.«

Lona Grabstatt bemerkte plötzlich Stella Guntzel, die im Halbdunkel stand.

»Stella, du gehst jetzt am besten ins Bett.«

»Ach ja? Und die anderen dürfen noch aufbleiben, oder was?«

»Ja, genau so. Die anderen dürfen noch aufbleiben und du nicht.«

Lona Grabstatt blickte sie ruhig an. Stella Guntzels erster Impuls war es, zu widersprechen, aber dann erinnerte sie sich an ihren Faustschlag und war sich nicht sicher, ob noch Ärger von der Pröhlberg zu erwarten war, jetzt, wo sie wieder in Dunkelsreed waren und die Pröhlberg zurück in die Rolle der Lehrerin schlüpfte. Deshalb entschied sie sich zunächst für den Rückzug.

Missgelaunt lief Stella Guntzel über den Mädchenflur. Sie war unzufrieden. Nichts war so, wie es ihr vertraut war. Erst hatte die blöde Pröhlberg sie reingelegt, danach auch noch diese Deppen aus ihrer Klasse. Damit nicht genug, hatte sie es zwar geschafft, zurückzukehren, und immerhin der Pröhlberg eins ausgewischt, aber dafür spielte jetzt die Grabstatt verrückt und benahm sich so, als würde sie diese Vollidioten, denen sie normalerweise nichts zutraute und nichts gestattete, *mögen*. Ja, sie zog diese Jungen ihr, Stella Guntzel, vor.

Diese Entwicklungen beunruhigten sie nicht nur, sie war auch ungemein empört über das Unrecht, das ihr zuteilwurde. War sie nicht immer die Beste von allen, die Einzige, die sich immer an die Regeln hielt? Zählte das jetzt alles plötzlich nichts mehr? Voller Wut trat sie gegen die Türen der anderen Mädchenzimmer. Sie hatte fast das letzte Zimmer des Flurs erreicht, als sich hinter ihr auf der anderen Seite eine Tür öffnete und die Lübke mit Lockenwicklern im Haar und einem Nachthemd mit rosa Wölkchen, aus denen es Schäfchen mit der Aufschrift *sweet dreams* regnete, in den Flur trat. Sie schob sich gerade eine rosa samtene Schlafbrille von den Augen, als sie erstaunt fragte: »Was ist denn heute Nacht hier los? Ein gesunder Schlaf ist wichtig für Leib und Verstand!«

Sie hob ihren Zeigerfinger, um diese Aussage zu unterstreichen. Stella Guntzel war nicht in Stimmung, sich Belehrungen anzuhören, und äffte sie nach:

»Aber nur, wenn man über noch etwas anderes als einen Leib verfügt.«

Die Augen der Lübke weiteten sich jetzt fast auf Untertassengröße. Als hätte sie eine Erleuchtung, huschte plötzlich ein Lächeln der Erkenntnis über ihr Gesicht und sie entfernte zwei türkisfarbene Stöpsel aus ihren Ohren. »Nein, mein Kind, du hast mir nicht noch ein anderes Leid zugefügt.«

Sie nickte gnädig Stella Guntzel zu und machte eine Handbewegung, die andeuten sollte, dass sie nun gehen könne. »Jetzt aber husch, husch ins Körbchen. Wir brauchen alle noch etwas Schönheitsschlaf.«

Mit diesen Worten drehte sich die Lübke um und verschwand wieder in ihrem Zimmer. Stella Guntzel, die erkannte, dass von dieser Nacht nichts mehr zu erwarten war, legte sich in ihr Bett und zog sich die Decke über den Kopf. Sie hoffte inständig, dass sie morgen erwachen und feststellen würde, dass alles nur ein böser Traum war.

26 Zurück durch den Nebel

Lona Grabstatt fegte die Scherben zusammen und versuchte, die gröbste Unordnung zu beseitigen, bevor sie sich schließlich schlafen legte. Sie dachte darüber nach, was alles geschehen war, und kam zu dem Schluss, dass sie Tom dafür dankbar war, dass er sie überredet hatte, die Insel schließlich doch noch zu verlassen.

Andererseits war sie schockiert über sich, sobald sie die Bilder in ihrem Kopf an ihr Leben und ihr Wirken als Lehrerin zuließ, aber da waren auch frische Erinnerungen, die sie hoffen ließen, dass sie doch noch zu einem Leben finden konnte, das besser war, als sie es sich bislang vorzustellen vermochte.

Sie dachte an ihren Vater, an Elsa Fleischmann und Ole Petersen. Sie alle hatten in ihr sofort die Lona erkannt, die sie war und die sie sein wollte. Sie wusste, dass die drei ihr eine Chance geben würden. Und ihre Schüler. Was konnte sie so blind für diese Jugendlichen gemacht haben, dass sie nicht hatte sehen können, wie wunderbar sie waren?

Sara war in das Krankenhaus in der nächsten Kleinstadt gebracht worden. Sie war unterkühlt und musste über Nacht bleiben. Aber sie war außer Gefahr. Lonas Gedanken schweiften zu Tom. Tom war noch nicht außer Gefahr …

Insel

Tom fror immer noch. Das Haus wärmte ihn nicht und letztlich setzten ihm Hunger, Durst und Erschöpfung zu. Sie hatten ihn allein zurückgelassen, um den Rucksack zu finden, der alles beherbergte, was er benötigte, um den Weg zurückzufinden. Die Kugeln lagen auf dem Tisch. Die kleine Kugel sah nichtssagend aus und erinnerte ihn stark an das Angebot von Nippeshändlern. Die größere Kugel dagegen war inzwischen so dicht mit Nebel gefüllt, dass er nichts von ihrem Inneren zu erkennen vermochte.

Er versuchte sich auf dem Bett auszuruhen, aber immer wenn er die Augen schloss, tauchten Bilder von einer verzweifelten Sara auf, die allein in einem riesigen Ozean zu schwimmen versuchte. Dazwischen huschten die Gesichter von Stella Guntzel, Linus und dem Mädchen Lona vorbei. Irgendwann versank er kurz in einem Traum, in dem er in einem Labyrinth aus Eiben in dichtem Nebel den Ausgang suchte, aber nicht fand. Stattdessen begannen die Eiben, ihre Zweige nach ihm auszustrecken, und flüsterten sich bösartige Dinge über ihn zu. Er erwachte jählings, als sich ein Zweig an seinem Arm verfing.

Neben ihm saß Arjell am Bett. Sie hatte ihre Hand auf seinen Arm gelegt. »Du hast geträumt, Tom.« Tom nickte. Er setzte sich auf. Elaf und Bente saßen an dem kleinen Tisch. Elaf drehte sich zu Tom um. »Es tut mir leid, Tom. Wir haben den Rucksack nicht gefunden.«

Lona Grabstatt erwachte nach wenigen unruhigen Stunden und stand zügig auf. Es gab sehr viel zu tun und zu organisieren, bevor mit der Mittagszeit die nächste Ebbe kam. Sie hatte noch in der Nacht Elsa darum gebeten, morgens beim Bäcker gleich eine riesige Fuhre Brötchen zu holen und allerlei andere Dinge, die ein anständiges Frühstück ausmachten.

Duft von frischem Kaffee durchzog den Flur, als sie die erste Runde durch die Mädchenzimmer machte und den Mädchen mitteilte, dass sie noch nicht zu packen brauchten, weil sich ihr Aufenthalt etwas verlängern würde. Sie hatte um sieben Uhr am Morgen erst mit dem Krankenhaus, dann mit Saras Eltern und schließlich mit allen anderen Elternteilen gesprochen und darum gebeten, dass sie alle noch eine weitere Nacht bleiben konnten, um am Montag mit Sara zusammen zurückkehren zu können. Die meisten Eltern nahmen ihre Erklärungen hin, es gab nur einige wenige, darunter Toms Mutter, die tatsächlich genauer nachfragten, was eigentlich los war. Jetzt war sie auf dem Weg zum Jungenflügel, um mit Holger Brobank und Anita Pröhlberg zu sprechen.

Aus der Küche drang ein etwas schief gesungenes, aber durchaus fröhliches Lied, das von irgendwelchen hungrigen Seemännern auf einem pestverseuchten Kahn handelte. Lona Grabstatt informierte Brobank und die Jungen über die geänderten Pläne, bevor sie schließlich an die Tür von Anita Pröhlberg klopfte. Nach einiger Zeit öffnete sich die Tür einen Spalt breit und das blau angelaufene Gesicht von Anita Pröhlberg zeigte sich.

»Was willst du noch, Philonia Grabstatt?«

»Ich wollte fragen, wie es dir geht, und dir mitteilen, dass wir erst morgen abfahren werden, wenn Sara Curdt aus dem Krankenhaus kommt ...« Sie stockte.

Die Pröhlberg keckerte hämisch.

»Ach ja? Und der Denda aus dem Nebel steigt? Alles Friede, Freude, Eierkuchen? Warte nur ab, Philonia, so einfach wird das nicht. Verlass dich drauf.«

»Nein, einfach wird es nicht«, stimmte ihr Lona zu. »Soll ich den Arzt für dich holen?«

»Ich verzichte, vielen Dank!« Die Pröhlberg spie die Wörter aus. »Ich werde abreisen. Keiner kann von mir verlangen, dass ich mich von Schülerinnen attackieren lasse. Ach ja, nur nebenbei: Du kannst sicher sein, dass ich dafür sorgen werde, dass du weit mehr als ein Disziplinarverfahren bekommst.« Sie schenkte Lona Grabstatt ein grimmiges Lachen, bevor sie ihr die Tür vor der Nase zuschlug.

Im Speisesaal war kurz darauf fröhliches Gelächter zu hören. Kakaokrüge wurden herumgereicht, Brötchen in den abenteuerlichsten Variationen belegt und begierig vertilgt. Klara saß beglückt vor einem Brötchen mit Honig, Tomaten, einem Hauch von Kakaopulver und als krönenden Abschluss einem Stückchen Schinken. Von wenigen Ausnahmen abgesehen, wie Stella Guntzel und ihrer Freundin Nina, die beide erkennen mussten, dass niemand ihre Betten machte oder ihre Waschbeutel einräumte und sie nie mehr in ihrem alten Schulleben erwachen würden, herrschte eine befreite Atmosphäre im Raum.

»Ist es nicht schön, wie glücklich alle sind, dass sie unsere Schule besuchen dürfen?«

Gloria Lübke schaute selbstgefällig und mit sich zufrieden in die Runde. Holger Brobank kaute behaglich vor sich hin, bis ihm zwischen Brötchen Nummer drei und vier einfiel, dass er seine Kollegin Anita noch gar nicht gesehen hatte. Den Hinweis auf ihre unerwartete Abreise quittierte er nur mit dem Satz: »Na prima, dann bleiben ja wohl noch ein paar Brötchen übrig, was?«

Lona Grabstatt ließ sie alle gewähren, bis schließlich eine Ruhe der Sättigung und der allgemeinen Zufriedenheit eintrat. Was jetzt kommen musste, war schmerzhaft für sie, obgleich sie wusste, dass ihre Kollegen es ohnehin nicht verstehen würden. Aber es musste sein. Sie richtete sich auf und blickte auf ihre Schüler, die nach und nach verstummten.

»Liebe Schülerinnen und liebe Schüler, liebe Elsa und liebe Kollegen, ich fürchte, dass ihr eine Erklärung verdient und viel mehr noch, dass ich mich bei euch entschuldigen muss. Es gibt keinen Grund, zu beschönigen, was ich euch und anderen über Jahre angetan habe, aber in dieser Nacht ist viel geschehen und bevor wir auseinandergehen, möchte ich euch eine Geschichte erzählen. Nicht, um das, was ich getan habe, zu entschuldigen, sondern um euch zu erzählen, wie Träume und Sehnsüchte Einzelner das Leben vieler verändern können.«

Und so begann Lona Grabstatt, ihren Schülern die Geschichte von Johann Grabstatt und seiner geliebten Frau Milli zu erzählen, von ihrer Krankheit und dem Traum von der Erschaffung einer Insel, die keinen Schmerz und keine Trauer kennt, die ein Refugium für die Verlorenen sein sollte.

Es herrschte eine gespannte Stille im Raum, während sie erzählte, die nur einmal durchbrochen wurde, als sich die Tür leise knarrend öffnete und Ole Petersen in den Raum schlich.

Als Lona geendet hatte, war es bereits elf Uhr. Zunächst sagte niemand etwas, alle schienen ihren eigenen Gedanken und Erinnerungen nachzuhängen, bis schließlich die Stille von einer etwas quäkenden Stimme durchbrochen wurde:

»Also, ich wusste gar nicht, Lona, dass du so tolle Märchen kennst. Ich fand das jetzt fast noch spannender als die Geschichte vom Einhorn mit den zwei Hörnern, echt.«

Brobank, der nachdenklich zugehört hatte, guckte entgeistert seine Kollegin Gloria Lübke an, bevor er ironisch erwiderte: »Na, das ist ja schön, Gloria. Wo doch das zweihörnige Einhorn dein Lieblingsbuch ist.«

Ole Petersen machte von der gegenüberliegenden Saalseite Lona ein Zeichen, die ihm daraufhin zunickte.

»Ich schlage vor, dass ihr alle die freie Zeit bis zum Nachmittag nutzt, um ein bisschen durchs Dorf zu bummeln. Der Pfarrer hat heute ab Mittag meines Wissens eine seiner Kirchenrallyes im Angebot.«

Mit diesen Worten durchquerte die Direktorin den Raum.

»Frau Grabstatt. Lassen Sie uns mitkommen. Wir wollen helfen, Tom zu finden.« Linus war aufgestanden, um sie aufzuhalten. Sie drehte sich um.

»Nein, Linus. Das ist wirklich meine Aufgabe.« Er wollte widersprechen, doch sie hielt die Hand hoch. »Du musst keine Angst haben, ich habe Hilfe.« Sie deutete auf Ole Petersen, der bereits die Tür geöffnet hatte und sie zum Gehen drängte.

Insel

Tom hockte schweigend auf dem Bett. Die anderen saßen am Tisch und berieten sich. Er musste es wagen, schließlich war er kein Geist und brauchte Nahrung und anderes zum Überleben. Er versuchte sich an die Nacht zu erinnern, an Einzelheiten seiner Strecke und das, was er gelesen hatte, als er auf dem Hinweg gestrauchelt war. »Elaf, erinnerst du noch den Weg?«

Elaf schüttelte den Kopf. »Es ist ewig her, Tom. Ich erinnere nur Bruchstücke und glaube nicht, dass dir das hilft, aber wir können es versuchen.« Tom versuchte, die Route in seinem Kopf rückwärts zu gehen. Er kam zwar bis zur Furt und wusste auch noch, dass er danach dem Priel eine Weile folgen musste, aber an das, was dann kam, hatte er keinerlei Erinnerung, vielleicht auch, weil er ja zu Beginn nur blind weggerannt war, was sich jetzt als wenig hilfreich erwies. Elaf fielen noch zwei

Punkte ein, die markant waren und an die er sich erinnerte, allerdings, so gab er zu bedenken, könnten sich diese in den vielen Jahren natürlich auch verändert haben.

Schließlich brach der Morgen an und schickte sein fahles Licht durch das Fenster. Draußen herrschte dichter Nebel, was Tom nicht gerade mit Zuversicht erfüllte.

Sie hatten abgemacht, dass Tom die Kugeln mitnehmen würde. Elaf hatte ihn gebeten, die alte Kugel Fjörn, mit der Bitte, dass er kommen und ihn besuchen möge, zu übergeben. Elaf hatte zudem erklärt, dass es besser sei, die Kugeln wieder zu verschließen, weil nur dann die Insel wirklich sicher und verborgen war.

Arjell und Bente wollten nach wie vor bleiben, zumindest so lange, bis Tom mit den anderen Kugeln der Direktorin wiederkommen würde. Bis dahin wollten sie entscheiden, ob sie endgültig zurückkehren sollten oder nicht.

Sie standen zu dritt am Beginn des Koniferenweges. Die Sichtweite betrug kaum mehr als zehn Meter. Elaf hatte versucht, Tom noch eine ungefähre Positionsbestimmung in den Sand zu malen, damit er wusste, welche Richtung er halten musste. Tom wollte die anderen nicht beunruhigen, aber er war sehr besorgt. Er war sich durchaus bewusst, dass er nicht länger warten konnte, weil er jeden weiteren Tag, den er hier verbringen würde, schwächer werden würde, bis es ihm schließlich unmöglich wäre, aus eigener Kraft die Insel zu verlassen. Was, wenn er sich im Nebel verirrte? Elaf würde seinen Bruder nicht wiedersehen und wäre erneut gefangen, Arjell und Bente drohte das gleiche Schicksal.

Die Verantwortung lastete schwer auf ihm. Tom blickte auf seine Uhr. Es war viertel vor zwölf. Jetzt hatte er insgesamt knapp dreieinhalb Stunden Zeit, um den Weg bis zur Sandbank zurückzufinden. Er durchschritt die ersten Meter des Strandes und drehte sich nochmals um. Die drei standen gemeinsam am Wegesende. Tom nahm die kleinere Kugel und sprach die zweite Formel, welche die Kugel wieder verschloss. Als er die Augen hob, sah er bereits, wie die Gestalten von Arjell und Bente verblassten. Tom steckte die Kugel in seine Jackentasche. Elaf winkte ihm nochmals zu, als er auch seine Kugel aus dem Sand hob und die Worte erneut sprach, um auch diese Welt zu verschließen. Im Kugelinneren wirbelten Wolken umher, der weiße Dunst lichtete sich und für einen Moment konnte Tom im Inneren das Haus wahrnehmen, bevor alles wieder im dichten Dunst versank.

Tom war allein. Er wusste, dass ihn die anderen drei noch sehen konnten und hob zum Abschied die Hand, bevor er sich abwandte und seinen Weg durch den undurchdringlichen Nebel begann.

***

Etwa zur gleichen Zeit stand Lona Grabstatt in dichte weiße Schwaden gehüllt im Watt und lauschte. Sie machte sich Sorgen, dass Tom alleine den Weg zurück suchte. Auch wenn er ihn auf dem Hinweg gefunden hatte, so hatte er deutlich bessere Wetterbedingungen vorgefunden trotz Kälte und dem üblichen Dunst der Nacht. Jetzt war es selbst für sie, die diese Strecke so oft gelaufen war, eine Herausforderung, die wenigen Zeichen nicht zu verpassen, und sie konnte sich nur langsam voranbewegen. Ihre größte Sorge war es, an Tom im Nebel vorbeizulaufen. Petersen hatte sie zum Strand begleitet, er war bereit gewesen, mit ihr zu gehen, aber sie wollte nicht noch mehr Menschen in Gefahr bringen. Schließlich hatte er eingewilligt, mit dem Boot in Bereitschaft zu bleiben und, falls er nichts von ihr hörte, mit der zurückkehrenden Flut bei den Prielen zu patrouillieren.

Lona hielt sich dicht am Priel, nachdem sie diesen erreicht hatte. Bislang gab es keine Spuren im Sand, aber sie wusste auch, dass er erst später als sie losgehen konnte, da die Insel erst eine dreiviertel Stunde vor dem Niedrigstand überhaupt zu Fuß erreichbar war. Sie betete innerlich, dass Tom auf der Insel geblieben war. Andererseits fragte sie sich, wie sie selbst gehandelt hätte. Tom war sich sicherlich der Tatsache bewusst, dass er schutzlos ohne Wasser und Nahrung in kürzester Zeit so schwach werden würde, dass er den Rückweg nicht mehr bewältigen konnte. Und Lona war sich nicht sicher, ob er ihr so weit vertraute, um auf Rettung durch sie zu warten.

Sie stockte und blieb stehen. Sie war für ihr Gefühl schon zu lange in eine Richtung gelaufen, ohne das nächste Zeichen zu finden. Vielleicht war sie nicht richtig aufmerksam gewesen. Ihr Atem ging unruhig und sie versuchte sich zu beruhigen. Sollte sie zurückgehen und Zeit verlieren oder aber weitergehen und hoffen, dass sie ihr Zeitgefühl trog? Sie entschied sich für Letzteres. Aufmerksam den Blick auf den Rand des Prieles gerichtet, folgte sie seinem Verlauf. Sie durfte nicht in Erinnerungen versinken, sie musste sich konzentrieren, auch wenn es ihr schwerfiel.

***

Tom hatte die Furt erreicht. Die erste Etappe war geschafft. Hoffnung regte sich in ihm. Dieser dichte Nebel war entsetzlich. Er fühlte sich mit Blindheit geschlagen, eine Blindheit, die ihn nicht in die Nacht stürzte, sondern in einen weißen Raum sperrte, der ihn mit seinen wabernden Wänden zu erdrücken schien. Es erwies sich als schwierig, fortwährend auf den Boden zu achten und dabei mögliche Veränderungen des Grundes im Auge zu behalten. Zwischenzeitlich wurde ihm fast schwindlig von der andauernden Konzentration, die er aufbringen musste. Mühsam quälte er sich Schritt um Schritt weiter. Jetzt begann der Teil des Rückwegs, an den er sich nur schwach erinnerte und vor dem er sich am meisten fürchtete.

***

Ja, ihr Zeitgefühl hatte sie getäuscht. Erleichterung durchströmte sie, als sie endlich den gesuchten Hinweis fand. Sie änderte die Richtung und lief weiter. Stück für Stück arbeitete sie sich voran. Lona blickte auf die Uhr. Inzwischen waren bereits knapp zweieinhalb Stunden vergangen, seit sie den Strand verlassen hatte. Tom konnte erst vor etwa einer Stunde losgelaufen sein. Unter besseren Wetterbedingungen benötigte man knapp zwei Stunden für eine Strecke. Jetzt war sie sich sicher, dass sie gerade etwa zwei Drittel der Strecke bewältigt hatte. Sie dachte nach. Falls sie ihn erst auf der Insel antreffen würde, mussten sie nochmals auf die nächste Ebbe warten, aber für diesen Fall hatte sie immerhin in ihrem Rucksack das Nötigste eingepackt. Wenn er aber losgegangen war, wo wäre er dann jetzt? Der erste Abschnitt zur Furt war einfach, danach wurde es schwieriger. Sie versuchte zu errechnen, wie viel Zeit ihr blieb, ihn zu finden, als sie plötzlich vor sich im Sand Fußspuren erblickte.

Ihr Herz klopfte schneller, als sie stehen blieb und sich herunterbeugte. Es mussten seine Spuren sein, kein Zweifel, aber sie kreuzten ihren Weg und führten eindeutig weg vom Festland. Hastig öffnete sie ihren Rucksack, um die Nebelleuchte hervorzuziehen. In der Hoffnung, dass er noch in der Nähe war, rief sie so laut sie konnte seinen Namen und entzündete gleichzeitig das Licht. Sie rief und lauschte. Aber keine Antwort durchdrang die Nebelschwaden und fand den Weg zu ihr zurück. Lona hinterließ eine Markierung auf dem Boden und folgte den Fußabdrücken.

***

Nachdem Tom noch ein Stück gelaufen war, sah er vor sich eine Veränderung im Lauf des Priels. Ja, das musste es sein, hier musste er die Richtung wechseln. Er überlegte kurz. Eigentlich sollte das Zeichen später kommen, aber vielleicht verwirrte die Wanderung im Nebel sein Gefühl für Zeit und Raum, wahrscheinlich war er einfach schneller vorangekommen, als er gedacht hatte. Er hatte keine Wahl, er musste sich entscheiden und so änderte er die Richtung. Er lief möglichst geradeaus in der Hoffnung, den Kurs zu halten. Es war wichtig, nicht im Kreis zu gehen. Soweit es ging, drehte er sich immer wieder um, seine Spur betrachtend, sich vergewissernd, dass die Linie, die seine Abdrücke beschrieb, gerade war.

***

Er lief im Kreis. Lona blickte auf ihren Kompass und sah, dass die Spuren eindeutig zurückführten. Panik stieg in ihr auf. Die Zeit lief ihnen langsam davon. Wiederum rief sie nach ihm. Er musste anhalten. Sofort. Es war zu riskant für sie, jetzt zurückzugehen in der Hoffnung, dass er auf seine eigene Spur zurückfinden würde, also rief sie immer wieder seinen Namen. Sie musste doch schneller sein als er, schließlich folgte sie seinen Spuren, während er den Weg erst finden musste.

***

Tom wurde unsicher. Sollte er sich doch getäuscht haben? Er betrachte das Muster der Wellen auf dem Wattboden. Vielleicht konnte jemand, der sich hier auskannte, am Muster erkennen, wo das Festland lag. Aber er konnte es nicht. Für einen Moment wurde er von Verzweiflung überwältigt. Er sank auf die Knie, Schluchzen stieg in ihm auf. Er spürte schlagartig eine bleierne Hoffnungslosigkeit, als wäre alles, was er an Mut und

Willenskraft aufbieten konnte, in diesen undurchdringlichen Schwaden verloren gegangen, als würde mit jedem Schritt ein Teil von ihm dort haften bleiben, bis sich am Ende sein Selbst vollkommen aufgelöst hatte und ein Teil des Nebels wurde. Er verfluchte dieses Wetter und diesen Ort. Er verfluchte, dass er hierhergekommen war. Warum hatte er diesen gottverdammten Ort überhaupt betreten? Warum war er nicht einfach zu Hause fern von diesem Grauen in seinem Bett geblieben? Er blickte verzweifelt in die trübe Suppe, die ihn umgab. Es hatte keinen Sinn, er konnte auch einfach bleiben, wo er war. »Oder umkehren«, flüsterte eine Stimme in ihm. »Lächerlich«, sagte eine andere. »Es ist zu spät, du wirst die Insel nicht mehr rechtzeitig erreichen«, sagte die erste. »Aber vielleicht den richtigen Weg finden«, sagte die zweite Stimme. Ja, besser, als auf die Flut zu warten, war es, noch einen Versuch zu unternehmen. Er erhob sich mühsam und drehte sich um, als er plötzlich direkt hinter sich ein mattes rotes Licht sah. Bevor er sich fragen konnte, was das nun wieder sei, wurde eine Gestalt sichtbar. »Endlich, Tom. Wir müssen jetzt zügig ein Stück zurückgehen. Du bist im Kreis gelaufen.«

Linus und Albert de Breun saßen auf der einzigen Bank des Dorfplatzes mit Blick auf die Kirche. Deren Hauptpforte war weit geöffnet und ein Transparent zierte den Eingang auf dem *Gestylt mit Jesus* stand. Etwas unrhythmisch schallte Popmusik über die Gräber des Friedhofs. Klara, Omid und Viktor hatten mit einigen ihrer Klassenkameraden beschlossen, sich anzusehen, was der Pfarrer sich unter diesem Motto vorstellte, und waren vor etwa einer halben Stunde im Kirchschiff verschwunden. Linus fühlte sich nicht in Stimmung für ein solches Vergnügen und Albert de Breun hatte sich mit der Bemerkung, dass es sich um ein kulturloses Spektakel handele, das seine Intelligenz beleidige, geweigert, mitzugehen, und leistete daher Linus Gesellschaft.

Im Dorf selbst war es deutlich weniger nebelig, aber nichts desto weniger kühl, grau und feucht. Linus schaute immer wieder auf die Uhr. Es war inzwischen fast drei Uhr nachmittags. In spätestens einer guten Stunde musste Tom zurück sein, wenn nicht etwas dazwischen gekommen war. Sie hörten in der Ferne Gelächter. Omid und Viktor kamen aus der Kirche und amüsierten sich über etwas.

»Es ist doch immer wieder erstaunlich, wie leicht ein wenig begnadeter Geist zu erheitern ist.« Albert de Breun runzelte die Stirn.

»Das hättet ihr sehen müssen.« Omid lachte breit. »Der Pfarrer hat in der Kirche lebensgroße Pappmodels aufgestellt, die irgendwelche abgedrehten Klamotten aus der Bibel tragen. Und die Jugendlichen aus seinem Bibelkreis machen eine biblische Modenschau.«

Linus blickte abermals auf seine Uhr.

»Ich gehe jetzt zum Hafen und frage Ole Petersen, ob er was gehört hat.«

Omid nickte. »Wir kommen mit.«

Uns so liefen sie über den kleinen Platz an der *Alten Krabbenkiste* vorbei, um kurz danach zum Hafen abzubiegen.

Sie fanden Ole Petersen grübelnd auf einer Holzkiste sitzend und Richtung Meer blickend.

»Na, ihr könnt ruhig an Bord kommen.«

Er bedeutete ihnen mit der Hand, auf das Schiff zu klettern.

»Haben Sie schon etwas gehört?« Linus schaute ihn an.

Petersen schüttelte den Kopf.

»Nein. Das ist aber auch kein Wunder bei dem Nebel. Sie werden lange brauchen in dieser Suppe.«

Seine hellen blauen Augen blickten konzentriert zum Horizont, an dem man außer wabernden Nebelbänken kaum etwas wahrnehmen konnte. Eine Weile schwiegen sie.

»Es ist so unheimlich still.« Linus zog seine Jacke etwas fester um sich.

»Ja, das ist wahr, Junge. Der Nebel schluckt die Geräusche wie Watte.« Ole Petersen seufzte und Linus fragte sich, was er wirklich dachte, jenseits dessen, was er ihnen bereit war zu sagen.

Tom war zunächst unendlich erleichtert gewesen, als er Lona Grabstatt erblickte, wenngleich er einen Moment brauchte, um sie in der Person seiner über 50-jährigen Lehrerin wiederzuerkennen.

Gemeinsam hatten sie seine Spuren zurückverfolgt, bis sie zu dem Zeichen kamen, das die Schnittstelle ihrer Fußabdrücke markierte. Lona Grabstatt blickte sorgenvoll auf ihre Uhr. Es war inzwischen schon viertel nach drei, sie hatten nur noch eine knappe Stunde Zeit, um die Sandbank zu erreichen. Am Morgen hatte sie von dort bis zu dieser Stelle doppelt so viel Zeit benötigt. »Du musst jetzt Ruhe bewahren«, sagte ihr eine innere Stimme, schließlich würde es jetzt schneller gehen, weil sie noch ihre Spuren erkennen konnte. Tom spürte, dass seine Lehrerin angespannt war, und er konnte es ihr nicht verdenken. »Wie viel Zeit bleibt uns noch?« »Etwa eine Stunde, Tom. Komm, wir versuchen zügig den Fußabdrücken zu folgen, dann schaffen wir das schon.« Lona Grabstatt versuchte aufmunternd zu klingen, aber ihre Stimme klang heiser und krächzend.

Sie kamen gut voran. Beide liefen konzentriert auf die schwachen Spuren im Watt blickend. Bald mussten sie den Priel erreichen. Von dort waren es noch etwa 30 Minuten. Tatsächlich fanden sie kurz darauf, was sie suchten, und eilten weiter. Voller Zuversicht schritten sie aus, so schnell sie es vermochten, bis sie jählings stockten. Vor ihnen lag Wasser. Es war noch nicht sonderlich tief, aber sie konnten sehen, dass hier die Flut Einzug hielt. Von ihren Spuren war nichts zu sehen, sie endeten im Wasser. Lona Grabstatt zog ihren Kompass aus der Tasche. »Wir müssen hier gerade durch, Tom. Komm, es kann noch nicht tief sein.« Tom nickte nur und folgte ihr. Ihm war nicht wohl, als sie durch das Wasser wateten, ohne ein Ende vor Augen zu haben. Das Wasser wurde tiefer. Tom schluckte, er spürte einen Anflug von Panik. Eine Hand griff nach seiner und umschloss sie fest. Er konnte ihr scharfes Ein- und Ausatmen hören. Sie sprachen kein Wort. Endlich hatten sie das Wasser durchquert. Aber es waren in ihrer Umgebung keine Abdrücke zu erkennen, die darauf hinwiesen, dass hier zuvor jemand gelaufen war.

Sie schaute wieder auf ihren Kompass. Noch immer hielt sie Toms Hand fest. Lona Grabstatt wusste, dass es jetzt, da die Flut kam, wichtig war, den richtigen Weg zu halten. Sie überlegte kurz, ob sie Ausschau nach ihren eigenen Fußspuren halten oder auf den Kompass vertrauend weitergehen sollte. Das Problem war, dass links und rechts der Sandbank das Watt tiefer lag und entsprechend früher überspült wurde. Sie durfte jetzt nicht zweifeln. Sie musste die richtige Entscheidung treffen.

»Lass uns etwas an der Wasserkante langgehen, bis wir wieder auf meine Spuren treffen.« Ihre freie Hand suchte unterdessen nach ihrem Handy, sie wusste, dass sie hier draußen keinen Empfang hatte, dennoch wollte sie wenigstens versuchen, ein Notsignal abzusetzen. Nach etwa fünf Minuten fanden sie die Abdrücke und folgten diesen. Sie hatten Zeit verloren. Wertvolle Zeit. Es blieb ihnen im besten Fall noch eine viertel Stunde, um die Sandbank zu erreichen.

Erneut durchquerten sie Wasser. Tom spürte den Sog des Wassers an seinen Füßen. Er hoffte inständig, dass sie auch diesmal das andere Ende erreichen würden, aber es war nach wie vor kein Ende in Sicht.

Ole Petersen versuchte sie anzurufen. Verdammt. Natürlich war sie in einem Funkloch. Aber wo? Sollte er warten? Sollte er fahren und riskieren, dass auch er nicht mehr erreichbar für sie war? Er blickte zu den Jungen. Diese hatten ihn in der letzten halben Stunde immer wieder verstohlen angeblickt.

»Hat jemand von euch Ahnung vom Funken?« Alle Gesichter waren ihm sofort zugewandt.

»Albert? Du weißt doch so was.« Linus sah ihn an.

»Na ja, aber nur theoretisch. Ich glaube, dass …«

»Das ist jetzt egal, Junge«, unterbrach ihn Ole Petersen. »Ich brauche einfach jemanden, der mich per Funk erreichen kann, wenn Lona anruft. Das Handy hat im Watt keinen Empfang. Aber falls sie woanders ist, na ja …«

»Alles klar. Das schaffen wir.« Linus sah zu Albert, der widersprechen wollte. »Ich kenne mich auch mit Elektronik ganz gut aus.«

Ole Petersen nickte. Es war besser, etwas zu tun, als hier rumzusitzen. Er zeigte den beiden, wie sie das Funkgerät zu bedienen hatten. Kurz darauf stieg er in sein kleines Beiboot und fuhr davon.

Sie konnten noch schwach das Tuckern des Motors hören, als sie das Boot selbst schon längst nicht mehr sehen konnten.

***

Sie starrten auf das Handy von Ole Petersen. Es war ein altes Modell, aber als das Zeichen eines Briefes erschien, wussten sie, dass jemand eine Nachricht geschickt hatte. Omid öffnete die Nachricht sofort: *Laufen süd-südwest. Priel verfehlt.* Linus und Albert schalteten das Funkgerät ein.

***

Das Wasser stand ihnen bis zur Hüfte. Der Sog wurde stärker. Lona Grabstatt war verzweifelt. Was hatte sie getan? Sie hatte den Jungen in sein Unglück geführt. Nachdem sie das zweite Mal durch Wasser gelaufen waren, hatten sie ihre Spuren nicht wiedergefunden. Nun waren sie erneut von Wasser umgeben und sie wusste nicht, wo dieses enden würde.

Das Funkgerät rauschte. Ole Petersen ging auf Empfang, die Jungen waren aufgeregt, aber er konnte verstehen, was sie sagten. Sofort drehte er sein Boot und nahm Kurs auf die westliche Seite der Sandbank. Sein Nebelhorn ertönte. Er hoffte, dass sie es hörten und dass sie nicht aufgaben.

Lona und Tom hielten einander fest und kämpften gegen die Strömung an, als sie den Ton des Horns vernahmen. Lona Grabstatt schrie und Tom stimmte mit ein. Er musste sie hören. Sie hielt die Nebelleuchte hoch in der Hoffnung, gesehen zu werden. Und ein zweites Mal innerhalb von wenigen Stunden war es schließlich Ole Petersen, der sie fand und rettete.

Die Angst und Sorge auf dem Ausflugsschiff im Hafen löste

sich in Weinen, Schreien und Jubeln auf, als Albert und Linus den Funkspruch »Alle an Bord« empfingen.

27 Heimkehr mit Überraschungen

Es war schon früher Abend, als Sara, Tom und Lona Grabstatt in Dunkelsreed ankamen. Nach ihrer Rettung hatte Petersen darauf bestanden, auch Lona und Tom nochmals ins Krankenhaus zu fahren, wo Lona die Gelegenheit nutzte, um nicht nur mit Sara, sondern auch ihren Eltern, die gekommen waren, zu sprechen. Es waren Sara und Tom, die sie überzeugt hatten, dass es besser war, den Eltern die Geschichte eines unüberlegten Ausflugs ins Watt aufzutischen anstelle der Wahrheit.

Jetzt kehrten sie zurück und Sara fiel sofort auf, wie deutlich sich die Atmosphäre verändert hatte. Sie betraten den großen Speisesaal und es wurde augenblicklich still. Der Raum sah verändert aus. Die Schüler hatten den Raum mit Girlanden geschmückt, Kerzenlicht erleuchtete den Saal und auch die Sitzordnung war auf den Kopf gestellt worden, denn alle Tische waren in einer großen Hufeisenform aufgestellt worden. Schüler und Lehrer saßen bereits an den gedeckten Tischen. Tom erkannte auch die Gesichter von Ole Petersen, dem Tierarzt, Fjörn Deichgraf und sogar der Pfarrer und Bauer Hinrichs waren zur Abschiedsfeier eingeladen worden. Frau Fleischmann stellte gerade riesige Schüsseln mit Kartoffelsalat zu den Platten, auf denen sich Berge von Frikadellen stapelten.

Wohl das erste Mal seit der Erbauung des Schulgebäudes saßen Schüler gemeinsam mit ihren Lehrern fröhlich und zufrieden bei einer Mahlzeit beisammen.

Zu Klaras großer Enttäuschung hatte der Pfarrer seinen purpurnen Stirnwickel aus der biblischen Modenschau abgelegt und saß in Jeans und Pullover neben der Lübke, die ihn mit anhimmelnden Blicken bedachte und dabei seinen nicht enden wollenden Vorträgen lauschte. Brobank schwelgte zusammen mit Ole Petersen in Kartoffelsalat und Frikadellen. Neben ihnen saß mit hochroten glänzenden Wangen Elsa Fleischmann, die es genoss, endlich einmal begeisterte Gesichter beim Essen zu sehen. Fjörn Grabstatt saß still neben seiner Tochter, hin und wieder sah man, wie er verstohlen ihre Hand drückte.

Klara hatte zunächst kaum gewagt, Sara in die Augen zu sehen, und mit hochrotem Kopf eine Entschuldigung genuschelt. Aber Sara selbst war so befreit von der Last der Sorgen der vergangenen Tage, dass sie erst gelacht und dann erwidert hatte, dass sie selbstverständlich nach wie vor Freundinnen wären, unter der Bedingung allerdings, dass Klara niemals ihren Waschbeutel für sie einräumte.

Albert de Breun hatte zu seiner alten Form wiedergefunden und stritt sich mit Omid und Viktor über mögliche Konsequenzen von Fastfood auf die Hirnentwicklung.

Linus und Tom waren nachdenklich ins Gespräch vertieft und redeten noch lange über das, was geschehen war und womöglich noch geschehen würde. Arjell und Bente saßen etwas abseits von den anderen. Teilnahmslos wohnten sie dem Geschehen bei. Tom beobachtete sie und meinte zu Linus: »Wir müssen auf sie achtgeben, damit sie nicht das Schicksal von Lona Grabstatt erleiden.« Linus nickte. Beide dachten an die Seelen von Elaf, Bente und Arjell, die jetzt auf der Insel waren. In Gedanken an sie hoben sie ihre Gläser als Stella Guntzel herankam.

Linus widerstand einem neuerlichen Annäherungsversuch von Stella, die ihm erklärte, dass sie ja immer schon gesagt hätte, dass die Pröhlberg unfähig und niederträchtig sei, ihr aber leider nie jemand geglaubt hätte. »Weißt du, ich denke ja, dass sie nie wollte, dass wir Freunde werden, weil sie Angst davor hatte, dass wir sie zusammen durchschauen würden.«

Stella klapperte mit den Augenlidern, als sie Linus, wie sie meinte, treuherzig anblickte. Linus hob die Augenbrauen angesichts dieser gewagten Interpretation der Ereignisse und winkte schließlich mit einem »Ach, vergiss es, Stella« ab. Anstatt weitere Annäherungsversuche zu ertragen, beschloss er, sich zur Feier des Tages ein Sandwich à la Klara machen zu lassen. Klara machte sich begeistert an diese Aufgabe und servierte ihm ein Sandwich, das aus einer Frikadelle, Ketchup und Röstzwiebeln bestand, die in ein übrig gebliebenes Schokocroissant vom Frühstück eingeklemmt und mit einem Tupfen Senf verziert wurden. So waren schließlich am späten Abend fast alle glücklich und zufrieden, als sie ihre Betten aufsuchten, abgesehen vielleicht von Nina, die sich mit der Guntzel darüber stritt, wer nun wem die Waschsachen hinterhertragen müsse.

Anita Pröhlberg war indes bereits nach Hause zurückgekehrt und feilte an einem Plan, der sie am Ende doch noch über Philonia Grabstatt triumphieren lassen sollte.

***

Der Bus fuhr Montagmittag zurück. Anita Pröhlberg erschien in den nächsten Tagen nicht zum Unterricht. Die stellvertretende Schulleiterin Frau Ohnegleichen teilte ihnen mit, dass sie leider erkrankt sei und man noch nicht sicher sei, wann sie wieder zurückkäme. Sie quittierte das mit Verwunderung. »Dabei ist gerade das Seeklima bei richtiger Atmung besonders vorteilhaft für die Gesundheit.«

Tatsächlich war das nächste, was man von Anita Pröhlberg zu hören bekam, eine Vorladung der Rektorin und der Kollegen Brobank und Lübke zur Anhörung vor der Schulbehörde. Es wurde eine Untersuchung eingesetzt, die sich mit den »verstörenden Beschuldigungen« auseinandersetzen sollte, die eine »verantwortungsvolle und mutige Kollegin« erhoben hatte. Der gesamte Jahrgang wurde daraufhin nacheinander zu einem Verhör durch den obersten Schulrat einbestellt.

Keiner der Schüler bestätigte den Tatbestand einer Entführung auf eine geheime Insel. Sie alle berichteten von einer Wattwanderung, auf der zur allgemeinen Unterhaltung auch eine Gruselgeschichte, die sich um eine Glaskugel rankte, zum Besten gegeben worden war.

Selbst die Guntzel stützte diese Version und erweiterte sie lediglich um die Nuance, dass leider Frau Pröhlberg sehr schreckhaft gewesen sei und einen hysterischen Anfall bekommen hätte, der dazu geführt habe, dass sich Frau Grabstatt, die bekanntermaßen unkontrolliert und cholerisch sei, auf sie gestürzt hätte. Dem hätte nur sie, Stella Guntzel, die ja schließlich über Erfahrungen aus dem Jagd- und Schießbereich verfüge, Einhalt gebieten können, indem sie sich zwischen die Pröhlberg und die Grabstatt geworfen hätte. Leider habe sie nicht verhindern können, dass Frau Pröhlberg bei diesem Nahkampf zu Boden gegangen war.

Der Schulrat zeigte sich derart beeindruckt von so viel Mut und Tapferkeit, dass Stella Guntzel nicht nur den ersten Preis beim Schießen gewann, sondern zudem noch die Medaille zur Anerkennung besonders herausragender Leistungen im Schulwesen in Empfang nehmen durfte.

Für Philonia Grabstatt sah es dagegen schlecht aus. Der Schulrat vertraute dem Urteil der »verantwortungsvollen Kollegin Anita Pröhlberg« mehr als den Aussagen der Schüler. Und da Philonia Grabstatt keinerlei Anstalten machte, sich zu verteidigen, wurde sie schließlich aus dem Schuldienst entlassen.

Sogar die überregionalen Zeitungen berichteten von den offensichtlichen Verfehlungen einer zuvor hoch geschätzten Pädagogin. Es war von »verantwortungslosem Handeln« die Rede und »Gefährdung zarter Seelen durch traumatisierende Phantasiegeschichten in grauenerregender Umgebung«.

Zwei Wochen nach der Entlassung von Philonia Grabstatt wurde Anita Pröhlberg, die aus Sicht der Behörde, vergeblich versucht hatte, die Direktorin an ihrem schändlichen Tun zu hindern, zur neuen Direktorin der *Schule an der kargen Hütte* ernannt.

Philonia Grabstatt kehrte nach Dunkelsreed in das Haus ihres Vaters zurück, doch kurz vor ihrem Weggang rief sie Tom, Sara und Linus in ihr Büro. Sie saßen lange beieinander. Als sie schließlich das Büro verließen, stand ihr Plan fest.

28 Die Kugeln

An einem Wochenende im Frühsommer fuhren Linus, Tom und Sara mit Arjell und Bente nach Dunkelsreed. Ole Petersen empfing sie auf seinem Schiff.

Es war ein schöner Sommertag gewesen, und da die Nächte kurz waren, schien auch um diese Zeit noch sanft die Sonne auf sie herab. Es wehte ein frischer Wind und der Mond war zu sehen, der voll und rund am Himmel stand. Die Flut hatte ihren Höhepunkt überschritten. Es war etwa neun Uhr abends, als sie ihre Sachen packten. Jeder von ihnen trug einen Rucksack mit Proviant, Schlafsack und warmen Sachen. Arjell und Bente verstanden nur wenig von dem, was vor sich ging. Schließlich waren einzig ihre Seelen auf der Insel zurückgeblieben. Aber Lona hatte darauf bestanden, die beiden mit nach Dunkelsreed einzuladen, in der Hoffnung, sie endgültig mit nach Hause zu nehmen.

Schon von Ferne erkannten sie die große hagere Gestalt von Fjörn Grabstatt, der mit vom Wind zerzaustem Haar den Herbergsweg herabstieg, gefolgt von seiner Tochter, die eine schwere Tasche trug.

Er begrüßte alle mit einem kurzen Nicken und grummelte zu Tom und Sara gewandt: »Na, ihr werdet ja wohl wenigstens wissen, worauf ihr euch da eingelassen habt. Is' kein kleiner Spaziergang im Vergnügungspark.«

»Ja, das haben wir auch schon festgestellt«, bemerkte Sara leicht entnervt. Der Alte hätte für ihren Geschmack gerne zu Hause bleiben können.

»Na, dann woll'n wir mal.« Ole Petersen stiefelte Richtung Watt, an seiner Seite Lona Grabstatt.

Sie hatten die ersten Markierungspunkte im Watt hinter sich

gelassen. Tom war erleichtert, dass das Wetter gut war und der Himmel klar und noch relativ hell.

Als sie sich der Insel zu nähern begannen, wurde es dunstiger. Lona Grabstatt hatte ihnen erklärt, dass dies immer so sei, da die Annäherung der Kugeln zur Insel dazu führte, dass die Insel sich vor denen verbarg, den kein Zutritt gestattet war und die den Weg nicht kannten. Vor ihnen lag der Koniferenweg. Tom überlegte, ob Elaf sie wohl sehen konnte. Sie hatten lange darüber beratschlagt, ob sie tatsächlich alle Kugeln auf einmal oder diese eher nacheinander öffnen sollten. Lona hatte sie daran erinnert, dass die Welten, die sich jetzt noch überlagerten und getrennt voneinander waren, dann miteinander verschmelzen würden, so wie Elafs Welt mit der Welt ihrer Mitschülerinnen verschmolzen war. Linus hatte dennoch dafür plädiert, alle Kugeln zu öffnen, da es sonst aus seiner Sicht ein recht mühsames Unterfangen war, jeweils zu warten, bis eine Gruppe die Insel verlassen hatte, zumal diese wahrscheinlich über die Insel verstreut waren und nicht gerade alle im Haus warteten. Am Ende hatten sie sich für eine dritte Variante entschieden.

Die kleine Gruppe hatte die Insel inzwischen umrundet und stand nun vor der Pforte zum Eibenweg. Tom und Sara waren die Ersten. Sie holten drei der Kugeln heraus und Tom sprach für jede die Formel. Auf dem Weg vor ihnen wurden mehrere Schüler sichtbar. Sara erkannte ein Mädchen, das sie aus einer der höheren Klassenstufe kannte. Das Mädchen sah sie wie gebannt an, als die beiden durch die Pforte auf sie zu schritten. Sara rief sie beim Namen.

»Ihr könnt mich sehen?« Das Mädchen war erstaunt.

»Ja, genauso wie den Jungen, der hinter dir steht.« Tom zeigte auf einen dünnen Jungen im Hintergrund. Das Mädchen drehte sich erschrocken um.

»Wer ist das?«

»Schwer zu erklären, aber wenn ihr mitkommt und uns helft, alle anderen aus euren Jahrgängen zu finden, versuchen wir es.«

Und so zogen Sara und Tom mit den beiden los und sammelten nach und nach immer mehr Jugendliche auf, die sie zum Haus brachten, um ihnen zu erklären, dass nun ihre Zeit des Wartens vorbei sei und sie zurückkehren konnten. Als sie eine Stunde später die erste Gruppe von Schülern und Schülerinnen über den Koniferenweg an den Strand führten, da nahm Lona Grabstatt bereits den Zauber von sechs weiteren Kugeln. Als auch diese Seelen ihren Heimweg angetreten hatten, löste sie nicht nur die letzten zwei Kugeln, sondern erneut auch die Kugel von Bente und Arjell und jene von Elaf, die ihr Fjörn überreicht hatte.

Tom, Linus, Sara und Petersen saßen am Dünenrand und warteten. Sie beobachteten, wie nach und nach junge Menschen den Weg hinunterkamen und kurz darauf nach dem Betreten des Watts sich im Abendlicht vor ihnen auflösten. Es war gespenstisch, aber auch schön.

Sara fragte sich, wie es wohl für sie war, teilweise nach Jahren der Gefangenschaft wieder mit ihren Körpern zu verschmelzen. Sie seufzte. Linus und Tom blickten sie an.

»Es wird schon alles gut werden.« Tom nahm ihre Hand. »Vielleicht dauert es ein bisschen, aber ich bin sicher, dass sie es schaffen, die Welt draußen ein bisschen besser zu machen.«

»Und die Pröhlberg wird es künftig auch nicht mehr so leicht haben …«, fügte Linus grinsend hinzu.

Schließlich gesellten sich Lona Grabstatt, Elaf, Fjörn sowie Bente und Arjell, die wieder Besitz von ihren Körpern ergriffen hatten, zu ihnen. Gemeinsam gingen alle ins Haus zurück, wo sie mindestens einmal übernachten wollten.

Elaf war ihnen nacheinander in die Arme gefallen, so glücklich war er, sie alle gesund wiederzusehen. Sein Bruder Fjörn, der ja der jüngere Bruder war, wenngleich man von außen den Eindruck gewinnen konnte, dass er eher Elafs Großvater war, hatte lange Zeit Elaf nur angesehen, ohne irgendetwas zu sagen. Schließlich hatte Elaf ihn aus dem Haus in die Dünen geführt und als die anderen sahen, wie Elaf seinen kleinen Bruder an der Hand führte, wurde ihnen trotz der augenscheinlichen Jugend von Elafs Geist sehr deutlich, wie alt seine Seele nun doch war.

Bente und Arjell verließen die anderen, um sich zu beraten. Lona und Petersen hatten versucht, sie zu überzeugen, zurückzugehen, doch Arjell unterbrach sie: »Lasst uns! Ihr wisst nicht, was Bente und ich erlebt haben, weder früher noch jetzt. Wir werden uns entscheiden. Aber es muss unsere Entscheidung sein.«

Kurze Zeit später saßen Bente und Arjell auf einer der Dünen und blickten auf das Meer, dass die Insel umspülte.

Sie hatten lange Zeit nichts gesagt, jeder war in seine eigenen Gedanken vertieft gewesen. Bentes Gesicht zeigte eine tiefe Falte. Es war nicht einfach für ihn, die Gedanken zusammenzuhalten, die ihn beschäftigten. Mit großer Mühe versuchte er, selbst eine Entscheidung zu finden, die seine eigene war. Sein Leben lang hatte er seine Gedanken darauf gerichtet, zu erkennen, in welcher Stimmung seine Eltern gerade waren, um die Gefahren, die mit ihren ständigen Stimmungswechseln einhergingen, frühzeitig zu erfassen. Sein Verhalten zu Hause hatte sich an dieser Unberechenbarkeit ausgerichtet. Er wusste genau, wann er auf keinen Fall seinem Vater in die Hände fallen durfte und wann seine Mutter derart viel getrunken hatte, dass er aufpassen musste, dass sie nichts anstellte, was sie alle in Gefahr brachte.

Nach dem anfänglichen Schock, auf der Insel bleiben zu müssen, hatte er zunehmend eine Befreiung erlebt, weil es das erste Mal in seinem Leben war, dass er eigentlich keine Angst mehr haben musste. Und Arjell? In ihr hatte er, der das nie für möglich gehalten hatte, eine Freundin gefunden. Eine Freundin, die verstand, wie es war, wenn einen die Wut ohnmächtig werden ließ, die verstand, wie es war, wenn alles über einem zusammenstürzte und man in den Trümmern verzweifelt nach Atem rang.

Jetzt musste er entscheiden, ohne dass ihn jemand bedrohte, ohne dass die Entscheidung schon gefallen war. Entscheiden, ob er das alles wieder aufs Spiel setzen sollte oder ob er mutig genug war, zu bleiben. Verstohlen sah er zu ihr. Was würde sie tun?

Sie schien noch immer tief in Gedanken. Er spürte ihre Traurigkeit. Wenn sie an Zuhause dachte, erfasste sie dieses Gefühl, dass so dunkel war, dass es gleichermaßen Körper und Seele hinabzog, und Bente spürte, dass sie sich an einen Ort in ihrem Inneren zurückzog, der von niemand anderem mehr erreicht werden konnte.

Also blieb er still sitzen und wartete. Er hatte es aufgegeben, nachzudenken, weil die Gedanken in seinem Kopf zu laut waren und ihn mehr verwirrten, als ihm halfen. Er würde tun, was sie tat. Er seufzte, ja, das war sein Entschluss.

Arjell schaute ihn an. Sie hatte sein Seufzen gehört und fragte: »Und? Was willst du tun, Bente Scheunendierks?«

Am liebsten hätte er sofort gesagt: »Was du tust.« Aber er wusste, dass sie erwartete, dass er selbst entschied. Als ob er das könnte. Also antwortete er schließlich: »Ich bleibe hier.« Erleichtert stellte er fest, dass sie lächelte. Das war gut. »Und du?« Er versuchte, nicht zu ängstlich zu klingen.

Sie schaute auf das Meer und nickte langsam. »Ich bleibe auch, Bente.«

***

Wie erwartet blieb der Samstag grau und stark nebelverhangen. Sie hatten sich darauf eingerichtet und blieben den ganzen Tag und die kommende Nacht zusammen. Als sie am Sonntagvormittag Abschied nahmen, klarte es wieder deutlich auf. Bente und Arjell verließen als Einzige die Insel über den Eibenweg, wo sie von Lona an der Pforte erwartet wurden, welche die *eine* Kugel benutzte, um ihre Seelen zusammen mit Elafs Seele auf der Insel einzuschließen. Auf diese Weise, tröstete sie sich, hatten alle wenigstens für eine gewisse Zeit Gesellschaft.

***

Noch im selben Jahr öffnete die Herberge in Dunkelsreed erneut ihre Pforten. In neuen Farben strahlte das ehemalige Schulgebäude und anstelle eines Walfischkiefers durchschritten die ankommenden Schüler und Schülerinnen fröhlich lachend einen grün belaubten Gang aus Weidenzweigen. Allerdings kam kein Schüler der *Schule an der kargen Hütte* mehr in diesen Genuss, denn die neue Schulleiterin Anita Pröhlberg hatte sich geschworen, dieses Haus nie wieder zu betreten.

Epilog

An einem dunklen Herbstabend ging ein alter, gebückter Mann den Weg zum Strand hinunter, wo er auf die nahende Ebbe wartete. Er hatte eine Verabredung, die keinen Aufschub mehr duldete. Mühsam legte der gebeugte Mann seinen Weg durchs Watt zurück, bis er schließlich die Insel fand, die er suchte. Er wurde bereits erwartet und als er die Insel wieder verließ, war er nicht allein.

Am nächsten Morgen fand man seinen Körper wie friedlich schlafend am Strand vor. In seinen Armen lag eine Glaskugel, von der viele im Dorf gedacht hatten, dass es sie nur in den Erzählungen der Alten gegeben hätte. Die Spaziergänger, die ihn fanden, berichteten später, dass sie, kurz bevor sie ankamen, eine Frau und ein Kind in der Nähe des Toten gesehen hätten, die sich allerdings bei ihrer Ankunft vor ihnen in Nichts aufgelöst hatten.

Fjörn Grabstatt hatte im Alter von über 90 Jahren die Lebenden verlassen und sich im Tod mit seinem Bruder Elaf vereint, der all die Jahre gewartet hatte, um am Ende seinen Bruder auf der letzten Reise begleiten zu können. Man begrub den alten Fjörn Grabstatt auf dem Friedhof unter dem Baum an der gleichen Stelle, an der bereits sein Bruder Elaf viele Jahre zuvor beigesetzt worden war.